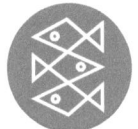

Kontaktadresse nach EU-Produktsicherheitsverordnung:
produktsicherheit@fischerverlage.de

Paul Eck ist Vertreter für pharmazeutische Produkte. Überraschend lädt ihn sein Vater, den er seit der Scheidung seiner Eltern nicht mehr gesehen hat, zu einem Besuch am Neusiedler See ein. Doch am Tag seines Eintreffens verschwindet der Vater spurlos, noch bevor die beiden sich begegnen. Es wird ein Bootsunfall auf dem See vermutet, dessen eigentümliche meteorologische und geographische Gegebenheiten berüchtigt sind. Der Sohn spürt seinem Vater nach und versucht, ihn – oder wenigstens seinen Leichnam – ausfindig zu machen. Er muß erkennen, daß sein Vater in allerlei dunkle Geschäfte und windige Vorhaben rund um den See verstrickt war.
Gerhard Roths handlungsreicher und suggestiv erzählter Roman nimmt die Elemente der klassischen Detektivgeschichte auf: Sein angeschlagener Held – Eck ist tablettensüchtig – gerät in Verdacht, seinen Vater beseitigt zu haben. Als schließlich eine einzelne Hand aus dem See geborgen wird und die Polizei ihn ständig observiert, wird die Situation für ihn immer bedrohlicher.

Gerhard Roth, 1942 in Graz geboren, lebt als freier Schriftsteller in Wien und der Südsteiermark. Er veröffentlichte zahlreiche Romane, Erzählungen, Essays und Theaterstücke, darunter den 1991 abgeschlossenen siebenbändigen Zyklus »Die Archive des Schweigens«. Seitdem erschienen die Romane »Der See«, »Der Plan«, »Der Berg«, »Der Strom« und »Das Labyrinth«, der autobiographische Band »Das Alphabet der Zeit« sowie die literarischen Essays über Wien »Die Stadt« – ein zweiter gewaltiger Werkzyklus, der in dem Band »Orkus« seinen Abschluß findet.

Unsere Adresse im Internet: www.fischerverlage.de

Gerhard Roth
Der See

Roman

Fischer Taschenbuch Verlag

Die Nutzung unserer Werke für Text- und Data-Mining im Sinne von
§ 44b UrhG behalten wir uns explizit vor.

Personen und Handlung
sind frei erfunden

7. Auflage

© 2024 S. Fischer Verlag GmbH,
Hedderichstr. 114, 60596 Frankfurt am Main
Printed in Germany
ISBN 978-3-596-14049-7

Im Land der Mörder

»Sie lebten wie blinde Männer in einem großen Raum, nur das erfassend, was mit ihnen in Berührung kam (und selbst das nur unvollkommen), doch unfähig, die allgemeine Gestalt der Dinge zu begreifen. Der Fluß, der Wald, das ganze große Land, das vor Leben bebte, war wie eine große Leere. Sogar der strahlende Sonnenschein enthüllte nichts Faßliches. Dinge tauchten vor ihren Augen auf und verschwanden in zusammenhangloser und zielloser Weise. Der Fluß schien von nirgendsher zu kommen und nirgendshin zu fließen. Er floß durch eine Leere.«

(Joseph Conrad, »Ein Vorposten des Fortschritts«)

Allem war das Gefährliche genommen, oder besser, das Gefährliche war versteckt unter einer verlogenen Unschuld. Es lag an uns, sich entweder dem Außenwerk anzupassen und nützliche Staatsbürger zu werden, oder nach dem Gefährlichen zu graben und sich dabei zu verbrennen.

(Peter Weiss, »Gegen die Gesetze der Normalität«)

»Und um die Richtigkeit seiner Beobachtungen zu verifizieren, benutzte er sich selbst als psychologisches Präparat, schnitt sich bei lebendigem Leibe auf, experimentierte mit sich, legte Fisteln und Fontanellen an, unterwarf sich unnatürlicher, oft widerlicher geistiger Diät, dabei aber genau die persönlichen Observationsfehler beachtend und so vermeidend, sich selbst oder sein Leben für die anderen zur Norm zu erheben.«

(August Strindberg, »Am offenen Meer«)

1. Der Brief

Am 10. August, es war der Todestag seiner Mutter, die Selbstmord begangen hatte, fand Paul Eck, als er von einem Spaziergang durch die Triester Innenstadt in sein Hotel zurückkehrte, im Abholfach einen Brief, aus dem hervorging, daß sein Vater ihn zum Segeln einlud. Eck hatte seinen Vater zum letzten Mal vor dreißig Jahren bei der Scheidung seiner Eltern gesehen. Wie aus dem Poststempel ersichtlich, war der Brief schon vor zwei Wochen an seine Wiener Adresse geschickt worden, aber dann auf dem Nachsendeweg in irgendeinem italienischen Postamt liegengeblieben. Was Eck abstieß, war weniger die flüchtige Handschrift als der Umstand, daß der Brief auf dem Geschäftspapier der Firma für Jagdwaffen- und Anglerausrüstung, die seinem Vater gehörte, geschrieben war. Zuletzt hatte sich sein Vater nach dem Begräbnis von Pauls Mutter an ihn gewandt, um ihm mitzuteilen, daß er weiterhin sein Medizinstudium bezahlen werde.

Da der Brief also vor einiger Zeit abgeschickt worden war, erschien es Eck, als habe er schon lange über den Inhalt nachgedacht, und die Abneigung, die er empfand, kam ihm wie das Ergebnis gründlicher Überlegungen vor. Insgeheim hatte er immer auf einen Brief seines Vaters gewartet, um sich mit Verachtung für die Gleichgültigkeit zu rächen, die ihm dieser entgegengebracht hatte. Kurz nach dem Tod seiner Mutter brach Eck, der gerade die Anatomieprüfung bestanden hatte, das Medizinstudium ab und übernahm die Vertretung einer pharmazeutischen Firma. Seither war er ein Reisender. Er erinnerte sich jetzt an eine Bootsfahrt mit dem Vater, bei der sie im Schilf umgestürzt waren. Eck sah sich auf dem Grund des Sees im braunen, undurchsichtigen Wasser liegen, und er erlebte mit unendlicher Langsamkeit wieder, wie sich das Boot über ihn wälzte und sein Unterarm, der im Schlamm steckte, mit einem bis dahin unbekannten Schmerz aus der Gelenkpfanne des Ellbogens sprang. Er war damals sechs Jahre alt gewesen. Jetzt, in der Hotelhalle, erschien es ihm, als sei dieser Schmerz nie vergangen. Jedenfalls blieb sein Gelenk halb steif, ohne daß es ihn behinderte. Eck steckte den Brief ein und trat in den Lift. Von seinem Hotelzimmer aus sah er den Hafen und die Fischhalle mit der großen runden Uhr, den Hügel im Osten, den Leuchtturm, und im Westen die langgestreckten und hohen Gebäude der Anstalt für Geisteskranke des berühmten Professors Basaglia.

Er nahm gewohnheitsmäßig zwei Tabletten Nootropil ein, um, wie er sich sagte, »besser denken zu können«. Insgeheim hatte er gehofft, der Brief käme von Doris, die verschwunden war, seit sie ihm vorgeworfen hatte, daß er ihr mit seinen Dienstreisen »ihre Jugend stehlen« würde. Er wollte jedoch nicht an Doris denken, da er sich dann noch einsamer fühlte.

2. Triest

Er empfand Triest als eng und bedrückend. Die Cafés waren für ihn wie die übrige Stadt aus Karton herausgeschnittene Geschichtskulissen. Von Anfang an hatte er die drohende Nähe der Langeweile gespürt, die er besonders fürchtete, weil sie sich als Lähmung in seinem Körper bemerkbar machte. Um nicht schwermütig zu werden, mußte er immer etwas unternehmen oder sich mit den Pharmamustern aus seinem Koffer Abhilfe schaffen.

Er war mit dem Bus zum Schloß Miramare gefahren. Obwohl er Busfahrten verabscheute, war es ihm diesmal angenehm gewesen, zwischen Menschen eingepfercht auf der Fahrt durchgeschüttelt zu werden, kurz das Gleichgewicht zu verlieren, an einen Frauenkörper anzustoßen oder fremden Schweiß durch ein Sommerhemd zu spüren. Als er ausstieg, nahm er aus Gewohnheit eine Schmerztablette ein. Im Park von Miramare war er lustlos herumflaniert, hatte über eine Mauer auf das Meerwasser hinuntergeblickt und war schließlich durch das kindische Schloß des Kaisers von Mexico spaziert. Dabei kam ihm der Gedanke, daß die Menschen auf die Macht und die Politik hineinfielen, weil sie immer hofften und hofften und weiterhofften und das Beste erwarteten, auch wenn fast immer das Schlimmste eintraf, und daß sie sich, hatten sie wieder einmal verloren, mit ihren Hoffnungen entschuldigten. Die Menschen waren nach Hoffnung süchtig und vor Hoffnung blind, das war ihr Verhängnis.

Die dicken Katzen, die sich im Schloßpark herumtrieben, begleiteten ihn ein Stück, während er gereizt seinen Gedanken nachhing. Er besichtigte den Leuchtturm, das enge Judenviertel, den Frachthafen. Dabei stieß er auf ein merkwürdiges, fabrikähnliches Gebäude. Er wußte anfangs nicht, wovor er stand. Neben dem Eingang sprach ein Alter mit einem vor Schmutz starrenden Hund. Der Mann war auf einen Stock gestützt und trug trotz der Hitze einen Mantel. Neugierig ging Eck durch einen langen hohen Betongang und betrat ein Büro, in dem eine gerahmte Stadtkarte aus der Zeit der Monarchie hing. Ein betrunkener Beamter lag auf dem Sofa. Unwillig wies er ihm den Weg »zum Krematorium«. In diesem Augenblick wurde Eck erst klar, daß er sich in der sogenannten Reisfabrik, der Risiera di San Sabba, dem ehemaligen Konzentrationslager der Stadt, befand, von dem er schon gehört hatte. Ein Eingang öffnete sich in einen abgedunkelten Raum. Er sah fotokopierte Dokumente und unscharfe, vergrößerte Schwarzweißfotografien. Er las, daß man die Opfer in einem Bus vergast und dabei über die Lautsprecher Walzermusik gespielt hatte, damit die Menschen in den umliegenden Häusern nicht argwöhnisch wurden. Als er in das Magazin der Reisfabrik trat, kam ihm der betrunkene Beamte nach und erklärte ihm, daß es nicht erlaubt sei zu fotografieren. Er blieb so lange in der Tür stehen und starrte Eck an, bis Eck, der gar keinen Fotoapparat bei sich hatte, ihm, um sein Mißtrauen zu überwinden, ein Trinkgeld gab. Ecks Blick fiel auf die spitzen Holzpfosten der Dachkonstruktion. Die Wände waren von verschiedenen Schichten Verputz bedeckt, auf denen man Wörter, Namen und, wie es Eck schien, auch braune Blutspritzer entdecken konnte. Einige große, urinfarbene Flecken kamen unter dem Verputz zum Vorschein. Er bemühte sich, eine der Inschriften zu entziffern, er verstand sie jedoch nicht. Dann erst entdeckte er die winzigen Gefängniszellen. Sie waren nur mit einer handgroßen Öffnung versehen. Eck wehrte sich dagegen, aber er mußte an Schweinekoben denken.

Das Krematorium selbst existierte nicht mehr, nur eine in den Boden eingelassene Metallplatte zeigte an, wo es sich befunden hatte. Erst beim Hinausgehen bemerkte er die Eisenbahnschienen. Darauf waren, so erfuhr er später, die Gefangenen von den Schiffen in die Reisfabrik und die Waggons mit der Asche der Ermordeten zum Meer geschafft worden.

3. Die Klinik

Wie alle Tage ging Eck später zum unbenutzt daliegenden großen Hafen vor dem Hotel. Er bildete sich immer ein, die Fischhalle auf dem leeren Platz habe etwas Geheimnisvolles. Jedesmal fielen ihm die Bilder von De Chirico ein, bevor er sie betrat, Möbelwagen und Gebäude, Bahnhofsuhren und Schatten, die eine Leere beschrieben. In der Halle kippte das Bild um. Das Licht fiel trüb durch das Glasdach und ließ ihn an das Novembergrau im Seziersaal denken. Er betrachtete die toten Fische auf dem glitzernden Eis. Menschen zogen an ihm vorbei, rempelten ihn, beachteten ihn nicht. Er erinnerte sich wieder an den Bootsunfall mit seinem Vater. Er glaubte damals, so seltsam es klingt, aufzuwachen. Gleichzeitig fand er sich in einer Welt wieder, die schmutzig und tödlich war, wie wenn plötzlich das Meer austrocknete oder die Erde Risse bekam und zeigte, daß alles Bedrohung war. Die Gewißheit, die sich in ihm später bei seinem Medizinstudium und auf seinen Reisen als Pharmavertreter gebildet hatte, war die Gewißheit der Bedrohung gewesen. Er wußte seit dem Bootsunfall, daß die Käfer- und Moderwelt des Todes gleichzeitig und unverändert existierte, selbst während er liebte. Wenn er an die Ordinationen dachte, die er besucht hatte, die Ärzte, war in seinem Kopf nur Nüchternheit und Mißtrauen. Die Ärzte waren fast immer von Vorurteilen und Geltungsdrang bestimmt. Sie belehrten ihn oder behandelten ihn von oben herab, wenn er sie nicht mit Geschenken beeindruckte. Die Patienten in den Wartezimmern zeigten Ergebenheit; manchmal saß er unter ihnen, bis er vorgelassen wurde. Er setzte sich der Trostlosigkeit des Wartens aus, weil er sich sagte, sie sei ein Teil der Wirklichkeit, wie auch die endlos langen Fahrten in seinem Auto, das vollgestopft war mit Geschenken und Medikamenten.

Bevor er sich zur Klinik des berühmten Professors Basaglia begeben mußte, hatte er einen Rundgang zum Hafen und zur Fischhalle gemacht und in der kleinen Bar auf dem Platz einen Martini getrunken.

Die Anstalt war zu seiner Enttäuschung bedrückend gewesen. Sie wurde mit beamtenhafter Einfalt geführt, wie alle anderen auch. Blaugestrichene Gänge, Wasserpfützen auf den Steinböden, die von den Putzfrauen herrührten. Kritzeleien an den Gebäuden riefen zur Revolution auf. Als der Pfleger, der Eck führte, von einer Krankenschwester aufgehalten wurde, fand Eck sich plötzlich allein in einem Abstellraum, in dem Betten aufgestapelt waren. Vom Fenster aus konnte er das Meer sehen. Hinter einer Tür stieß er auf eine Patientin. Die glatzköpfige Frau starrte Eck an. Rasch griff sie in ihre Jacke, holte eine Orange heraus und hielt sie Eck hin. Sie sagte, sie sei eine Freundin des Duce. Die Hand, die die Orange hielt, zitterte. Nach dem Tod Basaglias, erfuhr Eck später vom Pfleger, war es mit der Anstalt bergab gegangen. Übriggeblieben waren nur Basaglias Ideen von einer Auflösung der Klinik und der Befreiung der Patienten, denen man Wohnungen außerhalb der Anstalt zur Verfügung gestellt hatte. Die Stadtverwaltung brachte aber kein Geld mehr auf, sagte der Pfleger. Er zeigte ihm die Bilder an den Wänden, die von Patienten stammten. Aus ihnen sprachen Einsamkeit und Trauer, wie schon aus der aufgeregten Sprechweise der Patientin, die sich für die Freundin des Duce hielt.

Vom Berg aus, wo die Alten untergebracht waren, hatte die Klinik das Aussehen eines Filmkulissendorfes. Das Altenheim war eine verfallene große Villa. Die greisen Patienten schliefen in ihren Betten, im Fernsehraum saß der Zimmerälteste mit dem Hausschlüssel in der Hand. Der Pfleger tat so, als ob er sich entschuldigte. Üblicherweise herrschte in der Klinik mehr Leben als heute. Zuletzt zeigte er ihm nicht ohne Stolz die Tischlerwerkstatt. Er fügte hinzu, daß die Entwürfe für die Möbelstücke von einem Architekten stammten, der sich von der Anstaltsatmosphäre inspirieren ließ und die Ausführung einer Handvoll geschickter Patienten übergab.

Der Architekt saß in einem Nebenraum und brütete vor sich hin inmitten bizarrer, korkenzieherförmiger Blumentischchen, Stühle und Schreibtische. Sie schienen für Eck die Überbleibsel von aus den Fenstern geworfenen Kindermöbeln zu sein. Draußen verabschiedete sich der Pfleger eilig von Eck, im Anstaltscafé warteten schon die nächsten Besucher.

Eck beschloß, nachdem er den Brief seines Vaters ein zweites Mal gelesen hatte, abzureisen, obwohl das Hotel noch bis zum nächsten Tag bezahlt war. Morgen war der 11. August, an dem sein Vater ihn erwartete.

4. Der Überfall

In Udine war es noch hell. Er setzte sich am Hauptplatz in ein Café und blätterte lustlos in der Zeitung. Zuerst trank er ein Glas Weißwein, dann nahm er das gewohnte Schmerzmittel. Während er durch die Fensterscheibe nach draußen blickte, setzten sich zwei Frauen an seinen Tisch. Eck blickte einer von ihnen neugierig in das Gesicht. Daraufhin lachten die Frauen und fragten ihn nach seinem Namen: Sie waren hübsch; Carla war rothaarig, die andere, Giovanna, dunkel und auf eine anziehende Weise verlegen; sie gaben sich als Schwestern aus. Carla, der Eck anfangs in die Augen geschaut hatte, trug ein schwarzes Kleid und eine Bluse mit schwarzen Punkten. Die silbernen Ringe an ihren Fingern suggerierten ihm, »daß sie es nicht so genau nahm«.

Das Café war altmodisch, mit Stukkaturen an der Decke, Spiegeln und Marmortischchen. Carla wollte wissen, woher er kam und was er weiter vorhätte. Giovanna wurde schweigsamer. Eck zweifelte daran, daß sie wirklich Schwestern waren. Giovanna war nachlässiger gekleidet mit einem schwarzen T-Shirt und einem khakifarbenen Rock, ihr Gesicht war breit und vermittelte Wärme. Kurz darauf begrüßten Carla und Giovanna zwei junge Männer. Nachdem sie Höflichkeiten ausgetauscht hatten, nahm Carla an ihrem Tisch Platz. Bis jetzt hatte Eck sich mit den beiden Frauen auf englisch unterhalten, nun stellte sich heraus, daß Giovanna – wenn auch nur mühsam – Deutsch sprach. Sie arbeitete im Büro einer Handelsgesellschaft und hatte einen Verlobten in Padua, sagte sie. Eck bestellte eine Flasche Wein, lehnte sich zurück und ließ einen Blick auf ihre Füße unter dem Tisch fallen. Sie trug Sommerschuhe mit einer kleinen Öffnung, durch die man den lackierten Nagel der großen Zehe sah. Giovanna, die seinen Blick bemerkte, wollte daraufhin wissen, ob er Schuhvertreter sei. Die Frage war Eck unangenehm. Er hatte die Vorstellung, daß man ihn schon auf den ersten Blick als Vertreter taxierte, deshalb nahm er ihre Frage auf und antwortete, er sei Reisender für orthopädische

Schuhe und Prothesen. Giovanna war plötzlich erheitert. Soldaten hatten inzwischen das Café betreten. Da sie keinen freien Platz mehr fanden, fragten sie, ob sie sich zu ihnen setzen dürften. Bevor Eck antworten konnte, stand Giovanna auf und erklärte ihnen, daß sie gerade gehen wollten.

Auf der Straße war es dunkel geworden – Eck war überrascht. Giovanna schob ihr Fahrrad, das sie vor dem Café abgestellt hatte, neben ihm her. Er wußte auf einmal nicht, worüber er sich mit ihr unterhalten sollte. Er bot ihr eine Zigarette an, aber sie lehnte ab, und so rauchte er allein.

»Haben Sie einen Wagen?« fragte sie unvermittelt.

Eck antwortete erstaunt: »Vor dem Café.«

»Weshalb fahren wir dann nicht?« fragte sie weiter. Sie machten kehrt und gingen zum Café zurück. Giovanna sperrte ihr Fahrrad ab, bevor sie im Wagen Platz nahm.

»Und jetzt?« fragte Eck.

»Ich zeige Ihnen den Weg«, gab Giovanna zurück.

Sie begegneten nur wenigen Fahrzeugen. Im Rückspiegel sah er die Scheinwerfer eines Autos.

Sie bogen – wie Giovanna es wollte – auf einen Parkplatz mit Bäumen und Sträuchern ein, dazwischen konnte man den silbernen Streifen eines Kanals sehen.

In der Dunkelheit hörte Eck Giovannas Kleider rascheln, er spürte ihre nackten Arme, im nächsten Augenblick küßte sie ihn. Ein anderes Auto fuhr wie ein Schatten auf den Parkplatz. Eck glaubte, ein Liebespaar in seinem Inneren zu erkennen. Sie befänden sich auf der Piazza amore, beruhigte ihn Giovanna, bevor er etwas sagen konnte.

Er hatte wenig Erfahrung mit Parkplätzen und Autositzen, aber vielleicht gefiel es ihm gerade deshalb. Giovannas Brüste berührten seinen Mund, er kam mit den Beinen auf dem Nebensitz zu liegen und sah und spürte, wie sie sich auf ihn setzte; nachdem sie seine Hose geöffnet hatte, bewegte sie sich gewandt, beugte sich nach vorn und streichelte mit ihren Brüsten sein Gesicht. Auf dem Autositz konnte er sich kaum bewegen. Sein Denken schien von einem Augenblick auf den anderen an etwas zerschellt zu sein. Er sah die Decke seines Wagens, schloß die Augen und leckte die süße bewegliche Zunge. Sie breitete sich in seinem Mund aus wie fleischiger Speichel. Es war ihm, als sei ein unbekanntes Wesen über ihn hergefallen, das ihn auf eine seltsame Weise ermorden wollte. Als er wieder zu sich kam, hörte er Giovannas Stöhnen. Allmählich konnte er sie in ihrer Nacktheit betrachten mit einem Gefühl aus Gier und Vorsicht, das ihm gut bekannt war.

»Fertig?« fragte sie plötzlich. Sie richtete sich auf und glitt von ihm weg. Eck knöpfte seine Hose zu, sah dabei ohne Absicht auf seine Uhr und beobachtete die junge Frau, wie sie sich ankleidete. Sie fragte ihn, ob er ihr Geld gäbe ...

Eck suchte nach einigen Scheinen. Es störte ihn nicht, daß sie Geld verlangte, nur ihre Eile irritierte ihn. Das Auto unter dem Baum löste sich aus der Dunkelheit, rollte vor den Kühler seines Wagens, und zwei Männer stiegen aus. Einer von ihnen riß die Tür auf und zog Eck hinter dem Lenkrad heraus ins Freie. Er verspürte einen heftigen Schlag im Gesicht. Gleichzeitig packte ihn jemand von hinten, und Faustschläge trafen ihn auf der Nase und im Gesicht, daß er zu Boden stürzte.

Als nächstes begannen die Männer auf ihn einzutreten. Er empfand die Tritte wie Hammerschläge, aber mit jedem neuen Schmerz verlor er – zu seinem eigenen Erstaunen – etwas von seiner Angst.

5. Die Erinnerung

Eine Zeitlang lag er auf dem Boden. Er hörte, wie ein Auto in der Dunkelheit verschwand. Der Gedanke, daß Doris erfahren könnte, was mit ihm geschehen war, bedrückte ihn.

Mühsam stand er auf und griff in die Taschen seiner Jacke, dabei stellte er fest, daß man ihm die Armbanduhr und das Geld geraubt hatte, dazu die Zigaretten, das Feuerzeug und seinen Paß. Der Kofferraum stand weit offen, das Handy-Telefon und sein Koffer mit dem Adreßbuch und den Ärztemustern fehlten. Eck warf den Deckel zu. Er taumelte zur Vordertür. Sie war noch immer aufgerissen – wie nach einem Mord: Er hatte sein Lederetui mit den Scheckkarten und dem Führerschein bei der Abfahrt in das Handschuhfach gelegt und fand sie zu seiner Überraschung unberührt wieder. Er konnte also wenigstens mit seinem Führerschein über die Grenze kommen und mit der Scheckkarte Geld besorgen. Der Wagenschlüssel lag auf dem

Asphalt. Unten, vom Kanal, war das Glucksen von Wasser zu hören. Sein Kopf schmerzte. Er taumelte zum Kanal hinunter, kühlte das Gesicht mit Wasser und suchte in der Jacke die Folie mit den Schmerztabletten. Er schluckte zwei davon. Als er wieder im Auto saß, stieg Übelkeit in ihm auf. Er schloß die Augen und versank in die Bilder, die hinter den Lidern auftauchten und von neuen abgelöst wurden. Die letzten zehn Jahre waren noch nicht vergangen ... Er starrte im Vorzimmer seiner Wohnung auf den Spalt unter der Badezimmertür. Eine Blutlache hatte sich dort gebildet. Langsam kroch sie auf ihn zu. Er drückte den Türgriff und sah seine Mutter auf dem Küchenstuhl. Ein zerbrochener Rasierspiegel lag im Waschbecken. Eck hatte dieses Geschehen oft und oft vor seinem inneren Auge gesehen. Das Kleid der Mutter war mit Blut besudelt, Blutspritzer bedeckten die Fliesen. Eck stürzte auf sie zu und rüttelte an ihren Schultern; er rief: »Wach auf!« Aber ihr Kopf fiel nur auf die andere Seite.

Bei den Worten: Wach auf, öffnete Eck die Augen. Es war noch immer dunkel. Ein saurer Geschmack hatte sich in seinem Mund gebildet. Er saß einige Minuten benommen da. Ihm fiel die Lust ein, die er mit Giovanna empfunden hatte. Aber es war ein Gefühl, das von einem höhnischen, stummen Lachen begleitet war. Er war ein Idiot. Er dachte kurz, daß die beiden Männer jetzt mit Giovanna schliefen. Sie genossen es wahrscheinlich, ein Verbrechen begangen zu haben.

Bei Dunkelheit überquerte er die Grenze. Er besorgte sich an einem Bankomaten Geld. Wenn er an seinen gestohlenen Paß und das Adreßbuch dachte, kam er sich verloren vor. Endlich fand er eine beleuchtete Tankstelle, der Tankwart schlief in der unversperrten, gläsernen Kabine. Ein Speichelfaden lief über das Kinn des Mannes. Nachdem er aufgetankt hatte, kaufte Eck ein Plastikfeuerzeug, Zigaretten und eine Flasche Mineralwasser. Er schluckte eine weitere Schmerztablette. Nur wenige Autos waren auf der Straße.

Nach einer Weile kam es ihm nicht richtig vor, daß er an den See fuhr. War nicht der Brief ein schlechtes Omen gewesen? Eck war davon überzeugt, daß sein Vater seine Mutter umgebracht hatte, wenn auch nicht mit Absicht. Nachdem die Polizei ihre Arbeit verrichtet hatte, mußte er das Blut mit einem Putzlappen aufwischen, erinnerte er sich. Alles lebte in seinem Kopf weiter, der Haß und die Übelkeit, die er damals empfunden hatte, die Umarmung der Frau aus dem Café in Udine, die Ereignisse auf dem Parkplatz und die Einsamkeit in Triest. Er stellte das Radio an und bemühte sich, dem englischen Text eines Schlagers zu folgen, um nicht einzuschlafen.

6. Wildenten

Am Morgen begann es heftig zu regnen. Eck fuhr über eine sanfte Anhöhe, und plötzlich lag der Neusiedler See vor ihm. Die Wolken schienen eine düstere Prophezeiung zu sein, Nebelschwaden lagen am Ufer. Das letzte Stück hatte Eck gegen die Müdigkeit angekämpft, und es war ihm jetzt, als ob der See und die Landschaft noch schliefen. Er hielt an, um eine Schmerztablette zu suchen, die er ohne Wasser schluckte. Ein Rudel japsender Jagdhunde ließ ihn aufschrekken. Die Hunde umrundeten seinen Wagen, bevor sie weiterhasteten. Unten, vor dem Schilfgürtel, hatte das Wasser die Wiesen überschwemmt, in denen Eck jetzt Jäger in Parkajacken stehen sah. Er parkte den Wagen unter einem Nußbaum, da er eine Zigarette rauchen wollte. Von den Zweigen fielen schwere Wassertropfen auf seinen Kopf, daher trat er gleich wieder unter der Baumkrone heraus. Jetzt sah er ein mit Schilf getarntes Güllefaß. Durch die ausgesägten Öffnungen hielten Jäger die Gewehrläufe zum See hin. Die übrigen hatten sich hinter Schildern aufgestellt, und die Hunde warteten zitternd und still in den Pfützen. Nur das Rauschen des Regens war zu hören. Einmal fuhr ein Lastwagen vorüber. Das Wasser war durch die fallenden Tropfen in Punkte zersplittert, und die Gestalten der Jäger spiegelten sich in ihm als zerrissene, schwarze Gebilde. Aus dem Schilf verbreitete sich ein fauliger Geruch. Plötzlich, mit dem Geräusch eines fernen – Eck dachte »flachen« – Donners, erhoben sich Schwärme von großen Vögeln aus dem Schilf. Eck erkannte, daß es Hunderte und Aberhunderte, wenn nicht Tausende Enten waren, die am Morgenstrich zum Freßplatz flogen und nun wie ein endloser Teppich aus Federn den Himmel bedeckten. Im nächsten Moment ertönten Schüsse, die Löcher in den fliegenden Vogelteppich rissen, während weiter Scharen von Enten, ohne einen

Laut von sich zu geben, über die Köpfe der Jäger und den Nußbaum in die Luft stiegen, vergleichbar riesigen Schwärmen von Heuschrecken – nur waren sie viel größer, schwerer und dunkler. Es rauschte und knatterte in einem fort. Wie Erdbrocken fielen die getroffenen Tiere zu Boden, klatschten auf das Wasser und wurden von den Hunden apportiert. Da es noch dämmrig war, sah Eck das Mündungsfeuer der Schrotflinten. Die Jäger standen aufrecht, bis zu den Knien im Wasser und schossen ohne Unterbrechung in den Entenschwarm, der sich weiter aus dem Schilf erhob, als seien der Erde selbst Flügel gewachsen. Manche Enten stürzten (von den Schüssen zuerst ein kleines Stück hochgeschleudert) in das Schilf zurück oder in den Weingarten. Andere schienen – von Schrotkugeln getroffen – in einzelne Federn zu zerplatzen. Das Wasser unter den Pfoten der Hunde und den Stiefeln der Jäger war aufgewühlt und färbte sich gelb, als strömte eine schmutzige Flüssigkeit aus einem unterirdischen Abfluß.

Mit einem Mal waren die Enten verschwunden. Stille breitete sich aus. Um so deutlicher waren die Rufe der Jäger und die Wassergeräusche zu hören, die durch die laufenden Hunde hervorgerufen wurden. Verendende Tiere flatterten im lehmigen Wasser, wurden von den Jägern aufgehoben, geschüttelt und mit einer Feder in das Genick gestochen, bevor sie an kleinen Haken, die mit Lederschlaufen am Gürtel befestigt waren, aufgehängt wurden. Andere Jäger trugen die toten Enten an deren Hälsen in der Hand. Federn taumelten vom Himmel.

Die meisten Jäger standen am Schilfrand und hörten nicht auf, ihren Hunden Befehle zu erteilen. Wenn sie ihrem Herrn eine Ente zu Füßen legten, schüttelten sie sich, Wassertropfen stoben, und die Erkennungsmarken am Halsband klirrten.

Eine einzelne Ente flog auf die Jäger zu, bis einer von ihnen auf sie anlegte und abdrückte. Sie stürzte, sich in der Luft überschlagend, vor einen Hund, der sofort mit seinem Maul zupackte.

An einer Stelle war das Schilf von einem Bootssteg durchbrochen, dort begannen die Jäger die geschossenen Tiere abzulegen. Es war heller geworden. Die Hunde im Schilf stöberten zwei Bleßhühner auf. Sie versuchten, sich in die Luft zu retten, ein Jäger erlegte sie jedoch mit zwei schnellen Schüssen. Die meisten hatten jetzt Büschel mit toten Enten an ihren Hüften baumeln.

Aus dem Weingarten flog eine Elster auf. Gerade hatte Eck sich zurück in seinen Wagen setzen wollen, als ein Schuß die Elster verfehlte und Schrotkugeln neben ihm in das Laub des Nußbaums prasselten. Ein zweiter Schuß dröhnte in seinem Kopf, und ein dumpfes Geräusch hinter seinem Rücken sagte ihm, daß der Vogel zu Boden gefallen war. Erschrocken blickte er in die Schußrichtung. Der Jäger, ein junger Bursche, hielt das Gewehr noch im Anschlag. Er trug eine Sportkappe, einen Gummimantel und Gummistiefel.

»Wollen Sie mich erschießen?« rief Eck wütend.

Der Jäger bewegte sich langsam auf ihn zu, ohne seinen Blick von ihm abzuwenden.

»Verschwinden Sie«, zischte er. Die Wasserflecken auf seinem Mantel sahen aus wie dunkle, alte Blutspuren.

Während des kurzen Wortwechsels näherte sich ein bellender Hund.

»Was ist los?« rief ein anderer Jäger, der bis zu den Knöcheln im lehmigen Wasser stand und alles beobachtet hatte.

Die übrigen waren stehengeblieben. Sie starrten jetzt zu Eck hinauf. Der junge Jäger bückte sich inzwischen nach der Elster, dabei musterte er Eck. Dann hielt er den Vogel an den Läufen in der Hand, während sein Hund bellte und winselte. Der Jäger, der gefragt hatte, was los sei, eilte herbei, packte den Jungen am Arm und fuhr ihn an: »Was machst du? Was fällt dir ein?« Sein Parka und sein Hut trieften vor Nässe. Er war groß, blaß und stämmig.

»Er hat auf mich geschossen!« empörte sich Eck.

Als der junge Jäger schwieg, schüttelte der andere seinen Arm. »Entschuldige dich!« rief er aufgebracht.

Der Junge murmelte etwas Unverständliches, dann machte er kehrt und ging auf die Gruppe zu, die noch immer hinaufstarrte.

»Ich hoffe, es ist Ihnen nichts passiert«, wandte sich der Mann an Eck.

Die Jäger auf der Wiese und vor dem Steg legten die Strecke auf. Es mußten mehr als zweihundert tote Enten sein.

»Nein«, antwortete Eck.

»Kann ich etwas für Sie tun?« fragte der Mann.

Eck schüttelte den Kopf und setzte sich in den Wagen.

»Tut mir leid«, verabschiedete sich der Jäger.

Es regnete nicht mehr. Die Wolken hatten eine tiefblaue Farbe angenommen. Dort, wo sie den Himmel freigaben, leuchtete er gelb hinter den Hügeln auf. Der Tag, an dem sein Vater ihn zum Segeln eingeladen hatte, dämmerte herauf.

7. Der Traum

Der Hotelbesitzer saß gähnend hinter einem Pult. Er wollte wissen, wie lange Eck bleiben würde.

»Das wird sich ergeben.« An einer Wand hinter einer großen Glasscheibe zierten ausgestopfte Vögel eine künstliche Schilflandschaft. Als der Hotelbesitzer Ecks Blick bemerkte, schaltete er vom Pult aus die Neonbeleuchtung ein.

»Haben Sie Gepäck?«

»Nein.«

»Kein Gepäck?«

»Nein«, wiederholte Eck.

»Aha«, er dachte nach. »Ich glaube, heute gibt es einen schönen Badetag«, sagte er dann und schob ihm das Anmeldeformular hin. »Soll ich Ihnen den Weg zum Strand zeigen?«

An einem der gedeckten Frühstückstische saß ein großer Mann mit nackenlangen grauen Haaren, einem grauen kurzgeschnittenen Bart und einer Hornbrille.

Er las in einer Zeitung, dem *Standard,* wie Eck aus der rosa Farbe des Papiers schloß. Langsam – um keinen Lärm zu machen – riß der Mann eine Seite heraus.

»Ich bin die Nacht durchgefahren«, sagte Eck.

»Ich verstehe ... Hatten Sie einen Unfall?«

Eck fiel ein, daß sein Gesicht Spuren vom Überfall in Udine aufwies.

»Nicht der Rede wert.«

Der Hotelbesitzer nickte, ohne daß das Mißtrauen aus seinem Gesicht verschwand.

Der Mann am Frühstückstisch hatte inzwischen die Zeitungsseite in die Tasche seiner hellen Jacke gesteckt. Gerade hauchte er seine Hornbrille an und begann, sie mit einem Taschentuch zu reinigen, während er Eck mit kurzsichtigen, blauen Augen musterte.

Müde wankte Eck in das erste Stockwerk.

Vor seinem Zimmer stand eine Vase mit Schilfpflanzen. Er schlief unruhig. Unbekannte Menschen tauchten in seinem Kopf auf, zuletzt ein Bub, den er als einen Freund aus seiner Kindheit zu erkennen glaubte. Er sah Robert nicht ähnlich, aber er war es. Robert hielt ein Modellsegelflugzeug mit durchsichtigen Tragflächen in der Hand und ein Gummiband, mit dem er es in die Luft schoß. Das Flugzeug zog Kreise über ihren Köpfen, stieg im Wind höher und höher und stürzte dann plötzlich vor ihre Füße. Es sah aus wie ein riesiger Netzflügler. Gleich darauf war Robert verschwunden. Eck sah nur den abgebrochenen, durchsichtigen Flügel, das Leitwerk und den Rumpf des Modellflugzeugs, bis der Wind die Teile vollends mit Staub bedeckte.

8. Der Sturm

»Sie haben nichts bemerkt?« Der Hotelbesitzer schüttelte den Kopf. Die Vitrine mit den ausgestopften Vögeln war noch immer beleuchtet.

Eck hatte den Nachmittag verschlafen und versuchte, mit einer Tasse Kaffee auf die Beine zu kommen.

»Es hat einen fürchterlichen Sturm gegeben«, sagte der Hotelbesitzer. »Haben Sie das Typhon nicht gehört?«

»Das Typhon?«

»Die Sturmsirene.«

Vom gegenüberliegenden Restaurant – sah Eck jetzt durch ein Fenster – hing das blauweißgestreifte Sonnendach in Fetzen herunter, ein Stück Stoff, das durch eine Windböe aufgewirbelt wurde, wehte wie eine zerschlissene Fahne. Eck ließ den Kaffee stehen und ging hinaus. Draußen wehte noch immer ein heftiger Wind. Von weitem sah er die umgestürzten Tretboote am Ufer, die der Sturm an Land geschleudert hatte. Das Wasser war von Wellen mit weißen Schaumkronen bedeckt. Der Strand wimmelte von Feuerwehrleuten, Helfern und Urlaubern in Gummistiefeln, die Bänke aufstellten, Holztrümmer zusammensammelten oder herumstanden und auf den See blickten.

Eck ging zurück in das Hotel, um seine Windjacke zu holen. Das Auto war unbeschädigt, da er es im Hinterhof geparkt hatte, aber auf den meisten anderen lagen Zweige, und viele Dächer waren durch herabgefallene Äste eingedrückt. Er ging über den verwüsteten Strand zurück zum Ufer. Surfbretter trieben auf den Wellen, weiter draußen das Segel eines Bootes und ein schwarzer Schlauchreifen. Eines der Elektroboote stand mit dem Bug nach oben neben dem Steg, von dem ein Stück in das Wasser gerissen worden war. Windstöße trieben Pappbecher, Reste einer Luftmatratze und Zeitungsseiten vor sich her. Ein einzelner Turnschuh lag am Ufer vor dem Gendarmeriebootshaus. Unter einer Ölweide stand ein bärtiger Mann mit einer Flasche Bier. Er trug ein gestreiftes Unterleibchen und darüber eine gelbe Regenjacke.

»Wer den See nicht kennt, glaubt, daß er ungefährlich ist«, sprach er Eck an. Er schnitt eine Grimasse: »Ein Irrtum.«

Er machte eine Pause, in der er einen Zug aus der Bierflasche nahm. »Der Sturm kommt so schnell, daß für die meisten keine Zeit bleibt, das Ufer zu erreichen. Man darf das Schiff nicht verlassen, weil die Wellen zu hoch sind und der Schlamm in Bewegung ist ...«

Er bot Eck stumm einen Schluck aus seiner Bierflasche an. Als Eck den Kopf schüttelte, fuhr er fort: »Am besten, man flüchtet mit dem Boot ins Schilf ... Im Schilf ist das Wasser ruhig ...«

»Ich weiß«, antwortete Eck.

»Ah, Sie wissen das ... Wozu erzähle ich Ihnen dann alles?« Er blickte auf ein gekentertes Tretboot, das Möwen als Versammlungsplatz diente.

»Vor ein paar Jahren sind zwei Studenten im Sturm umgekommen, ist Ihnen das auch bekannt?«

»Nein.«

»Ich habe die Toten gesehen ... Sie waren ganz nackt.«

Ein Militärhubschrauber tauchte in der Ferne auf. Er flog niedrig über das Schilf.

»Man hat sie vor mein Hausboot gelegt.« Er hustete. »Sie waren schon eine Woche im Wasser ... Ihre Bäuche waren aufgetrieben ...«

Der Militärhubschrauber kam näher.

»Wir haben zwei Kasernen hier, die eine in Neusiedl, die zweite drüben in Oggau ... Die suchen so lange, bis die Vermißten gefunden sind.« Er nickte befriedigt.

»Ich mache alles mögliche«, sagte der Mann nach einer Weile, wie um sich vorzustellen. »Seit einem Jahr arbeite ich an der Kläranlage.« Er stieß gedankenverloren auf. Der Militärhubschrauber flog jetzt über ihnen. Eck starrte mit dem Mann zum Drehflügel hinauf, der mit seinem Schatten in einem endlosen Kampf lag. Sie sahen auch das Gesicht des Piloten. Der Maschinenlärm über ihren Köpfen schien Ecks Wahrnehmung zu betäuben. »Es ist gut, daß die Hubschrauber kommen«, sagte der Mann, nachdem es wieder leiser geworden war.

»Man kann sich im Schilf verirren ... Wußten Sie, daß es dort Blutegel gibt? Wir haben beim Schilfschneiden einmal einen Toten gefunden, einen Autoverkäufer aus Wien. Er trug ein Gewehr bei sich, vielleicht wollte er Selbstmord begehen. Er war kein Jäger ... Das Gewehr war gestohlen ... Jedenfalls muß er tagelang im Kreis gelaufen sein ... Er hat vielleicht versucht, ein Tier zu erlegen ... Einen Vogel oder eine Bisamratte, denn aus dem Gewehr waren Schüsse abgegeben worden ... Vielleicht hatte er auch nur auf sich aufmerksam machen wollen ... Als wir ihn fanden, war er vollständig bedeckt von Blutegeln. Langweile ich Sie?« fragte der Mann.

»Nein.«

»Sie kennen sich hier aus?«

»Ein wenig.«

»Sie sind Ornithologe?«

Als Eck nickte, fuhr er fort, daß er sich das gleich gedacht habe.

Eck machte sich davon.

Der Hotelgast, den Eck am Vormittag im Frühstückszimmer beobachtet hatte, wie er eine Seite aus der Zeitung riß, kam ihm mit einem Fotoapparat entgegen, blieb stehen und machte ein Bild vom verwüsteten Strand. Er sah in seiner hellen Sommerjacke zwischen dem Abfall und den Trümmern verloren aus.

Ein Stück weiter lag ein beschädigtes Tretboot, dessen Luftbehälter die Form eines Delphinpärchens hatten. Gerade legte das Gendarmerieboot am Pier an. In Decken eingehüllte Touristen wurden an Land gehoben, darunter weinende Kinder.

Er wanderte neugierig den Strand hinunter zum Jachtclub. Hinter einem Zaun befand sich die Wohnwagensiedlung. Die Wagen bildeten eng aneinandergepfercht einen Block mit schmalen Gassen. Kinder sprangen über Pfützen. Eck spazierte zwischen den schmutzigen Wänden mit kleinen Fenstern und häßlichen Vorhängen. Aus einem Wagen war Streit zu hören, vor einem anderen schenkte eine Frau Tee aus, überall hing Wäsche zum Trocknen an bunten Plastikschnüren. Er schlüpfte zwischen den Wohnwagen in eine andere schmale Gasse. Am Rand der Siedlung dehnte sich ein Schilfgürtel aus, dahinter öffnete sich eine Bucht. Schwärme von Mücken fielen über Eck her. Sie stachen ihn in die Unterarme und durch die Socken in die Knöchel. Am Ufer vor dem Jachtclub, sah er jetzt, bildete eine Gruppe von Menschen einen Halbkreis. Er trat näher. Auf dem Boden lag ein Aal, der ihn an eine schwarze Schlange denken ließ. Die Augen stachen klein und giftig in das fremde Element Luft, auf seiner schleimigen Haut klebten kleine Steinchen. Zäh und stockend kroch er auf die Menschen zu, die ihm schrittweise Platz machten.

9. Die Zeitungsmeldung

Am nächsten Morgen war keine Spur der Verwüstung mehr am Strand zu sehen. Die Tretboote lagen vor den Autoreifen des Holzsteges, das Wasser am Ufer war im Boden versickert, und auf der Wiese war nicht einmal mehr Abfall zu entdecken. Es war noch so früh, daß Eck niemandem begegnete. Nachdem er die Nootropiltablette eingenommen hatte, fühlte er sich frischer. Er ließ sich auf einer Bank vor dem Seehotel nieder und begann, die Zeitung zu lesen. Ein ausführlicher Bericht schilderte den Sturm, die Fotografien zeigten Schiffbrüchige, die von der Gendarmerie gerettet wurden, und die beschädigten Autos. Auf der folgenden Seite war das Bild eines Mannes abgedruckt, darunter stand Ecks eigener Vorname und Name. (Er hatte vergessen, daß sein Vater denselben Vornamen hatte wie er.) Er las, daß der 75jährige Paul Eck am Nachmittag zu einer Segelpartie aufgebrochen war und nicht mehr zurückgekehrt sei. Man nahm jedoch an, daß er sich in das Schilf gerettet hatte. Eck sei zuerst konservativer Bürgermeister von Frauenkirchen und später sozialdemokratischer Landesrat gewesen. Er besitze mehrere Geschäfte für Jagdwaffen und Anglerausrüstung, hieß es. Wieder betrachtete er die Fotografie. Dabei fiel ihm ein, daß sein Vater tot sein konnte. Er suchte nach ähnlichen Zügen in seinem Gesicht und fand nur wenige. Er dachte nach. Der See war nicht einmal zwei Meter tief. Man konnte ihn sogar zu Fuß durchwaten. Es kam ihm unwahrscheinlich vor, daß sein Vater ertrunken war. War er im doppelten Sinn »untergetaucht«? Und warum hatte er ihn zum Segeln eingeladen? Am meisten verunsicherte ihn der Gedanke, daß er, wäre er der Einladung seines Vaters zum Segeln gefolgt, jetzt auch vermißt sein würde.

10. Der vergessene Friedhof

Die Straßen, die von Podersdorf nach Frauenkirchen führen, sind von Akazienalleen gesäumt. Auf den Weizenfeldern sah Eck an Stellen, wo man das Stroh verbrannt hatte, große, schwarze Flecken. Die abgeernteten Garben lagen zu Würfeln gepreßt auf der flachen Erde. Geometrische Körper, die vom Himmel gefallen waren. Eck dachte an Riesenspielzeug. Ein Traktor mit einem Plastikfaß, in dem sich chemische Spritzmittel befanden, fuhr vor ihm her. Es war früher Morgen. Er erkannte einen Bahnübergang wieder, die Einfahrt, verschiedene Häuser und einen Lebensmittelladen, der noch geschlossen war. Der Traktor streifte mit dem Faß die niederhängenden Zweige eines Nußbaums. Auch an den Nußbaum konnte sich Eck erinnern, er wußte nicht, warum, und natürlich an das Haus, das dahinter stand. Seine Mutter hatte ihm nach ihrer Scheidung den ganzen Seewinkel vermiest, und ihre Abneigung hatte sich allmählich auf ihn übertragen. Sie hatte immer nur vom Wallfahrtsort Frauenkirchen als »dem Kaff« gesprochen. Eck hörte die Stimme seiner Mutter im Kopf, während er fuhr. Er haßte es, ihre Stimme zu hören. Er bog in eine Nebengasse ab und gelangte außerhalb des Ortes vor eine Mauer. Ein blaues Autobuswrack mit einem Rauchfang auf dem gelben Dach stand im Unkraut. Der Fahrtanzeiger über der Windschutzscheibe gab noch immer WIEN an. Eck stieg aus und versuchte, die große blaue Schrift auf dem Pappdeckel zu lesen, mit dem die Fenster verdeckt waren. Man hatte eine Plakattafel zerschnitten und sie hinter den Busfenstern befestigt, so daß nur das Wort *Versicherung* zu entziffern war. Auf der anderen Seite des Platzes wuchsen Akazien, eine BP-Dieselzapfsäule rostete an der Rückseite eines Wirtschaftsgebäudes vor sich hin. Eck drehte sich wieder zum Bus um. Es war der gleiche, dachte er, mit dem er nach der Scheidung seiner Mutter weggefahren war. Nur ein alter Mann saß damals mit ihnen im Bus. Der Mantel seiner Mutter roch nach Kampfer, der Geruch von Kampfer war für ihn seither immer mit dem Gefühl der Niederlage und des Abschieds verbunden. Der Bus fuhr eine Ewigkeit nicht ab. Er durfte am Fensterplatz sitzen und in die fallenden Schneeflocken schauen. Irgendwann begann der alte Mann, laut zu sprechen. Paul wollte sich zu ihm umdrehen, aber seine Mutter verbot ihm, »hinzusehen«. Er hielt es im Bus aber nicht mehr aus. Vor allem fürchtete er, von seinen Freunden oder Schulkameraden entdeckt zu werden. Je weiter sie sich dann von Frauenkirchen entfernten, desto leichter wurde ihm ums Herz, und als er die Landschaft nicht mehr wiedererkennen konnte, war seine Angst gänzlich verschwunden. Trotzdem war es ihm nicht möglich zu sprechen, denn eine unsichtbare Hand drückte seinen Hals zusammen.

Eck öffnete die Tür des gelben Hauses und gelangte in einen kleinen Hof.

Zwei weitere Türen führten zuerst in einen Vorraum, in dem Arbeitshandschuhe und Gartenwerkzeug auf dem Boden lagen, und dann auf eine hohe Wiese hinaus. Tauben gurrten. Er war als Kind nie auf dem jüdischen Friedhof gewesen. Die verwitterten Grabsteine ragten nur wenig und schief aus dem hohen Gras, das bis zur Brust reichte. Weiter hinten konnte er die beiden Türme der Wallfahrtskirche sehen. Auf der anderen Seite erhob sich ein mit wildem Wein bewachsenes Gebäude. Als er sich auf ein Geräusch hin umdrehte, sah er einen alten Mann durch das Tor auf den Friedhof treten; der Mann ging an Eck vorbei, als hätte er ihn nicht gesehen. Plötzlich drehte er sich um und wollte wissen, ob er Jude sei. Nicht? Was er dann auf diesem Friedhof mache?

»Neugierde«, antwortete Eck.

»Aha, interessieren Sie sich für Friedhöfe?« Er wartete Ecks Antwort nicht ab, sondern lachte über seine eigene Bemerkung und schob sich den Hut aus der Stirn, auf der Schweißtropfen standen. Aus der Brusttasche seines Jacketts hing eine goldene Uhrkette. »Man hält mich für einen Verrückten«, sagte er, »weil ich nach dem Krieg zurückgekehrt bin, aber ich konnte nicht anders.« Er zuckte mit den Achseln. Dann sagte er: »Guten Tag also«, und ging durch das brusthohe Gras davon; es war Eck, als schwimme er in einem pflanzlichen Gewässer. Der Mann war viel kleiner als Eck, und darum ragte gerade noch sein Kopf mit dem Sommerhut heraus, und bald schien nur der Hut allein über dem Gras zu schweben. Eck folgte dem Mann, der vor einem Grabstein anhielt und auf die abgerundete Oberseite mit zittrigen Fingern einen Kieselstein legte. »Mein Großvater«, sagte der Alte plötzlich, »Moses Tauber. Er hatte die Gemischtwarenhandlung in der Hauptstraße.«

Es war dieselbe, an der Eck auf der Fahrt durch das Dorf vorbeigekommen war.

Der Mann nahm den Hut vom Kopf und wischte sich mit einem roten Taschentuch über die Glatze.

»Jetzt sitzen die Erben der Enteigner dort.« Er sinnierte vor sich hin. »Was wollen Sie machen?« Wieder zuckte er mit den Schultern, und abermals ging er davon. Eck sah ihm nach; der Kopf und eine Hand mit dem roten Taschentuch schwebten über dem Gras, und endlich verschwand der Alte hinter dem Tor. Dort, wo das Gras niedergetreten war, sah Eck die Erde, die grauschwarz war.

11. Im Hotel

Zu Mittag kehrte er in das Hotel zurück. Er fand im Handschuhfach eine Folie mit Schlaftabletten und nahm nach dem Essen zwei davon mit Mineralwasser.

Er wußte, daß er nie die Absicht gehabt hatte, seinen Vater zu sehen. (Der hätte nur versucht, Dinge zu erklären, dachte er, die schon erklärt waren, durch dreißig Jahre Schweigen.) Wo es bis jetzt ein Nichts gab, Vermutungen, dachte er weiter, würde plötzlich ein Körper erscheinen. Anstelle des Schweigens würden Wörter treten, die er dann hassen müßte. Vielleicht war er nur hierhergekommen, um das zu erfahren. In den letzten Jahren war es für ihn kein Problem gewesen, seinen Vater nicht wirklich zu kennen. Wenn er richtig überlegte, hatte er diesen Umstand sogar schätzen gelernt. Was mit seiner Mutter geschehen war, war geschehen. Was konnte er daran ändern?

Er trat auf den Balkon. Der Bootsverleiher ließ am Rand des Stegs seine Füße über dem Wasser baumeln.

Kinder spielten am Ufer, kleine Wolken standen am Himmel. Auf dem See fuhren Elektroboote und Segeljachten. Der Fall ist also erledigt, dachte er. Doris. Doris fehlte ihm jetzt am meisten, aber er wollte es sich nicht zugeben. Er griff nach einer Tablette, die ihn müde machte. Manchmal erschien ihm der Schlaf als die bessere Seite des Lebens.

12. Robert

Illmitz war bei Nacht wie ausgestorben. Eck fragte einen Fußgänger nach der Uferstraße und suchte dort weiter, bis er einen an einer Stange schaukelnden Windsack entdeckte. Er parkte den Wagen zwischen den niedrigen Häuserzeilen. Eine Straßenlampe gab spärliches Licht. Am Ende des Hofes öffnete sich eine beleuchtete Werkstatt. Von weitem sah er den mit einer weißen Plane bespannten Flugzeugrumpf. Unter einem Lichtkegel stand ein Mann und las in einem Atlas. Er kratzte sich mit dem Bleistift am Kopf, blätterte weiter, pfiff leise vor sich hin und schaute endlich auf.

»Ist das Tor offen?« fragte er erschrocken.

»Ich bin Paul«, sagte Eck.

13. Das Flugzeug

Robert hatte das Flugzeug, eine Dany-Aircraft, bei einer Ausstellung in Idaho gesehen und beschlossen, es zu kaufen. Die Teile waren in einer fünf Meter langen Holzkiste verpackt gewesen und wogen eine halbe Tonne, wie er erklärte. Eck trat näher. Vom Höhenleitwerk fehlte eine Flosse, die Tragflächen waren noch nicht mit Stoff überzogen. Robert war mittelgroß, kräftig, und trug ein Flinserl im linken Ohr. Eck hätte ihn nicht wiedererkannt. Robert aber konnte sich sofort an das Segelflugzeugmodell erinnern, das er als Kind mit einem Gummiband in den Wind geschossen hatte, an Ecks Bootsunfall und den Selbstmord von dessen Mutter, der in Illmitz Stadtgespräch gewesen war.

Nachtfalter umschwärmten die Lampe. Sie stießen mit einem kaum hörbaren Geräusch gegen den Metallschirm.

»Du weißt, daß dein Vater vermißt wird?« fragte Robert.

»Ja«, antwortete Eck.

Die Werkstatt war vollgeräumt mit Arbeitstischen, Werkzeugen, Farbdosen und Regalen. Robert ging nach hinten, um Wein und Gläser zu holen. In einer Ecke parkte ein Volkswagen ohne Nummernschild, darüber hingen die schmalen Kufen eines Eisseglers. Robert arbeitete seit fünfzehn Jahren in der Biologischen Station. Er fahre mit dem Motorboot von einem Hafen zum anderen, sagte er, und entnehme Wasserproben. Im Frühjahr und im Herbst fliege er mit einer Cessna, um Luftaufnahmen vom See zu machen, die Reiherkolonien im Schilf zu zählen oder die Stare aus den Weingärten zu vertreiben, wenn die Trauben reif waren. Später fing Robert an, über das Flugzeug zu sprechen.

Neben dem Tisch in einer Kiste war der Motor, neu und mattsilbrig, eingehüllt in eine Wolldecke mit roten und schwarzen Blumen.

Ein Kompressorschlauch lag neben dem Vierzylindermotor und dem Propeller mit der Narbenhaube, die wie die Spitze einer Granate aussah. Die Räder des Fahrwerks lehnten neben der unverkleideten Tragfläche.

Eck fragte ihn später, was er über seinen Vater wisse. Robert wollte zuerst nicht darüber reden. Erst nach einigem Drängen sagte er ironisch: »Wir verdanken ihm den Campingplatz, den Jachthafen und die Appartementhäuser.«

»Bleibst du länger?« fragte er.

»Ich weiß nicht«, sagte Eck.

14. Der Flug

Der Flugplatz in Trausdorf wurde von den Nazis erbaut. Später – in der sogenannten Besatzungszeit – betrieben ihn die Russen. Rund um den Flugplatz dehnten sich Weingärten aus. Vor dem neugebauten Tower befand sich der Hangar, in dem mehr als ein Dutzend einmotoriger Sportflugzeuge und ein Rettungshubschrauber abgestellt waren. Robert befestigte ein Seil an der Cessna und zog sie auf die Piste. Als Eck auf dem schmalen Sitz Platz genommen hatte, erklärte er ihm, daß er seine Beine nicht ausstrecken dürfe, da er sonst die Seitenruderpedale für den Copiloten bewegen würde. Er mußte sich außerdem zurücklehnen, um nicht an den zweiten Steuerknüppel, der ebenfalls für den Copiloten vorgesehen war, zu stoßen. Auf der Windschutzscheibe hatte sich ein durchsichtig braunes Fleckenmuster von zerplatzten Insekten gebildet. Eck war noch nie mit einem so kleinen Flugzeug geflogen. Es holperte über die Piste und schien in die Luft hinaufzuschwimmen. Unter ihnen streckte sich ein weites Roggenfeld mit Starkstrommasten aus, dahinter ein Badesee, der von Hütten umgeben war. Manchmal fiel das Flugzeug, wurde aber rasch wieder hochgehoben, wie ein Jo-Jo, das an einer unsichtbaren Schnur hing. Eck öffnete das Seitenfenster, ein kalter Luftstrom zog herein. In der Kabine dröhnte der Lärm des Motors. Er sah die dünne Aluminiumstange unter der zitternden Tragfläche und das filigrane Rad des Fahrwerks. Der Steuerknüppel vor ihm bewegte sich, wie von einer fernen Energiequelle gelenkt. Am Horizont dehnte sich der See als ein schimmerndes Band aus. Als sie den Schilfgürtel überflogen, schienen sie sich über einer grünen Fläche zu verlieren. Kanäle durchfurchten die sumpfige Landschaft wie Farbspuren oder Kratzer, die Schlittschuhe im Eis hinterlassen. Die Wasseradern waren schwarz von faulendem Laub, erklärte Robert. Eck konnte kleine Teiche im Schilf erkennen, sogar das dunkle Grün der Algen an ihrem Rand. Manche Tümpel waren verlandet, die braune Erde, die zum Vorschein kam, war von Sprüngen durchzogen. Mitten im Grün erhob sich eine gelbe Zeltstadt: die kegelförmig aufgestellten Schilfbündel der Rohrschneider. Robert flog eine Linkskurve, bei der es Eck den Magen zum Kehlkopf hinaufdrückte. Die weißen Punkte im Grün, auf die Robert zeigte, waren eine Reiherkolonie. Eck hatte geglaubt, Robert habe das Segelboot gesehen, aber er sagte sich, daß die Wahrscheinlichkeit nicht sehr groß sein konnte, es zu finden, wenn man bereits einen Nachmittag und die halbe Nacht gesucht hatte. Ein Reiher schwebte über das Schilf, das an dieser Stelle einige Kilometer breit war. Dort, wo es spärlicher wuchs, spiegelte sich die Sonnenscheibe im Wasser und schien mit ihnen dahinzurasen. Als in einem der Kanäle ein blauer Fleck auftauchte, ging Robert tiefer, es war jedoch nur ein Elektroboot mit einem Angler.

Sie entdeckten am Rand des Schilfs eine Baustelle, die von einem Möwenschwarm umkreist wurde. Von oben sah es aus, als wirbelte eine Wolke aus Papierfetzen unter ihnen. Als sie näher kamen, waren neben einem Lastwagenkühler und einem Schiffsrumpf weggeworfene Kanister und Schutt zu sehen. Kurz darauf lag der Badeort Rust mit der uferförmigen Hafenanlage, den weißen Segelbooten und den Schilfhäusern unter ihnen, die die Gemeinde für die Touristen errichtet hatte. Die Landschaft war von oben gesehen auffallend zerteilt. Um die Häuser liefen die schwarzen Wasserkanäle wie Zäune. Dem Ufer zu waren die Hütten dicht aneinandergedrängt und bildeten eine Art Bootssteg um die Bucht.

Inzwischen hatten sie das offene Wasser erreicht. Obwohl es so trüb war, daß man nicht bis auf den Grund sehen konnte, hatte Eck den Eindruck, es sei seicht.

Fließenden Runzeln gleich lief es über die fahle Haut der Oberfläche, in flachen, dicht aufeinanderfolgenden Wellen.

Eck bemerkte, daß sie vom Schatten des Flugzeugs auf dem Wasser überholt wurden, der eine Zeitlang vor ihnen hereilte und dann wieder hinter ihnen verschwand. Er blickte zum Heck und sah das Leitwerk unter dem strahlend hellen Himmel. Sie flogen eine jähe Kurve. Eck preßte die Bauchmuskeln zusammen; er saß jetzt fast senkrecht über Robert, der sich inzwischen eine rosa getönte Schutzbrille aufgesetzt hatte.

Die kleinen Teiche unter ihnen waren rot von Schlingpflanzen. Robert suchte den Sumpf ab, kreiste über der Insel und entdeckte eine kohlschwarze Fläche, verbranntes Schilf, das erst vor kurzem von Berufsfischern in Brand gesteckt worden sein mußte, um eine weitere Verlandung des Sees zu verhindern.

Das vom Wasser reflektierte Sonnenlicht blendete Eck so stark, daß er kurz die Augen schloß. Dort, wo der Luftsog des Flugzeugs das Schilf niederdrückte, bildete sich hinter ihnen eine fließend-silbrige Spur. Sie flogen im Tiefflug über das Schilf, bis sie die Insel abgesucht hatten, dann schwenkte Robert mit einem Achselzucken nach Ungarn ab. Noch immer zogen Ausläufer des Schilfgebietes und Sumpfwiesen unter ihnen dahin, aus denen da und dort ein Wachturm des ehemaligen Eisernen Vorhangs ragte.

Robert zeigte auf einen rasch näher kommenden Ort am Rand eines kleineren Sees, und Eck erfuhr, daß es Illmitz war, in dem Robert zu Hause war. Am Horizont war schon der Zicksee zu erkennen. Winzige Menschen wie Uschebtifiguren in Pharaonengräbern arbeiteten auf den Feldern. Die Äcker grenzten an Teiche und erinnerten – weil sie zum Teil unter Wasser standen – an Reisfelder. Ein dunkelgrüner Militärhubschrauber kreuzte ihre Fluglinie. In größerer Höhe schien es Eck, als ob sie nur mühsam vorankamen, während sie im Tiefflug dahinrasten, als habe der Pilot den Verstand verloren. Sie hatten jetzt, trotz der hochgestellten Motorhaube, einen weiten Ausblick. Das Land war von Hunderten von Teichen bedeckt, die aus größerer Höhe an Pfützen erinnerten. Luftböen ließen die Maschine absacken. Inzwischen erreichten sie die ungarische Grenze mit dem »Einserkanal«, der sich, von Wiesen und Holunderbüschen umgeben, als ein gerader, braunschwarzer Strich in der Landschaft erstreckte. Die Fürsten Esterhazy hatten ihn anlegen lassen, als sich der See im vergangenen Jahrhundert nach fünfjähriger Austrocknung so unmäßig mit Wasser füllte, daß mehrere Dörfer in den Fluten verschwanden. Vorher hatten sie den See mehrmals selbst austrocknen wollen. Eines Tages dann war er verschwunden. Hohe Staubsäulen wirbelten bei Wind über den Grund. Der Salz- und Sodagehalt des Bodens – stellte sich heraus – war so hoch, daß an eine landwirtschaftliche Nutzung nicht zu denken war. Dafür riefen die Staubpartikel, die durch jede Ritze in die Häuser drangen, schmerzhafte Augenentzündungen hervor, und der Morast auf den Schilfwegen war an manchen Stellen tief genug, daß ein unvorsichtiger Fußgänger bis zum Hals darin versinken und sogar ums Leben kommen konnte, wenn niemand die Hilferufe hörte.

Auf der österreichischen Seite fielen Eck die *schmalen* Äcker, auf der ungarischen die *großen* der ehemaligen Kolchosen auf. Nach einem Richtungsschwenk blickten sie schon auf das »Lacken-Gebiet«, ein Areal von mehr als siebzig Teichen, hinunter. Schattenfarben von Dunkelgrau bis Schwarz, durchzogen von weißen Rinnsalen. Wenn das Sonnenlicht auf die Wasseroberfläche fiel, legte sich ein Silberglanz über sie. Der Horizont verschwand im Dunst als grauer Streifen. Eck bemerkte die glitzernden Plastikzelte der Gärtnereien um die Ortschaften. Eine rote Eisenbahn – von oben Spielzeug – rollte durch die Felder.

»Die trockenen Lacken sehen aus wie Vogelscheiße. Aber es sind Sodakrusten«, rief Robert.

Auch in den umliegenden Wiesen fielen Eck die weißen Streifen und Flecken auf, an denen das Soda aus dem Boden sickerte. Als Eck den Turm eines Schotterwerks entdeckte, dachte er zuerst an eine Mühle und Mehlspuren.

Einige von Dämmen umgebene Fischteiche breiteten sich am Rand von Frauenkirchen aus. Vor den Bungalows lagen Touristen auf Liegestühlen unter bunten Sonnenschirmen.

Ecks Ohren waren durch den Höhenunterschied halb taub.

Er erkannte das Hotel in Podersdorf, die Wohnwagensiedlung, den Jachthafen, den Campingplatz und dahinter den Pier, den Bootsverleih mit dem Steg und das Bootshaus der Gendarmerie. Die Segel der Schiffe weit draußen auf dem See waren schwimmende Fotoecken.

Sie gingen tiefer, so daß sie zwischen den Bäumen den Campingplatz mit dem Schwimmbad von Oggau sahen und die langgestreckte Fliegerabwehrkaserne, in deren Schatten Soldaten exerzierten.

15. Lepisma Saccharina

»Ihre Sendung ist angekommen!« Der Postbeamte half ihm, die Kartons mit Medikamenten im Kofferraum zu verstauen. Eck hatte nach dem Sturm seine Firma in der Schweiz davon verständigt, daß in seinem Wagen eingebrochen worden war und wo er sich jetzt befand. Selbst ein Handy-Telefon hatte sein Chef geschickt. Außerdem eine Liste mit Adressen von Ärzten und Krankenhäusern, die ansonsten ein Arbeitskollege betreute. Da dieser einen Fortbildungslehrgang besuchte, überließ die Firma inzwischen Eck das Revier, damit er nicht abreisen mußte.

Am einfachsten erschien es ihm, einen Wohnwagen zu mieten und auf den Campinglatz zu ziehen. Dadurch verringerte sich die Chance, dachte er, als Sohn von Paul Eck erkannt zu werden.

Der Platzwart war ein grauhaariger Mann mit einem riesigen Bauch unter dem Buschhemd. Schweißtropfen standen über seiner Oberlippe. Sein Wohnwagen war unter zwei Pappeln aufgestellt. Zwischen den beiden

Bäumen waren Drähte gespannt, auf denen Bisamfelle zum Trocknen hingen. Vor dem Mann lag die Zeitung mit der Fotografie von Ecks Vater. Der Mann schob die Sonnenbrille auf die Stirn und zeigte zwei reißnagelkopfgroße Augen unter verschwollenen Lidern.

»Wenn Sie mich fragen, ist er abgehauen.« Er lachte schadenfroh. »Andernfalls müßten Teile des Wracks gefunden worden sein, ein Kleidungsstück – oder seine Leiche.«

Der Mann kramte ein Anmeldeformular heraus und schob es vor Eck hin. Eck zögerte. Er füllte es dann auf den Namen eines Linzer Kollegen – Dr. Rotberger – aus.

»Wollen Sie eine Anzahlung machen?«

Eck legte eine Banknote auf das Pult. Der Platzwart unterschrieb eine Quittung und sagte: »Geht in Ordnung.«

Ächzend ging er vor ihm auf das Ufer zu. Vom See her wehte ein fauliger Morastgeruch. Eck sah das graugrüne Wasser zwischen den Wohnwagen. Eine Frau mit einer Gummibadehaube und einem blauen Frotteemantel trug ein nacktes Kleinkind auf dem Arm. Ein gefleckter Hund blieb vor ihm stehen und wedelte mit dem Schweif. Erst jetzt sah er, daß der Platzwart, wie zur Bewaffnung, einen Wagenheber in der Hand trug. Eck hatte den Eindruck, der Boden schwankte unter ihm – der Flug, wußte er.

»In der Früh dürfen Sie auf keinen Fall zwischen fünf und sieben Uhr den Wagen öffnen und abends nicht zwischen halb acht und neun. Sonst erleben Sie eine

Mückeninvasion. Die Fenster haben Fliegengitter.« Der Platzwart spulte die eingelernten Informationen herunter.

Eck nickte. Vom Strand war das laute Stimmengewirr der Touristen zu vernehmen.

Die meisten Wohnwagen, die dicht nebeneinander standen, waren geschlossen, die Jalousien heruntergezogen. Der Campingplatz machte trotz der Touristen um diese Uhrzeit einen ausgestorbenen Eindruck.

Sie hielten vor einem der silbergrauen, altmodischen Wohnwagen. Der Platzwart sperrte die Tür auf, und Eck stolperte hinein. Modrige Luft schlug ihm entgegen. Vom ersten Augenblick an fand er das Zimmer mit dem ausziehbaren Bett und dem Klapptischchen abscheulich.

»Machen Sie Licht«, rief der Platzwart von außen.

Als Eck die Tür zur winzigen Duschkabine öffnete und das Licht anschaltete, stoben Silberfischchen in alle Ritzen. Ihn ekelte sogleich vor der Duschkabine und dem Bett, in dem wer weiß welche Insekten auf ihn warteten. Vielleicht war jemand in diesem Wohnwagen gestorben und wochenlang nicht aufgefunden worden.

Er öffnete ein Schiebefenster, um zu lüften, steckte dem Platzwart ein Trinkgeld zu und schluckte eine Schmerztablette.

Als er sich umdrehte, entdeckte er eine Zeitung auf dem Tisch. Von draußen brandete noch immer der Lärm der Touristen in den geschlossenen Wagen. Es ekelte ihn. Er schlug den Lokalteil auf, und Silberfischchen flohen aus dem Papier. Eck versuchte vergeblich, sie zu ignorieren. Sein Blick fiel gleichzeitig auf einen langen Bericht über seinen Vater. Neugierig geworden las er, daß sein Vater »untergetaucht« sein könnte, um eine neue Identität anzunehmen. Was am See zerstört worden war, hatte er zerstört oder war mit seiner Billigung geschehen. (Eck wußte es.) Er hatte den Wasserstand regulieren lassen (was zwanzig Jahre später zu einer Versumpfung des Schilfgebietes geführt hatte). Als die Fische im schmutzigen Wasser zugrunde gingen, hatte er genehmigt, daß Aale in den See verpflanzt wurden (obwohl sie nie darin brüten und im Laufe der Jahrzehnte alle übrigen Fische ausrotten würden). Der Weinanbau hatte um das Hundertfache in den letzten dreißig Jahren zugenommen (und das Gift der Spritzmittel den See verseucht). Ackerland war durch künstliche Bewässerung oder Trockenlegung von Lacken gewonnen worden (dadurch war das Grundwasser verbraucht und verschmutzt worden), und so weiter. Einiges davon stand aber in der Zeitung so geschrieben, als ob es eine große »Leistung« gewesen wäre, während man die negativen Folgen als etwas darstellte, das nicht vorhersehbar gewesen sei. Ecks Vater wurde als »bedeutende Persönlichkeit« bezeichnet, obwohl es ihm zeitlebens nur um Profit und seine Karriere gegangen war. Eck sah seine Mutter im Badezimmer vor sich, die Blutlache auf dem Boden. Er war hierhergekommen, um sie zu rächen, auch wenn er es nicht gewußt hatte.

Die Tablette wirkte, ruhig registrierte Eck jetzt das ganze Elend und den Schmutz des abgewohnten Campingwagens. Er griff nach dem Handy-Telefon und wählte die Nummer von Doris, dann seinen eigenen Anrufbeantworter, aber er erreichte weder sie, noch fand er eine Nachricht vor. Wahrscheinlich genoß Doris die Freiheit. Sie war begabt für das Leben, während er ohne einen anderen Menschen sich immer mehr und weiter in sich zurückzog. Wieder nahm er das abstoßende Interieur des Campingwagens wahr: den zerschlissenen Teppichboden, den geschmacklosen Lampenschirm, die häßliche Kücheneinrichtung. Er hörte das Dauergeräusch der Touristen, eine Art voluminöses Gemurmel, aus dem eine vereinzelte Kinderstimme, ein Ruf, ein Gelächter, ein Weinen herausklang.

Er bemerkte, daß sich der Artikel über seinen Vater auf der folgenden Zeitungsseite fortsetzte, hinter der sich ein weiteres Silberfischchen versteckt gehalten hatte. Eck versuchte es zu zerdrücken, doch es entwischte seiner schnellen Hand und verschwand unter dem Tisch. Eine Fotografie seiner Stiefmutter fiel ihm in der Mitte der Zeitungsseite auf. Es war das Hochzeitsfoto, von dem man seinen Vater aus Platzgründen weggeschnitten hatte. Zweifelsohne war sie eine schöne Frau: Auf der Schwarzweißfotografie trug sie einen Schleier – ihr langes, blondes Haar fiel bis auf ihre Schultern, und ihre Lippen lächelten verträumt, als verschweige sie etwas. Neugierig las er die Aussagen, die sie über seinen Vater machte: Sie entwarf das Bild eines »Unzerstörbaren«. Er spürte ein Erstickungsgefühl, wie damals, als er mit dem Boot gekentert war und sich unter Wasser das Ellbogengelenk ausgerenkt hatte. Er öffnete den Kühlschrank. Im hellen Licht huschten Schwärme von Silberfischchen über die weißen Wände und verdrückten sich in den Ritzen. Sie hatten offenbar vom gesamten Campingwagen Besitz ergriffen. In der Mitte des sonst leeren Kühlschranks lagen ein schimmeliges Stück Brot und ein Pappbecher mit Erdbeermarmelade. Eck zerdrückte einige Tierchen mit im voraus empfundener Abscheu. Ihr Körper war weich, samtig, kühl und löste sich unter dem Druck der Fingerkuppen auf wie feuchter Puder. Er betrachtete angeekelt den silbrigen Klecks auf dem Zeigefinger. Bei seinem Medizinstudium hatte er eine Lektion über tierische Schädlinge gelernt ... Man schätzte das Alter der Silberfischchen, der lepisma saccharina – wie er sich erinnerte –, auf dreihundertmillionen Jahre.

Als er wieder in den Kühlschrank blickte, sah er, daß einige Silberfischchen ein totes auffraßen. Er konnte es zunächst nicht glauben, doch es war wahr. Wenn man die Silberfischchen in der Badewanne entdeckte – so hatte er in den Vorlesungen gehört –, waren sie Gefangene, denn sie kamen nicht aus den Abflußrohren. Er stellte sich ihr Leben in einem riesigen, weißen Badewannengefängnis vor, mit den eigenen Artgenossen als Nahrung. Ihm fiel ein, daß sich auf seinem Schweizer Taschenmesser eine herausklappbare Lupe befand. Er suchte es in der Hosentasche und betrachtete dann neugierig die vergrößerten Tiere im Kühlschrank: sie hatten lange Antennen und drei Schwanzanhänger. Sie stammten aus der Zeit, als die Fische an Land gingen. Eck sah in ihnen lebende Fossile. Manche Forscher vertraten die Ansicht, daß alle Insektentypen sich im Laufe der Zeit aus den Silberfischchen entwickelt hatten. Soeben hatte er sich noch vor ihnen geekelt, und nun konnte er nicht aufhören, sie zu beobachten. Diese Silberfischchen wußten über die Menschen Bescheid, sagte er sich in einem Anflug paranoider Logik. Er dachte an ein gewaltiges Buch, eine ungeschriebene Geschichte der Tierheit, in der ihr Schicksal und Kampf mit den Menschen aufgezeichnet war. Die Ameisenvölker, die Spinnen, die Schaben, die Fliegen, dachte er, berichteten, wie sie auf der Hut sein mußten, von den Menschen nicht erschlagen, zertreten, vergiftet oder in Leimpapier erstickt zu werden; Hühner und Hasen, Schweine, Rinder und Kälber erzählten die Geschichte ihrer Gefangenschaft: wie sie in dunklen Ställen aufgezogen wurden, um eines Tages – oft schon in der Kindheit – von der menschlichen Hand, die sie gefüttert hatte, getötet, gehäutet, zerteilt und gekocht zu werden. Die Fische überlieferten, wie sie in Netzen gefangen wurden, an der Luft erstickten und sodann geköpft oder zerstückelt in Konservendosen gelangten; Rehe, Hasen, Fasanen und Bären schilderten die eisernen Klauen der Fallen, den Todesschuß, das Über-die-Ohren-Ziehen des Felles, das Gerupft- und Ausgestopftwerden … Ein anderes Kapitel würde den Hundefängern und Kammerjägern gewidmet sein. Ein weiteres den Tieren in Aquarien, Vogelkäfigen und Zoos. Das größte, das umfangreichste aber dem Menschen, der die Tiere fotografierte, zeichnete, streichelte, heilte, beobachtete, beschrieb und besang und nicht zuletzt verzehrte.

Eck war jetzt überzeugt, daß er für sie Gott war. Und er war – noch immer die Silberfischchen anstarrend – auch davon überzeugt, daß Gott, vorausgesetzt, es gab ihn, nicht mehr über ihn wußte als er über diese Silberfischchen, und daß ihn Gott aus Langeweile oder Ekel töten konnte wie er das Silberfischchen vorhin ... Er schaltete den Farbfernseher an. Im ersten Programm lief ein Hollywoodfilm aus den siebziger Jahren *Der große Coup* mit Walter Matthau als Bankräuber (er kannte ihn schon), im nächsten die Aufzeichnung eines Tennismatches.

Eck zog die Tischlade heraus, in der neben einer blauen Bibel ein Päckchen in Seidenpapier eingewickelter Briefmarken lag. Er schlug die Bibel auf, aus der eine wimmelnde Schar von Silberfischchen floh, und las als Orakel die Zeilen, auf die sein Finger zufällig zeigte: »Warmer Kot fiel in meine Augen. Es entstanden weiße Flecken, die ich von den Ärzten behandeln lassen mußte. Je mehr Salbe sie anwendeten, desto mehr machten mich die Flecken blind, und zuletzt war die Blindheit vollständig.« Es war das zweite Kapitel des Buchs *Tobit,* das *Der Blinde* hieß.

Er klappte das Buch zu und besah sich die Marken. Sie waren von den Silberfischchen angefressen. An manchen fehlten die Zacken, manche waren bis in das Bild hinein zerstört, auch waren alle seltsam bleich – wie entfärbt. Vom Fernseher kam das *Tick-Tock* des fliegenden Tennisballes.

Das Orakel konnte bedeuten, dachte Eck, daß er seine Identität nicht preisgeben durfte, andernfalls würde er häßliche Dinge sehen müssen. Daß die Briefmarken angefressen waren, hieß, vermutete Eck weiter, daß er hier nicht schnell wegkam. Er zog die Lade so weit es ging heraus und fand ganz hinten ein Briefkuvert ohne Anschrift und Absender. Hastig schlug er es auf, und heraus fiel die Schwarzweißfotografie eines Silberfischchens, sowie mehrere tote, die schon vertrocknet waren. Eck pustete sie hastig vom Tisch. Er mußte sich wieder beruhigen. Um sich abzulenken, begann er, seine Sachen auszupacken. Auf der Adressenliste, die ihm seine Firma geschickt hatte, entdeckte er beim Durchlesen den Namen Dr. Schediwy.

Dr. Schediwy war der Arzt, der ihm nach seinem Unfall im See das verstauchte Ellbogengelenk eingerenkt hatte. Er mußte inzwischen uralt sein, wenn er noch lebte. Er war ein kalter Mann mit schlechten Augen gewesen, der während der Behandlung mit seinen Patienten nicht sprach, erinnerte sich Eck. Er steckte die Adressenliste wieder ein und fand es am besten, mit der Arbeit zu beginnen. Draußen war es heiß und hell. Zwischen den Wohnwagen suchte er den Ausgang, verlor aber die Orientierung. Plötzlich bellte aus einem der Wagen ein Hund, daraufhin machte Eck kehrt und schlug die Richtung zum See ein. Als er einige Schritte weiterhastete, wurde er plötzlich von grellem Licht geblendet. Gerade noch erkannte er einen Buben mit einem Taschenspiegel.

Eck wußte jetzt nicht mehr, wo er sich befand. Der Weg zwischen den Wohnwagen war so schmal, daß er daran dachte, von ihnen zerquetscht werden zu können. Ein Schlauch lag im Gras wie eine rote Schlange. Als er den Kopf hob, bemerkte er, daß ihm zwei nackte Mädchen mit aufgeblasenen Schwimmflügeln auf den Oberarmen naß und zitternd entgegenliefen. Er ließ sie vorbei und überlegte, daß der Ausgang, wenn sie gerade vom Baden kamen, sich doch in der entgegengesetzten Richtung befinden mußte.

Er beeilte sich schließlich, in eine Seitengasse zu kommen, wo er einen Jungen auf der Stufe des Wohnwagens sah, den er nach dem Ausgang fragte.

16. Soldaten

Auf dem Hügel erhob sich ein riesiger Starkstrommast. Sein Eisenskelett erinnerte Eck an Roberts halbfertiges Flugzeug: den unverkleideten Rumpf und die Flügel. Für den Bruchteil einer Sekunde erschien ein Bild in seinem Kopf, das Roberts Flugzeug abgestürzt und ausgebrannt zeigte, gerade wie es mit einem Kran geborgen wurde. Er hatte seit seiner Kindheit unter plötzlichen, ungewollt auftauchenden »Katastrophenbildern« gelitten. Er glaubte, daß ein Bruchstück aus der Zeit, die vor ihm lag, herausgefallen war, und daß dieses Bruchstück wie ein aus dem Auto geworfener Pappbecher durch eine »Luftströmung« dem nachfolgenden Wagen entgegenflog und gegen dessen Windschutzscheibe prallte. Der Fahrer im nachfolgenden Wagen war er selbst.

Am Straßenrand erschien eine größere, flache Hütte.

Auf dem Dach war ein mit silberner und weißer Farbe bemalter Fisch aus Holz befestigt. Limonadenkisten waren zu einer Mauer um den Gastgarten gestapelt. Eck bog ein, die Räder seines Wagens krachten auf dem Kies. Vom Parkplatz aus stellte er fest, daß er sich verfahren hatte, denn unter der Fischbude sah er an der Kreuzung ein Schild, das in eine Richtung nach Neusiedl und in die andere nach Mönchhof zeigte. Also mußte er später in Richtung Mönchhof fahren und von dort nach Frauenkirchen abbiegen.

Über die Straße war ein gelber Reklamestreifen gespannt. Er warb für die Landwirtschaftsmesse in Gols. Ganz weit hinter den Weinstöcken war der Saum des Sees zu erkennen. Im Gastgarten saß eine Kompanie Soldaten mit rot-weiß-roten Armbinden. Die Soldaten schienen müde zu sein, manche hielten das Gesicht mit geschlossenen Augen gegen die Sonne.

Als Eck das Bier trank und zwei Fluctinetabletten schluckte, die er mit einer Fortralkapsel kombinierte, hörte er einen Soldaten mit dem Wirt darüber sprechen, welche Arbeit sie an der Grenze verrichteten. Mit Handscheinwerfern, sagte der Soldat, während er sich die Nase putzte, stöberten sie in der Nacht illegale Einwanderer auf und verhafteten sie. Im Auffanglager überprüfe man, berichtete der Soldat weiter, die Angaben der Flüchtlinge, aber in der Regel sei es klar, daß sie wieder abgeschoben würden. Der Soldat nannte seine Arbeit: »Die Grenze dichtmachen.« Die Abschiebungen führten die Gendarmen und die Zöllner durch.

Am Hauptplatz von Frauenkirchen, vor der gelben,

zweitürmigen Wallfahrtskirche, waren Marktbuden aufgestellt. Dadurch war die Sicht auf das Geschäft von Ecks Vater verdeckt. Er nahm einen der mit Pharmamustern vollgepackten Aktenkoffer und drehte sich nach dem Haus von Dr. Schediwy um. Die Tabletten begannen zu wirken. Er fühlte, wie er leichter wurde und die Farben intensiver zu werden anfingen. Er bückte sich, um ein Schuhband zuzuknüpfen. Währenddessen wurde er von einem Händler mit einem Turban, vielleicht einem Inder, angesprochen. Er stelle, gab er beredt an, mit einer verchromten Maschine Visitenkarten her. Zuerst schüttelte Eck den Kopf und ging weiter, dann aber überlegte er, daß es vielleicht besser war, die Geschäfte unter falschem Namen abzuwickeln. Sein Kollege in Linz, Dr. Rotberger, fiel ihm wieder ein, und er ließ sich zwei Dutzend Karten auf diesen Namen drucken, außerdem gab er seinen Beruf mit *Ärzteberater* sowie den Namen der Schweizer Firma an.

17. Das Haus des Doktors

Er bog von der Hauptstraße ab und ging an Gemüsegärten mit Holunder- und Fliederbüschen vorbei zum ehemaligen Fußballplatz. Er diente jetzt einem Gebraucht- und Neuwagenhändler als Ausstellungsfläche. In der Mitte war ein Mast aufgestellt, von dem silberne, im Wind flatternde und im Sonnenlicht blitzende Lamettaschnüre ein durchsichtiges Zelt bildeten, unter dem die frisch gewaschenen Autos abgestellt waren. Auf der anderen Straßenseite lag das Haus des Doktors. (Es grenzte an die Raiffeisenbank und eine »Beautyfarm Helena«.) Für ihn war es ein blutiges, unheimliches Haus gewesen. Der Arzt mit seinen Injektionen, Mundspachteln, Ohrenlampen und Gummihandschuhen verfolgte ihn damals bis in seine Träume. Er wußte, daß man sich vor seinen Augen nackt auszog und von seinen kalten Händen betasten ließ. Daß ihn Sterbende in der Nacht zu sich riefen. Daß er im Krankenhaus den Bauch seiner Patienten öffnete und den Blinddarm »herausnahm«.

Das Haus machte einen heruntergekommenen Eindruck. Wenn Eck nicht das Messingschild neben der Eingangstür gesehen hätte, hätte er nicht geläutet.

18. Der Drache

Dr. Schediwy trug eine dunkle Sonnenbrille. Vor allem war er zusammengeschrumpft. An seinen kleinen Händen schimmerten blau die Venen durch. Er sah aus wie eine Wachspuppe. Eck wartete, bis der Doktor die Hände abgetrocknet und vor ihm Platz genommen hatte. An den Wänden hingen Tafeln, die einen Chinesen mit Zopf, Spitzbart und Lendenschurz und eine gedachte Linie von den Zehenspitzen bis hinter das Ohr zeigten, auf der als Perlen die einzelnen Akupunkturpunkte dargestellt waren. In einer Ecke stand eine menschengroße Kunststoffigur, ebenfalls mit Linien und Punkten vom Schädeldach bis zu den Fußsohlen.

Eck warf einen Blick auf die rechte Hand des Doktors: der Kopf und die Vordertatzen des tätowierten Drachen auf dem Handgelenk! Wie hatte ihn dieser Drache beschäftigt! Als er sich das Ellbogengelenk ausgerenkt hatte, hatte ihn der Doktor auf einer Liege, über die ein grünes Gummituch gebreitet war, narkotisiert. Während Schediwy ihn mit Hilfe seines Vaters festband, war Eck überzeugt gewesen, sterben zu müssen. Er fand nicht den Mut zu schreien, da er befürchtete, daß sein Vater ihn bestrafen würde. Der Arzt hielt mit der »Drachenhand« seinen Kopf nieder, mit der anderen preßte er die Narkosemaske auf sein Gesicht und befahl ihm zu zählen. Eck brachte – den sicheren Tod vor Augen – nur ein Lispeln und Lallen hervor. Hierauf war er vom Doktor gewürgt worden, der sich in einen Drachen verwandelt hatte.

Jetzt erkannte Eck auch, woher das phosphoreszierende Licht kam. An einer Wand war ein Aquarium aufgestellt, das den Raum beleuchtete, da die Jalousien geschlossen waren. Er legte die Visitenkarte mit dem falschen Namen auf den Tisch und stellte sich als Dr. Rotberger vor.

»Sie haben Gift in Ihrem Blut«, sagte Dr. Schediwy ungerührt. Seine Stimme hatte ein leises Echo. Er hatte Ecks Hand ergriffen und nach dem Puls getastet. Daraufhin erhob er sich seufzend und holte aus einer Vitrine eine Schachtel mit Akupunkturnadeln. Ohne zu fragen, stach er mit einer Goldnadel in den inneren Rand von Ecks kleinem Finger.

»Ich akupunktiere den Anregungspunkt des Herzmeridians«, sagte er. Er nahm eine Stahlnadel und bohrte sie leicht in den äußeren Rand des Kleinfingernagels. »Dann harmonisiere ich den HP-Punkt des Darmmeridians.« Die Behandlung dauerte eine halbe Minute, während der der, Arzt schwieg. Er entfernte die beiden Nadeln, tastete sich den Unterarm bis zum Ellbogen hoch und hielt zu Ecks Verblüffung das Gelenk in der Hand, das er vor fast dreißig Jahren eingerenkt hatte.

»Sind Sie zum ersten Mal hier?« wollte er wissen. »Ich behandle auch konventionell, wenn es sein muß. Lassen Sie mir den ganzen Kram hier«, fuhr er – ohne eine Antwort abzuwarten – fort.

Eck legte den Kunststoffkoffer auf den Tisch.

»Kennen Sie Paul Eck?« fragte Dr. Schediwy unvermittelt. Erstaunt starrte Eck ihn an.

»Ihr Kollege erzählte mir, daß er in derselben Branche beschäftigt ist wie Sie. Ich nehme an, Sie wissen, daß sein Vater im See ertrunken ist ... Das heißt, er ist vermißt. Ich habe Paul einmal seinen Arm eingerenkt ... Wie gut kennen Sie ihn?«

»Nicht sehr gut.«

»Seine Mutter kam zu mir, als sie schwanger war. Aber damals war eine Abtreibung verboten.«

Eck sah den Drachen vor sich, der sich über ihn gebeugt hatte, als er in Narkose versunken war, und er wußte jetzt, wo er ihm schon früher begegnet war.

Die Hand mit der Tätowierung lag vor Eck auf dem Tisch und spielte mit einer goldenen Akupunkturnadel.

»Schade, ich hatte gehofft, Paul noch einmal zu sehen«, sagte er und stand von seinem Stuhl auf, um Eck zu verabschieden.

19. Landstraße

Die Sprecherin sagte gerade die neue Nummer *Night Swimming* von den *R.E.M.* an. Auf eine Holzwand war eine menschengroße Erdbeere gemalt – dahinter dehnte sich ein Erdbeerfeld aus. Er war nicht sehr erschrocken gewesen über das, was Dr. Schediwy ihm gesagt hatte, andererseits erschien ihm die von Sonnenlicht überflutete Landschaft so schön wie lange nicht. Zwei Arbeiter in blauen Monturen verputzten eine Stallwand. Er fuhr an Weingärten vorbei, Wiesen, Robinienbüschen, Roggenfeldern. Elektrische Leitungen führten zu den hohen Masten in der Ferne. »Alles hängt zusammen«, dachte er. Der Lastwagen vor ihm rußte und stank. Schließlich überholte ihn Eck an einer unübersichtlichen Stelle. Er hatte das Gefühl, daß er »geschützt« war. »Ich werde nicht auf der Landstraße sterben«, dachte er.

Seltsamerweise verachtete er seine Mutter nicht. Vielleicht hätte sie ohne ihn nicht geheiratet und sich nicht umgebracht. Daß er nun wußte, wo er die Drachentätowierung des Doktors schon einmal gesehen hatte, erfüllte ihn mit einem verqueren Stolz. Natürlich würde ihm niemand glauben, wenn er die Geschichte erzählte. Außerdem konnte es sein, daß die Tabletten ihm etwas vorgegaukelt hatten und noch immer vorgaukelten. Gerade fuhr er an einem Elektrizitätswerk aus grauen Betonquadern vorbei. Zwei der Glasfenster waren eingeschlagen, Plastikplanen flatterten im Wind. Hinter dem Umspannwerk auf der Ebene erstreckte sich die Schaltanlage mit den schraubenförmigen Spulen der Isolatoren, den Stromschienen, dem Abspannungsgerüst und dem Transformator. Eine Wolke zog so schnell über den Himmel, daß Eck glaubte, seine Augen hätten sich getäuscht. Er sah sich jetzt als kleinen Jungen an der Hand seiner Mutter. Unwillkürlich trat er auf die Bremse. Das Elektrizitätswerk lag ausgestorben da.

20. Arztbesuche

Die dicke, schlecht gelaunte Frau des nächsten Doktors verwies ihn auf einen anderen Termin. Bevor sie noch unfreundlicher wurde, übergab ihr Eck den Plastikkoffer »mit den besten Empfehlungen«. Die Frau wurde eine Spur höflicher, entschuldigte sich, aber Eck war schon in der Tür. Die Akupunktur, schien es Eck, hatte ihn rasch nüchtern gemacht. Er fuhr über den Marktplatz zur Kaserne, vor der eine Kanone aus dem Zweiten Weltkrieg hinter Bäumen stand. Eck war zu seinem Glück wegen des Ellbogens nicht eingezogen worden. Er bog nach links ab und parkte vor dem kleinen Krankenhaus. Das Innere des Gebäudes wirkte seelenlos. Ein Frischoperierter in tiefer Narkose wurde in seinem

Bett vorbeigeschoben. Die Bänke vor der Ambulanz waren dicht besetzt von Patienten. Etwas abseits saß ein Mädchen mit verschwollenem Gesicht, Spuren von Blut klebten auf seiner Nasenrinne, die Oberlippe war aufgeplatzt. Plötzlich schnitt es eine Grimasse. Zuerst hatte Eck sich nicht betroffen gefühlt, aber es stand niemand hinter ihm. Eine Ärztin trat an ihn heran und fragte ihn, ob er der unangemeldete Vertreter sei. »Ich nehme an, Sie haben die Pharmamuster schon im Sekretariat abgegeben ... Ja? Unterhalten wir uns beim nächsten Mal ...«, sagte sie ironisch.

Eck nickte und ging den langen Gang wieder hinunter zum Treppenhaus. Durch offene Zimmertüren blickte er auf die stumpfen, schläfrigen Gesichter in den Betten. Ein alter Mann kam ihm entgegen im Pyjama mit Turnschuhen und einem Regenschirm, den er als Spazierstock verwendete, und wollte ihn in ein Gespräch verwickeln.

Eck schüttelte abweisend den Kopf, trat durch eine offene Tür und befand sich statt im Stiegenhaus in einer Abstellkammer. In dem Krankenbett vor ihm lag ein mit einem Leintuch bedeckter Körper. Es stand inmitten von Putzmitteln, Kübeln, Schrubbesen, einer elektrischen Bodenbürste und Staubsaugern. Als Eck sich umdrehte, sah er, daß der Alte ihm gefolgt war. Er hatte den Regenschirm geöffnet und kramte in seiner Pyjamajacke nach einer Brille. Es roch intensiv nach Waschpulver. »Der pensionierte Oberst«, sagte der Alte mit der Brille auf der Nase. Er beugte sich über das Leintuch und hob es in die Höhe. Darunter kam ein gelbes Gesicht zum Vorschein. Der Alte ließ das Leintuch wieder sinken.

»Der ganze Ort wird zu seinem Begräbnis kommen ...«, sagte er. »Zuletzt betrieb er eine Hühnerfarm.«

Der nächste Kunde auf der Liste war ein Augenarzt, der am Jachthafen ordinierte. Eck bemerkte, daß die Akupunktur von Dr. Schediwy weiter wirksam war und daß er kein Bedürfnis nach Tabletten hatte. Er hätte eigentlich jedem seiner Kunden einen Vortrag halten, ihn auf die neuen Medikamente einschwören und den Eindruck vermitteln müssen, es käme allein auf die Erprobung durch ihn an. Tatsächlich kannte er keinen Arzt, der sich von seinem Besuch nicht belästigt fühlte. Er betrachtete die Landschaft, um sich abzulenken ...

Der Doktor hatte eine feuchte Aussprache, ein rosa Jünglingsgesicht und eine Whiskyfahne. Trotz der Hitze trug er eine gepunktete Seidenkrawatte unter dem Ärztemantel. Er zeigte mit dem Leuchtpfeil einer Taschenlampe auf die an die Wand projizierten Buchstaben. Der Leuchtpfeil hüpfte von Buchstabe zu Buchstabe, und der Patient, ein dicker Pensionist in Hosenträgern, entzifferte sie folgsam. Der Augenarzt wechselte, während er leise mit Eck sprach, die Gläser im Eisenrahmen auf der Nase seines Patienten aus, der überdies noch schwerhörig war.

»Dr. Rotberger?« Der Doktor warf einen Blick auf Ecks Visitenkarte.

Er tauschte kommentarlos ein Probierglas aus und zeigte auf ein K.

»R«, sagte der Patient.

»Sie sind zum ersten Mal hier?«

»Ja, mehr oder weniger.«

»Waren Sie schon bei dem alten Abtreiber?«

Der Augenarzt zeigte auf ein R.

»H«, sagte der Patient.

»Ich weiß nicht, worüber Sie sprechen«, antwortete Eck. Dabei entdeckte er den Rezeptblock neben dem Stempel des Doktors auf dem Tisch.

»Ein offenes Geheimnis«, sagte der Augenarzt auflachend. Die Whiskyfahne flatterte in Ecks Gesicht.

»P«, sagte der Patient.

Eck wartete, bis der Doktor ihn nicht beachtete, und steckte den Rezeptblock ein.

»Wußten Sie, daß Dr. Schediwy keine Ausbildung in Akupunktur hat? ... Alles Schwindel ...«

Der Lichtpfeil zeigte auf ein W.

»Y«, sagte der Patient.

Eck griff jetzt nach dem Stempel und brachte ihn an sich.

»Nein«, sagte Eck.

»Ich mag ihn nicht«, der Doktor war in Gedanken versunken.

Er nahm seinem Patienten die Probierrahmen ab und setzte sich den Kopfspiegel auf.

Groß sah Eck, wie sich der Augapfel des Pensionisten darin spiegelte: die Horn- und Regenbogenhaut, das schwarze Loch der Pupille, durch das die Welt in den Kopf des Mannes floß, und die vielen kleinen Äderchen, die rot und entzündet waren.

21. Eck denkt nach

Vor ihm auf dem Tisch lag die entfaltete Seekarte, die er in einem Kiosk gekauft hatte. Gierig hatte er zwei Gläser Bier getrunken, und nun fühlte er, wie es ihm besser ging. Er trank, um sich »örtlich« zu betäuben. Im Alter von sechs oder sieben Jahren hatte er zum ersten Mal den Zustand des Berauschtseins erfahren: er wartete damals mit seinem Onkel im Schilf darauf, daß der Regen aufhörte. Zu seiner Überraschung hielt der Onkel ihm die Weinflasche hin, aus der er sich gerade stärkte, und Eck trank folgsam den Rest aus. Es war ein süßer, weißer Wein, und Eck spürte, wie eine lebendige Schwere durch die Gefäße seines Körpers floß. Er wußte noch, wie ihm schwindlig wurde, aber so, daß er glaubte zu schweben. Kurz darauf empfand er zu allem Zugehörigkeit, dem Schilf, den Regentropfen, den Wassergeräuschen, den Händen und sogar den Fingernägeln seines Onkels. Ohne Alkohol kam ihm später sein Dasein banal, bedroht und gehässig vor. Es war zwar »richtiger«, aber doch beschränkt, es funktionierte, aber ohne Sinn. Selbst wenn er zuviel getrunken hatte, ging es ihm besser als im nüchternen Zustand. Er war dann den Menschen näher, wie auch den Dingen: fremden Betrunkenen, dem Nachbarn, mit dem er sonst kaum ein Wort wechselte – ebenso wie dem Parkettboden, der plötzlich etwas Persönliches wurde, und dem Teppich. Als Betrunkener begriff er die Schönheit der Welt besser, ihre Einzigartigkeit und auch die Unwiderruflichkeit, mit der die Zeit verging.

Später trank er immer mehr gegen die Leere, die Abscheu und den Ekel an. Im Rausch konnte er seinen Gefühlen die Stirn bieten, weil sie nicht nur verletzend waren, sondern ihn zugleich die Gewalt des Daseins spüren ließen. Sie wurden dann so übermächtig groß, daß er sie bejahen konnte. Seine Trunkenheit vermittelte ihm überdies das Wissen um seine eigene Zerstörbarkeit und ein Gefühl der Überlegenheit, das aus diesem Wissen entstand. Es verschwand die Angst vor den Menschen, der Zukunft, und er hatte auch keine Furcht davor, vernichtet zu werden. Als er anfing, es mit Medikamenten zu versuchen, waren ungeahnte Gefühle und Erfahrungen dazugekommen. Die Fahrten, die Hotels, die Erniedrigungen verwandelten sich durch sie in einen Abenteuerstrom. Es war ihm mittlerweile zur Selbstverständlichkeit geworden, Formulare und Ärztestempel zu stehlen und sich selbst Rezepte auszustellen. Er ging so geschickt vor, bildete er sich ein, daß nie ein Verdacht auf ihn fiel. In den letzten Tagen allerdings war etwas aus dem Lot geraten, er spürte es, und er fürchtete sich davor.

22. Halbthurn

Im Wagen war es so heiß, daß er sofort zu schwitzen begann. Die Landschaft war flach und weit. Ein Auto mit einem Fahrrad auf dem Dach begegnete ihm, eine Zeitlang fuhr er hinter einem Anhänger mit einem Segelboot her. Es trug den Namen *Moby Dick.*

Er hielt an. Ein Pumpwagen stand vor einem Brunnenschacht, der Motor tuckerte. Weit und breit sah er keinen Menschen. Auf so einem Feld hatte er bei der Zuckerrübenernte geholfen. Arbeiterinnen hatten die Ladungen zur Fabrik gebracht, in der seine Mutter als Buchhalterin gearbeitet hatte. Noch immer sah er die Halden mit den Rüben vor sich, die im Hof der Fabrik aufgeworfen worden waren. In der Ferne ragte ein Betonsilo in den Himmel. Das Wasser zischte, und die Schlauchtrommel der Spritzanlage ächzte. Einmal war es in der Zuckerfabrik zu Unruhen gekommen, als die Frauen mehr Lohn verlangten. Er wußte noch, wie sie auseinandergetrieben worden waren, nachdem sie die Gendarmen mit Zuckerrüben beworfen hatten. Nie würde er das blutige Gesicht der Frau vergessen, die ihn bei der Jacke genommen und »Lauf!« gerufen hatte.

In Halbthurn fuhr er an der Hinterseite der Höfe vorbei. Er sah die schmalen, hohen Tschardaken, die Maisbehälter aus Holz. Die Brennesselstauden, die Holztore, die Gemüsegärten paßten in das Bild seiner Kindheit. In den geöffneten Hoftoren waren überall Traktoren abgestellt, auf denen Fässer mit Ventilatoren befestigt waren.

Er war froh, aus dem Auto zu kommen, denn er wußte, daß es im Park kühl sein würde. Maria Theresia hatte das Schloß als Sommerresidenz benutzt, wie ihm sein ungarischer Großvater erzählt hatte, der sich als Monarchist bezeichnete. Er war Tierarzt gewesen und hatte seiner österreichischen Frau wegen – deren Eltern

Getreidehändler waren – seine Heimat verlassen und bis zu seiner Pensionierung in Frauenkirchen seinen Beruf ausgeübt. Die Geschäfte waren aber immer schlechter gegangen. Die großen Viehherden im Seewinkel wurden aufgelöst, die Tiere und Hüter verschwanden, weil jedermann Wein anbaute. Das geschah so rasch, daß man das ganze Land ruinierte mit Trockenlegungen und Giften. Schließlich war selbst der Preis der Trauben ins Bodenlose gefallen.

23. Hypochondrie

Eck fuhr, und sein Wagen war wieder voll beladen mit Arzneimitteln. Das hatte ihm sein Selbstvertrauen zurückgegeben. Jederzeit konnte er beispielsweise den entzündeten Zungenrand oder eine offene Stelle im Mund mit der Tinktur *Pyralvex* einpinseln, die, wenn man nicht achtgab, auf dem Finger braune Flecken hinterließ. Nach einem schweren Essen schluckte er Verdauungsfermente zur Entlastung der Bauchspeicheldrüse und des Zwölffingerdarms, oder er behandelte seine Hämorrhoiden – wenn er zu lange gefahren war – mit einer kühlenden Salbe. Bei einer Augenentzündung im Frühling tropfte er die Bindehäute mit einem Antihistaminikum ein, verkühlte er sich im Herbst durch den Luftzug des geöffneten Seitenfensters, griff er nach Aspirin, Sulfonamiden und in hartnäckigen Fällen einem Antibiotikum. Konnte er in einem der öden Gasthöfe nicht schlafen, hatte er verschiedene Beruhigungsmittel wie Harmomed oder Lexotanil, Valium oder Rohypnol zur Hand. Noch bis vor kurzem hatte er zum Einschlafen Halcion-Tabletten genommen, die inzwischen von der Firma eingezogen worden waren, da sie in verschiedenen Fällen, statt zu beruhigen, Selbstmorde ausgelöst hatten. Er wechselte die Präparate häufig, um nicht, wie er sich sagte, von ihnen abhängig zu werden.

Es gab Phasen in seinem Leben, in denen er ohne Medikamente auskam, fing er aber erst einmal damit an, dann verlor er rasch die Beherrschung. Es waren natürlich nicht nur Präparate seiner Firma, er tauschte die anderen bei Gelegenheit gegen Ärztemuster ein oder ließ sich ein Rezept schreiben. Er war, wie er sich sagte, nur phasenweise hypochondrisch, manchmal ein halbes Jahr, dann ein, zwei Monate oder Wochen, hierauf längere Zeit wieder nicht. Seine Schmerzen und Unwohlgefühle waren allerdings nicht das zentrale Problem. Er bediente sich der Medikamente, um die Beschwerden zu verscheuchen, denn er haßte es, sich krank zu fühlen. Wenn die Akupunktur Dr. Schediwys zur Folge hatte, daß er sich besser fühlte und keine Medikamente mehr brauchte, sollte es ihm recht sein. Er stellte den Wagen ab.

Am Eingang zum Campingplatz hing die gleiche Seekarte, die er am Kiosk gekauft hatte. Ein Junge mit einer Baseballkappe blieb neben ihm stehen. Versunken beschäftigte er sich mit einem Videospiel. Ein Strichmännchen-Rambo schoß auf dem Bildschirm Hubschrauber ab, die auf einem silbrig schimmernden

Himmel auftauchten. Der Junge bewegte die Rambo-Figur mit Druckbewegungen auf zwei Knöpfen. Sobald einer der Hubschrauber zu nahe an das Strichmännchen herankam, bedeutete das offenbar das Ende des Spiels.

Ohne daß sie es zuvor bemerkt hatten, knatterte plötzlich ein Caterpillar durch das Tor des Campingplatzes auf sie zu. Es ging so schnell, daß Eck den Jungen nur noch zur Seite stoßen konnte. Die riesige gelbe Maschine kam im selben Augenblick zu stehen. Unter einer Raupe ragte der Rest des Videospiels heraus, die Kappe des Jungen lag auf dem Asphalt. Der Caterpillar-Fahrer sprang erschrocken und wütend auf die Straße.

»Das Spiel«, stieß der Junge hervor. Er kämpfte mit den Tränen.

24. Hermann

»Machen Sie Urlaub?« fragte der Junge.

»Ich bin Arzneimittelvertreter.«

Der Junge schob sich das Kappenschild in den Nakken und ließ das Erdbeereis im Mund zergehen. Er hieß Hermann, hatte Eck erfahren. Es sah aus, als hätte er den Schrecken überwunden.

»Ich bin mit dem Aussichtsboot von der anderen Seite herübergekommen. Mein Vater ist Unteroffizier bei der Fliegerabwehr in Oggau. Um fünf Uhr muß ich wieder zurück sein.« Er legte keine Scheu an den Tag.

Sie fuhren an einem der Plakate vorbei, die in diesem Sommer überall zu sehen waren. Es waren die Reklamebilder der italienischen Bekleidungsfirma Benetton, auf denen Kondome abgebildet waren: ein grünes mit flossenförmigen Ausbuchtungen, ein hellrotes mit Gummistacheln, ein tiefschwarzes mit Spiralwindungen, ein rosafarbenes, das mit dem kleinen Kopf, den Ohren und zwei Armstummeln einer Spielzeugfigur ähnelte, und ein gelbes mit kaktusförmigen Armen.

Ein anderes Benetton-Plakat hatte Eck den ganzen Winter über in Wien gesehen: zwei behandschuhte Hände, die ein mit Fruchtwasser und Blut beschmiertes Neugeborenes hielten. Als Arzneimittelvertreter hätte Eck heucheln müssen, wenn er die Plakate schlecht gefunden hätte. Auf die Kondome folgte ein weiteres Plakat. Es zeigte ein durchsichtiges Gebilde mit gelben Punkten, das ebenfalls ein Kondom sein konnte. Die Abbildung war mehr als zwei Meter groß. Später erfuhr er, daß es eine Kopepode war, die der See zur Umwandlung von Licht in Nahrungsenergie brauchte.

»Wie alt bist du?« fragte Eck.

»Dreizehn«, sagte Hermann.

Eck bemerkte die spitzen Knie des Jungen und die abgebissenen Fingernägel der Hand, die den Eisbecher hielt. Er stellte fest, daß er jetzt, neben dem Jungen, alles mit anderen Augen sah. Die Landschaft spielte keine so große Rolle wie sonst, wenn er allein fuhr. Manchmal, sobald er das Schmerzmittel Temgesic eingenommen hatte, war sein Blick auf die Umwelt ähnlich verändert gewesen. Der Himmel war ein blauer, saugender Trichter, in den er floß, und die Musik im Radio schien alle zersplitternden Wahrnehmungen wieder zu einer Einheit zusammenzufügen.

Die rote Eisenbahn fuhr jetzt parallel zur Straße in der weiten Ebene. Eck dachte, »sie fährt die Schienen entlang, wie ein Blutstropfen durch die Adern schießt«. Es irritierte ihn, daß sich dieser Satz in seinem Kopf gebildet hatte. Der Junge trug ein schmutziges, gelbes T-Shirt, und das Eis hatte Flecken an seinem Mundwinkel hinterlassen. Eck öffnete das Handschuhfach und reichte Hermann ein parfümiertes Papiertaschentuch. Schweigend reinigte der Junge sein Gesicht, dann warf er das Taschentuch aus dem Seitenfenster. Es wirbelte im Luftsog des Autos auf.

Vor der Kirche fanden sie einen Parkplatz, und Eck ging mit dem Jungen auf die andere Straßenseite hinüber zum Waffengeschäft seines Vaters. Er war froh, daß der Junge ihn begleitete. »Zur Tarnung«, sagte er sich. Bevor er eintrat, bemerkte er den bärtigen Fremden aus dem Hotel. Er starrte selbstvergessen die Waffen in der Auslage an.

25. Waffen

In einer Ecke des mit Nußholzschränken möblierten Verkaufsraums unterhielt sich ein junger Mann mit einem Kunden. Eck erkannte ihn sofort wieder: Es war der Jäger, der ihn bedroht hatte. Gleich darauf hörte er, wie er von seinem Kunden mit »Herr Eck« angesprochen wurde. Er riß die Augen auf. Der junge Mann war sein Stiefbruder ...

Er wollte das Geschäft schon wieder verlassen, als eine gepflegte Frau erschien und nach seinen Wünschen fragte. In der ersten Verwirrung verlangte Eck eine Schreckschußpistole. Die Frau legte ihm verschiedene Modelle auf die Glasplatte des Verkaufstisches. Sie überredete ihn jedoch zu einer Schußwaffe, einem Rossi-Taschenrevolver-Stainless-Modell, Kaliber 38 spezial. Zuletzt schob sie ihm die dazugehörige Munition und ein Formular für den Waffenschein hin. »Den Rest besorgen wir«, sagte sie. Eck füllte das Formular auf den Namen Dr. Rotberger und eine erfundene Linzer Adresse aus. Die Frau verlangte keinen Ausweis.

Wie betäubt ging er hinaus. Der Junge trug das Paket.

Der bärtige Mann stand noch immer vor der Auslage.

»Setz dich in den Wagen«, sagte Eck und sperrte die Seitentür auf.

Der Junge kurbelte das Seitenfenster hinunter und ließ wegen der Hitze mit aufgeblasenen Wangen laut Luft ab.

Eck besorgte im Einkaufszentrum eine Flasche Barack und in der gegenüberliegenden Elektrohandlung ein neues Videospiel, bei dem eine Raumstation gegen anfliegende Unterrassen verteidigt werden mußte.

Offensichtlich hatte der junge Mann im Waffengeschäft, sein Stiefbruder, ihn nicht erkannt. Wer aber war die Frau, die ihn bedient hatte? »Meine Stiefmutter«, dachte er gehässig. Er erinnerte sich an ihr Bild in der

Zeitung. Aber das Foto lag mehr als zwanzig Jahre zurück. Die Frau in der Zeitung war zwar blond gewesen, das sagte aber nichts.

Hermann nervte ihn mit seiner Spielwut.

»Ich muß ihn rasch loswerden«, dachte Eck.

26. Der Strand

»Sind Sie Angler?« hatte der Platzwart gefragt, als Eck an ihm vorbeikam. Auf seinen erstaunten Blick hatte er hinzugefügt: Ob ihm nicht aufgefallen sei, daß der Firmenname des Geschäfts in Frauenkirchen derselbe sei wie der Name des Vermißten? Er deutete auf die Pakete. »Sie haben sich also Angelzeug gekauft oder eine Pistole«, schloß er triumphierend.

In Ufernähe wurde ein Schwanenpärchen von den Touristen gefüttert. Auf bunten Handtüchern lagen die Badegäste, ältere und jüngere Frauen, zumeist ohne Bikinioberteile. Eck streckte sich zwischen ihnen aus, öffnete seinen Hemdkragen und gab sich erotischen Phantasien hin. Dabei döste er ein.

»Stehen Sie auf und kommen Sie mit.« Erschrocken riß er die Augen auf. Zwei Gestalten standen hinter ihm. Die Gesichter wölbten sich vom Himmel herab wie die Verfolger in den Alpträumen seiner Kindheit. Neben dem Platzwart, der ihn vorwurfsvoll anblickte, stand ein Gendarm in Sommeruniform.

Als er Ecks erschrockenes Gesicht sah, sagte er rasch: »Sie können Ihren eigenen Wagen nehmen.«

27. Die Hand

Der Kommissar im Leichenschauhaus nickte dem Gerichtsmediziner zu, worauf dieser ein Stück weißen Leinenstoffes zur Seite zog. Darunter kam eine Hand zum Vorschein, an der die Fingernägel fehlten.

Ein Geruch von Verwesung hatte sich in dem fensterlosen Raum ausgebreitet. Das Neonlicht fiel auf zwei Aluminiumtische mit Abflußöffnungen.

Der Kommissar und der Gerichtsmediziner hatten sich zuvor eine Salbe in die Nasengänge geschmiert.

»Sie wurde heute im See gefunden. Wir dachten, Sie wissen etwas darüber.« Der Kommissar schaute Eck an, der seinem Blick auswich.

»Wollen Sie uns nicht weiterhelfen?«

Eck fürchtete sich davor, gefilzt zu werden: Er trug falsche Visitenkarten bei sich, einen gestohlenen Rezeptblock und die Pistole, die er am Nachmittag in Frauenkirchen gekauft hatte.

»Weshalb haben Sie sich unter falschem Namen im Campingplatz eingetragen?« fragte der Kommissar weiter.

Eck schwieg nervös.

Der Gerichtsmediziner folgte der Szene unbeteiligt, als ginge sie ihn nichts an.

»Sagen Sie, was Sie wissen«, forderte ihn der Kommissar auf. Der Gestank war unerträglich geworden.

Als Eck Anstalten machte, sich zu übergeben, ließ der Kommissar ihn hinausgehen.

»Schießen Sie los«, sagte der Kommissar auf dem

Gang mit einem hinterhältigen Lächeln, das sich ebenso rasch auflöste, wie es erschienen war.

»Ich bin Paul Eck«, begann Eck.

Der Kommissar nickte.

Er erzählte nur das Notwendigste und vergaß auch nicht zu erwähnen, daß man ihm seinen Paß gestohlen hatte.

»Und?« fragte der Kommissar. Er machte sich fortlaufend Notizen, hob jetzt den Kopf und zog die Augenbrauen zusammen. »Haben Sie das gemeldet?«

»Was?« fragte Eck.

»Den Diebstahl.«

»Ich hab's vergessen«, antwortete Eck wahrheitsgemäß.

»Sie haben vergessen, daß man Ihren Paß gestohlen hat?«

»Ja.«

»Erzählen Sie weiter.«

Eck versuchte stockend, die Ereignisse zusammenzufassen. Als er nicht mehr weiterwußte, stellte ihm der Kommissar noch einige Fragen. Welche Ärzte er aufsuchen würde? Würde er telefonisch erreichbar sein? – Schließlich forderte er ihn auf, sich um die Paßangelegenheit zu kümmern und beim Gendarmerieposten zu melden, wenn er das Quartier wechselte.

»Wir werden Sie im Auge behalten«, sagte er zum Abschied.

28. Tabletten

Eck machte den Kofferraum auf und zog den Karton mit den Ärztemustern heraus. Als nächstes öffnete er die Flasche Schnaps, die im Handschuhfach lag. Noch im Freien suchte er das Schmerzmittel Fortral im Karton. Dann schwemmte er die Tabletten mit dem Schnaps hinunter. Er war froh, daß der Kommissar nichts von dem gestohlenen Rezeptblock und den falschen Visitenkarten gewußt hatte, das hätte ihm das Genick brechen können. Wie war man auf seine Spur gekommen? Vermutlich, dachte er, über den Hotelier und den Platzwart. Langsam breitete sich das Gift in seinem Körper aus und fraß alle seine Gedanken weg. Je mehr er es spürte, desto unsinniger fand er es, weitere Gedanken an das Verhör zu verschwenden. Hätte er nicht belastendes Material in seinen Taschen mit sich geführt, wäre er anders aufgetreten … Welche Bewandtnis aber hatte es wirklich mit der Hand? Gehörte sie seinem Vater?

29. Zwischenfälle

Erstaunt bemerkte er jetzt, daß er dahinfuhr, ohne daß er sich erinnern konnte, wann er sich in das Auto gesetzt hatte. Ein Häufchen Fell auf der Fahrbahn stach ihm ins Auge. Er hatte schon eine Menge überfahrener Tiere gesehen, zumeist waren es Katzen, Igel und Hasen gewesen, seltener ein Vogel oder ein Hund. Einmal war ihm ein Fasan von der Seite gegen die Windschutzscheibe geflogen, er erinnerte sich an seine großen Schwingen, die das Innere des Autos verdunkelt hatten, den heftigen, kurzen Schlag, wie er den Wagen verrissen hatte und dadurch auf die andere Fahrbahnseite geschleudert worden war. Er hatte angehalten. Der Fasan war tot auf der Fahrbahn gelegen, mit gebrochenem Genick. Ein anderes Mal war er in eine Schar Hühner gefahren. Die Federn waren aufgeflogen, als sei ein Kissen geplatzt, und das erschrockene Gegacker hatte sich seiner Erinnerung eingeprägt.

Er wollte nicht an die Erlebnisse auf seinen Fahrten denken. An die Dörfer, die Nächte, die Autostopper, die flüchtigen Liebesabenteuer, die Unwetter und Unfälle. Der schlimmste war vor einigen Jahren passiert. Eck war als erster an der Unfallstelle vorbeigekommen. Der Wagen, ein schwarzer Citroën, hatte ihn kurz zuvor überholt. Das Auto lag brennend im Straßengraben, und der Fahrer hatte sich nicht mehr ins Freie retten können, da die Tür klemmte. Eck war aus seinem Wagen gesprungen, aber die Hitze, die vom brennenden Auto ausging, war so groß gewesen, daß er die Tür nicht öffnen konnte. Verzweifelt war er zu seinem Wagen zurückgelaufen, hatte den Feuerlöscher geholt und sich bis zum Wagen durchgeschlagen. Anfangs hatte er den Mann hinter dem Seitenfenster noch schreien gehört, dann konnte er bloß das entsetzte Gesicht mit den weit aufgerissenen Augen sehen, das langsam hinunterrutschte, bis Eck zuletzt ein Büschel brennender Haare erblickte. In seiner Verzweiflung hatte er den

Feuerlöscher durch die Windschutzscheibe geworfen, aber nur das Rauschen der Flammen war noch zu hören gewesen. Er war allein mit dem brennenden Auto auf der Landstraße gestanden, in der Abenddämmerung des 24. Oktober – nie würde er das Datum vergessen.

Ein anderes Mal war er an einer Unfallstelle vorübergefahren, als die Feuerwehr zwei tote Frauen aus einem Wrack schnitt. Ihre Gesichter waren mit Blutfäden bedeckt, wie von einem zerrissenen, roten Spinnennetz.

Er wollte keine alten Bilder wiedersehen, keine alten Gedanken wiederdenken. Er hatte Angst vor der Polizei, vor den Verdächtigungen, vor Entdeckungen. Eine Hand lag in einem Gerichtsmedizinischen Institut. Er haßte sich dafür, daß er zurückgekommen war.

30. Im Kopf

Splitter surrten vorüber, Kugeln pfiffen, zerfetzte Landschaftsteile schwirrten durch die Luft. Auf der Asphaltstraße raste der gelbe, unterbrochene Mittelstreifen vor seiner Windschutzscheibe dahin wie gelbe Bleistifte auf einem schwarzen Fließband. Er mußte, befahl Eck ein stummer Zwang, schneller fahren und die Bleistifte spitzen. Er spitzte und spitzte sie. Die schwarzen Graphitspitzen brachen ab, und er spitzte sie weiter. Die Autos, die ihm entgegenkamen, flogen vorüber wie bunte Leuchtspurgeschosse, die vom Horizont auf ihn abgefeuert wurden. Er wich ihnen spielerisch aus, als säße er vor dem Bildschirm eines Star-wars-Automaten.

Er wünschte sich jetzt, aus reiner Gier mit einer Frau zu schlafen. Als er den Campingplatz erreichte, legte er sich dort hin, wo man ihn weggeholt hatte. Er schaute blinzelnd auf die ölig glänzenden Körper, Beine, Schenkel, Füße und Zehen der Frauen, die in der Sonne lagen. Eine Stimme sagte ihm, daß sie für ihn verfügbar waren, wenn er es wollte. Er blickte auf die brünetten Haare einer hübschen, jungen Frau, ihre lackierten Finger- und Zehennägel, entdeckte ein goldenes Kettchen an einem Knöchel, die kleinen Schamhaarbüschel, die aus ihrem Bikinihöschen ragten, eine rasierte Achselhöhle, den wohlgeformten Nabel und zwei nicht kleine Brüste mit dunklen, spitzen Warzen. Ein Teil ihres Gesichtes war hinter der Sonnenbrille versteckt, aber die geschwungenen Nasenflügel und die glänzenden Lippen gefielen ihm. Er versuchte sich vorzustellen, wie sie sich über ihn beugte und seinen Schwanz in den Mund nahm. Vielleicht ging sie mit ihm in eine der Umkleidekabinen und ließ sich auf eine Holzbank nieder, spreizte die Schenkel, öffnete mit den Fingern die Schamlippen und streckte lüstern die Zunge aus dem Mund? Das Abenteuer lag ganz nah. Ein Schweißtropfen lief kitzelnd an seiner Flanke hinunter. Die Frau erhob sich und ging hinüber zur Dusche. Das gestreifte Badetuch, die gelbe Sonnencremetube, eine Badetasche mit einem weißen Anker und ein Hornkamm blieben zurück, als sei sie ertrunken und das Badezeug die letzte Spur. Sie reckte sich genußvoll unter dem Wasserstrahl; dann schüttelte sie ihr Haar, drehte die Dusche ab und ging zum Schalter der kleinen gegenüberliegenden Holzhütte, an der man ein Tretboot mieten konnte. Während er sie nicht aus den Augen ließ, entging es ihm, daß er einschlief.

Als er die Augen wieder öffnete, war es Nacht. Sein Körper juckte von Gelsenstichen. Ein Schrecken durchfuhr ihn, aber er beruhigte sich wieder. Er war allein am Strand. Vor ihm lag ein Eislöffel aus Plastik im Gras, daneben eine flachgedrückte, rostige Bierdose. Das Wasser schlug in kleinen Wellen klatschend ans Ufer. Er hatte das Gefühl, wie eine wackelige Kamera den Strand und den schwarzen See zu filmen. Als seine Augen sich an die Dunkelheit gewöhnt hatten, bemerkte er den Lichtstrahl einer Taschenlampe und eine dunkle Gestalt auf dem Bootssteg. In der Ferne spiegelten sich Lichterketten von Ortschaften im Wasser.

Jetzt stellte er fest, daß es bereits nach Mitternacht war. Die Campingwagen standen unbeleuchtet und still in der Dunkelheit, aber es war eine Stille, die sich gegen ihn richtete. Er stolperte und sah dann erst ein schräg über den Boden gespanntes Stück Seil, von dem er nicht wußte, wozu es diente. Aus dem ersten Campingwagen drang das tiefe Schnarchen eines Mannes. Weiter hinten bemerkte er das Flimmerlicht eines Fernsehapparates. Er erkannte, als er näher herankam, zwei Männer, die mehrere dicke Plastikbeutel mit der Aufschrift SPAR in den Kühlschrank schichteten. Im Fernsehen lief eine Verkaufsschau.

»Dreh den Scheiß ab«, sagte einer der beiden Männer.

Der andere suchte die Fernbedienung, fand sie auf der Couch, ließ sich fallen und switchte von Kanal zu Kanal.

»Hör auf!« sagte der eine wieder, während er das Hemd anzog. Er hatte einen Dreitagebart und einen Spalt zwischen den beiden Vorderzähnen. Der andere war glattrasiert, ein dickes Goldkettchen baumelte ihm um den Hals. Er sah mit seinem Buschhemd, den Jeans und Koteletten wie ein Rock 'n' Roll-Musiker der fünfziger Jahre aus. Er landete schließlich bei der Totalaufnahme eines Fußballfeldes, auf das nach der Halbzeitpause die zweiundzwanzig Spieler zurückkehrten. Gerade wurde eingeblendet: Kamerun gegen Schweden 1:1.

Der Mann auf der Couch sagte: »Kamerun gegen Schweden 1:1.« Der andere öffnete den Kühlschrank und entnahm ihm zwei Dosen Bier. Er stellte eine neben die Couch, hob einen Aschenbecher vom Boden und stellte ihn auf den Tisch. Inzwischen hatte der Reporter im Fernsehen mit seiner Übertragung begonnen. Eck wagte es nicht mehr, weiter durch das Fenster zu blicken, aus Angst, entdeckt zu werden. Er spürte – er wußte nicht, warum – Gefahr, gleichzeitig aber auch eine irrationale Gewißheit, daß ihm nichts geschehen würde.

31. Der »Kredit«

Ein Silberfischchen verschwand unter dem Kühlschrank. Der Store, der bis zum Teppichboden reichte, hatte rostigrote Flecken, als sei er voller Blut gewesen und ausgewaschen worden. Eck sah seine nassen Schuhe. Eine Pfütze hatte sich unter ihnen gebildet. Auf dem kleinen Tischchen standen Plastikbecher und ein leeres Fläschchen Magenbitter ... Es stank nach Zigarettenrauch. Er wankte zum Fenster und stieß es auf. Draußen war ein stechend heller Tag voller Strandlärm. Er blickte auf die Wand des gegenüberliegenden Wohnwagens, die weiß, glatt, leer und nüchtern war. Nachdem er sich angezogen hatte, nahm er zwei Aspirin-C-Brausetabletten mit einem Glas Wasser und trank eine Coladose aus. Ein Brennen im Magen erinnerte ihn, daß sie, wie der Magenbitter, vom Platzwart stammte. Was war vorgefallen? Er hatte den Platzwart offenbar herausgeklopft ... Nein, er war bei ihm im Wagen gewesen. Der Platzwart hatte mit seiner Frau Streit gehabt. Sie hatte ihm vorgeworfen, daß er sie geschlagen habe ... Beide waren betrunken gewesen ... Häßliche, fette Menschen, halbnackt, mit strähnigen Haaren und glasigen Augen. Er sah sie im gelben Licht des Wohnwagens miteinander streiten ... Die Nase der Frau war voll Blut, aber sie machte keine Anstalten, es wegzuwischen. Als Eck angeklopft hatte, war er sofort in den Streit miteinbezogen worden. Er wußte nicht mehr, worum es gegangen war. Oder doch: um eine Rechnung, deren Betrag sie erhöht hatte, und um das

Wirtschaftsgeld, mit dem sie nicht auskam. Dann war er mit dem Platzwart an die »frische Luft« gegangen, damit er sich beruhigte. Der Platzwart hatte ihm angeboten, ihn weiter mit Dr. Rotberger anzusprechen – dabei hatte er ihn lauernd gemustert. Eck hatte das Thema gewechselt und gesagt, daß der See eine schmutzige Brühe sei. Der Platzwart stimmte, während sie am Strand entlanggingen, unterwürfig nickend zu. Sie waren dann zum Wohnwagen des Platzwarts zurückgekehrt, wo er einen neuen Meldezettel ausgefüllt hatte. Dabei hatten sie pausenlos getrunken: im Büro Bier und am Strand kleine Fläschchen Magenbitter, die der Platzwart eingesteckt hatte.

Die Frau des Platzwarts war inzwischen zu Bett gegangen. Ihr Mann hatte ihm Tips gegeben, wo es Frauen gab, und sich erbötig gemacht, ihn zu seinem Wohnwagen zu begleiten. Unterwegs war er plötzlich stehengeblieben und hatte ihn um Geld angepumpt. Er würde es ihm in den nächsten Tagen zurückgeben, »ein paar Hunderter nur«.

Eck hatte – aus Angst, nicht mehr zurück zu seinem Wohnwagen zu finden – gelogen, das Geld befände sich »in der Tischlade«. Um den Platzwart davon zu überzeugen, daß es wirklich in der Tischlade lag, hatte er hinzugefügt: »Unter der Bibel.« Dann hatten sie zusammen noch einen Magenbitter getrunken …

Eck öffnete seine Geldbörse. Sie war leer. Ihm fiel ein, daß er dem Platzwart das gesamte Geld, das er bei sich trug – geschenkt hatte –, nahezu tausend Schilling! Er haßte sich noch mehr und war deprimiert.

Ein Schlag krachte gegen das geöffnete Fenster, er konnte mit einer raschen Kopfdrehung erkennen, daß es ein Ball war, der zurücksprang und auf der Wiese liegenblieb. Das brach den Bann, und er konnte sich, ohne sich elend zu fühlen, die Schuhe zuschnüren. Als erstes würde er sich Geld besorgen, das war das Wichtigste. Und dann ein Mittel, das ihn aufmöbelte. Er holte die Rezepte und den Stempel aus seiner Jacke, füllte eines aus und erfand eine unleserliche Unterschrift; es fiel ihm leicht, trotzdem war er froh, daß seine Hände nicht zitterten. Zuletzt legte er seinen Revolver in die Tischlade auf die Bibel, unter der, als er sie hochhob, noch immer Silberfischchen auseinanderstoben.

32. Dr. Holzer

Der Apotheker im kleinen Badeort schöpfte keinen Verdacht. Eck hatte absichtlich den Umweg genommen, um sicherzugehen, daß ihm keine Fragen gestellt würden. Als er in einem Gasthaus die Tabletten mit einem Glas Mineralwasser zu sich nahm, sah er durch das Fenster, wie Soldaten ein junges Paar, das offenbar über die Grenze geflohen war, auf die andere Straßenseite führten. Der Mann blickte sich ängstlich um, die Frau weinte. Alles geschah in völliger Stille. Vor dem Ort wuchsen Holunderbüsche und Nußbäume. Durch die Windschutzscheibe sah Eck wieder die Soldaten mit den beiden Flüchtlingen die Landstraße entlanggehen.

Gleich darauf erhob sich über einem Nußbaum eine Kirchturmspitze.

Im Dorf fuhr ein Pferdewagen mit Gummirädern Touristen die Straße zum See hinunter. Das Dorf war typisch für die Bauweise um den See. Zur Straßenseite hin waren nur die großen Hoftore und die Schmalseiten der angrenzenden Häuser zu sehen, so daß ein abweisender, manchmal verlassener Eindruck entstand, denn das Leben spielte sich unsichtbar in den Höfen und Häusern ab. Bevor er mit der Arbeit begann, kaufte sich Eck eine Zeitung. In der *Chronik* wurde ausführlich über »die Hand« berichtet, die ein Fischer im Schilf oberhalb von Podersdorf gefunden hatte. Sie wies darauf hin, hieß es, daß Paul Eck einem Gewaltverbrechen zum Opfer gefallen sein mußte – wenn es sich herausstellen sollte, daß es tatsächlich seine Hand war. Auf einem Schwarzweißfoto war der Schilfschneideplatz mit den Ballen und aufgerichteten Kegeln zu sehen. Darunter stand, das Gelände sei noch in den Abendstunden von der Gendarmerie nach weiteren Leichenteilen abgesucht worden. In einigen Nebensätzen wurde erwähnt, daß es Gerüchte gebe, Eck habe illegale Geschäfte gemacht. So sei sein Name mehrmals bei Waffentransaktionen gefallen. Als »unvergessen« wurde sein »Glanzstück« bezeichnet; 1956 sei es ihm gelungen, den Fürsten Esterhazy beim sogenannten »Ungarnaufstand« aus dem Gefängnis in Budapest mit einem Rettungswagen nach Österreich zu schmuggeln.

Eck wußte so gut wie gar nichts vom Leben seines Vaters, bis auf die wenigen Erfahrungen seiner Kindheit und das, was ihm seine Mutter vorgeleiert hatte. Vielleicht hatte sie sich aus Haß auf seinen Vater die Pulsadern aufgeschnitten, dachte er, um nach dem Tod Macht über ihn zu gewinnen, wie sie auch über ihren Sohn immer zu herrschen versucht hatte.

Dr. Holzer war groß, hatte einen Schmiß im Gesicht und strotzte vor Leutseligkeit. Er operierte gerade, aber er genoß es sichtlich, einen Zuseher zu haben.

Sein Patient saß mit dem Rücken zu Eck. Eine Stelle auf seinem Kopf war kahl rasiert. Dr. Holzer hatte soeben die lokale Anästhesie vorgenommen.

Eck legte den Geschenkkoffer und die Visitenkarte auf den Schreibtisch.

Dr. Holzer, mit Gummihandschuhen und Skalpell in der Hand, warf einen kurzen Blick darauf. Er beugte sich über den Patienten, einen kräftigen Bauern, der bewegungslos dasaß, zog mit zwei Fingern die Haut am rasierten Hinterkopf auseinander und machte mit dem Skalpell einen Schnitt. Blut lief aus der Wunde, das er mit einem Tupfer stillte. Die Schwester, groß und korpulent, hielt den Kopf des Mannes zwischen den Händen.

»Haben Sie heute die Zeitung gelesen?« Dr. Holzer wartete die Antwort nicht ab. »Ich habe die Hand untersucht, die man gefunden hat«, fuhr er fort. »Spüren Sie etwas?« fragte er im selben Atemzug den Patienten. Der schüttelte den Kopf. »Nicht bewegen –«, er vertiefte den Schnitt am Hinterkopf, richtete sich auf und wartete, bis die Schwester neuerlich die Wunde abgetupft hatte.

Das blutige Skalpell in seiner Hand reflektierte das Sonnenlicht und warf einen kleinen, hektisch über Wand und Decke rasenden Leuchtfleck in den Ordinationsraum.

»Es ist nicht seine Hand«, sagte Dr. Holzer triumphierend. »Er hatte ein Muttermal auf dem Handrücken. Ich sollte es entfernen, weil es sich vergrößert hatte, aber es ist nicht mehr dazu gekommen.«

Er machte eine Pause.

»Welche Wundermittel haben Sie mir mitgebracht?« fragte er plötzlich, während er weiteroperierte.

33. Neuigkeiten

Vor dem Dorf sah Eck das Flüchtlingspärchen in einen Militärlastwagen steigen, der vor der Kirche auf sie gewartet hatte. Der Mann hatte der Frau geholfen, sich auf die Ladefläche zu schwingen, zuletzt waren ihnen die Soldaten gefolgt. Der Wagen setzte sich langsam in Bewegung.

Eck mußte nachtanken und sich Geld besorgen. An der Tankstelle rief er seinen Anrufbeantworter ab. Das einzige, was das Band gespeichert hatte, waren die Versuche seiner Firma gewesen, ihn zu erreichen. Zum Schluß war der ärgerliche Ton seines Vorgesetzten nicht zu überhören, der ihn aufforderte, endlich zurückzurufen.

Er ging auf die Toilette, die intensiv nach Urin stank. Sie war mit weißen Kacheln verfliest. Er verspürte einen Druck auf der Brust, wie von einem Knie, das ihn gegen die Wand preßte. Im Urinoir löste sich ein Zigarettenstumpen auf. Die weißen Kugeln gaben einen Kampfergeruch von sich, der sich mit dem Uringestank vermischte ... Eck sah den Bus an der Friedhofsmauer vor sich. Er kannte diese Übelkeit. Es war vor einigen Jahren gewesen, nach einem Arztbesuch in Döbling. Der Doktor, ein alter Mann, hatte ihn zum Wagen begleitet, um Ärztemuster zu übernehmen. Als Eck den Kofferraum öffnete, hörte er ein Geräusch in seinen Ohren, ähnlich dem Läuten einer Schulglocke, dann klappte der Erdboden auf ihn zu, wie eine Zugbrücke. Er registrierte, daß er mit dem Gesicht aufschlug, aber er verspürte keinen Schmerz. »Sterben ist leicht«, ging es ihm durch den Kopf.

Eck hatte dem Arzt nie verraten, daß er mit Medikamenten vollgepumpt gewesen war, aber von da ab war er vorsichtiger geworden. Er nahm einen Schluck Wasser aus der Leitung, dann rief er den Vorgesetzten an und versicherte ihm, daß alles in Ordnung sei. Er verschwieg, daß er umgezogen war.

Bei dem Gedanken an das Gespräch mit dem Hautarzt fühlte er sich erleichtert. Daß man seinen Vater ermordet haben sollte, hatte ihn tiefer getroffen, als er sich eingestanden hatte ... Er drehte das Radio auf. Ein Skateboardfahrer sprang vom Gehsteig und streifte beinahe Ecks Auto, der das Steuer verriß und seinerseits fast in ein Kriegerdenkmal gekracht wäre. Erschrocken blickte er in den Rückspiegel und sah, wie der braungebrannte Fahrer, ohne seine Geschwindigkeit zu verringern, auf den Gehsteig zurücksprang und in die Abzweigung zum See einbog.

Seine Hände zitterten. Er kaufte sich einen Becher Eis, trank ein Glas Soda und spülte die Paspertin-Tropfen gegen Brechreiz und eine Kreislauftablette hinunter. Es war heiß. Die abgeernteten Weizenfelder zu beiden Seiten der Straße erschienen ihm wie große Nester, in denen Tiere geschlafen hatten. Sein Hemd klebte am Körper. Überall krochen klobige Erntemaschinen über die Ebenen – Mähdrescher und Traktoren. Er hielt an der Einfahrt vor Frauenkirchen an, um Luft zu schnappen.

Die Schaufenster eines Geschäftes waren mit gelbem Papier verklebt. Durch ein halbgeöffnetes – mit Sonne, Himmel und Wolken bemaltes – Gartentor sah Eck einen Kinderspielplatz mit Rutsche, Schaukeln und einer ausrangierten Dampflokomotive. Kein Kind zeigte sich. Aus dem Auto waren die Nachrichten zu hören. Er setzte sich wieder in den Wagen und folgte gespannt der Meldung, daß ein Zeuge seinen Vater angeblich auf dem Flughafen in Frankfurt erkannt hatte. Der Zeuge, ein Parteifreund und Richter, sagte aus, daß er Eck angesprochen habe, aber dieser sei vor ihm geflüchtet und im Abflugterminal unter den Passagieren eines Überseefluges verschwunden. Als Grund für das Untertauchen und die Flucht wurden mögliche Schulden angegeben. Eck konnte es nicht glauben. Das Ganze erschien ihm zu aufwendig. Immerhin aber gab es ein Zeichen, daß sein Vater am Leben sein konnte. Er bog in die Uferstraße ein. Hinter einer Steinmauer, die umgeben war von Weingärten, lag der Serbenfriedhof. Im Ersten Weltkrieg, hatte ihm sein Vater erzählt, war in Frauenkirchen ein Lager für gefangene serbische Soldaten errichtet worden. Bei einer Typhusepidemie waren Hunderte von ihnen gestorben. Eck hatte auf dem Friedhof mit Robert oft Indianer gespielt. Sie hatten bunte Federkronen aufgesetzt. Robert trug eine gelbe Friedenspfeife um den Hals, während er ein silbernes Holzmesser mit einem roten Griff im Gürtel stecken hatte. Einmal hatten sie versucht, ein Grab zu öffnen und das Skelett auszugraben, der Boden war jedoch zu fest gewesen, so daß sie aufgeben mußten. Es waren graue Steinkreuze mit schwarzen Namenstafeln gewesen, die den Friedhof gleichförmig und trostlos aussehen ließen. Aber für Robert und ihn war es ein geheimnisvoller Spielplatz gewesen, und niemand wußte, daß sie sich dort aufhielten. Einmal hatten sie einen Armknochen gefunden, ein anderes Mal ein militärisches Rangabzeichen und einen Blechbecher, die sie an der Mauer versteckt hatten. Vielleicht lagen sie immer noch dort.

Die Crash-Test-Dummies sangen *Mmm-Mmm-Mmm* im Radio. Er schaltete die Musik ab. In der grellen Sommerhitze fand er das Haus. Ein dunkelgrüner Lieferwagen, auf dessen Dach Surfbretter montiert waren, war vor ihm abgestellt. Er hatte den Eindruck, der Lieferwagen bedeutete nichts Gutes. Trotzdem überwand er sich und betrat den Vorraum. Das Wartezimmer war leer. Er klopfte an die Ordination. Ein schwabbeliger Mann im weißen Mantel öffnete. Das Licht fiel durch einen Store auf seinen Körper, so daß er aussah, als zapple er in einem Netz oder als sei er ein seltsames Tier. Wie sich herausstellte, war er der Sohn der Ärztin und arbeitete bei seiner Mutter als Ordinationshilfe.

Die Mutter saß hinter dem Schreibtisch, eine Männeruhr am Handgelenk. Sie trug Turnschuhe und rauchte. Schweigend hörte sie sich an, was Eck zu berichten hatte. Die Frau war Neurologin, ihr Spezialgebiet Epilepsie, erklärte sie. Sie warnte ihn vor den Fortraltabletten, sie könnten Anfälle auslösen. Sie holte eine Flasche Whisky aus der Lade, ihr Sohn stellte Wassergläser auf den Tisch, und sie schenkte die Gläser halb voll. Der Sohn hatte gelbe Nikotinfinger. Eck wußte, welche Folgen das Trinken für ihn haben würde. Er zögerte jedoch keinen Augenblick und griff nach dem Glas. Der Sohn begab sich währenddessen zum Computer, setzte einen Kopfhörer auf und begann Daten, die er im Diktiergerät hörte, einzugeben. Das Telefon läutete.

»Morgen«, sagte die Ärztin. »Gegen sechs.« Sie legte wieder auf und betrachtete den Medikamentenkoffer.

»In meinem Alter ist es mühsam, unentwegt etwas Neues auszuprobieren.« »Bei wem waren Sie zuletzt?« fragte sie.

»Dr. Holzer.«

Sie lachte schrill auf. Rasch fügte sie hinzu: »Nein, ich sage nichts Schlechtes über Kollegen ... Angeblich hat er ausgeschlossen, daß die Hand, die man gestern gefunden hat, von Eck stammt ... Ich weiß nicht, ob Sie den Fall kennen, die ganze Gegend spricht davon ... Es kann stimmen ... Gut ... Ich bin überzeugt davon, daß Eck nicht mehr lebt ... Selbstmord kann ich ausschließen ... Und daß er ertrunken ist, auch ... Er war ein ausgezeichneter Segler ... Wuchs am See hier auf ... Er liebte das Leben ... Und die Frauen ... Am ehesten ist er einem Verbrechen zum Opfer gefallen ... Raubmord oder Erpressung, was weiß ich.« Sie nahm einen kräftigen Schluck.

Eck sagte, was er in den Nachrichten gehört hatte.

»Wieder jemand, der sich wichtig macht ... Ich kenne Eck besser ... Er ging beruflich über Leichen, vielleicht auch privat ... Aber er war viel zu bequem, allein ein neues Leben anzufangen.« Eck sagte sich, er müßte aufhören zu trinken. Statt dessen nahm er einen weiteren Schluck. Er fühlte sich in der Praxis nicht fremd, obwohl er sie noch nie zuvor betreten hatte.

Später standen sie vor dem Bildschirm, auf dem der Sohn der Ärztin die Daten von Ecks Vater abrief: »Er litt häufig unter Kopfschmerzen, die Ursache war unbekannt«, führte die Ärztin aus. »Sein Blutdruck war normal, die Werte dem Alter entsprechend. Zum Lesen mußte er eine Brille tragen. Ich habe ihm nichts verschrieben. Kann sein, daß er sich einen anderen Arzt gesucht hat. Mit nichts können Sie einen Menschen so unglücklich machen, als wenn Sie ihm sagen, daß ihm nichts fehlt ... Wollen Sie noch einen Whisky?«

34. Der Kommissar

Links und rechts Rohbauten, Wracks, Paradeisgärten, Plastikfässer und Wasserleitungspipen, Erdhügel, blühendes Unkraut. Ein Bahnübergang ohne Schranken, schnurgerade Schienen.

»Ist Ihnen schlecht?« Eck bemerkte, daß er mit seinem Wagen noch immer vor dem Bahnübergang stand. Der Mann blickte ihn durch die Glasscheibe an wie einen Marsmenschen. Er trug die Arbeitskleidung eines Maurers und hatte einen Wasserschlauch in der Hand.

Eck fuhr wortlos an.

Er erreichte einen Park aus Weidenbäumen und englischem Rasen. Ein Rasensprenger spritzte Wasserfontänen. Der Asphaltbelag auf der Straße hörte auf, und der Park ging über in ein Flachstück, auf dessen einer Seite die hölzerne Terrasse eines Bootsverleihers und dahinter die Metallmasten von Segelbooten zu sehen waren. Er war zu weit gefahren, das Kurhotel mußte sich im Park befinden. Ein Feuerwehrmann klebte die Ankündigung für ein Sommerfest auf ein Benetton-Plakat, das die blutige Hose, T-Shirt und Stiefel eines gefallenen bosnischen Soldaten zeigte.

Eck parkte seinen Wagen vor der Plakatwand und bestellte im Bootshaus Schinken-Käse-Toasts und eine Dose Bier. Die Wände waren mit blau-weiß-roten Eskimoeisfähnchen behängt. Das Bier kühlte seinen Körper, er spürte es unter die Bauchdecke fließen wie eine Infusion. Ein Segelschiff tauchte gravitätisch im schmalen Kanal zwischen dem Schilf auf. Eck war glücklich, aber er wußte nicht warum. Er bekam nasse Augen. Schwalben flogen zwitschernd über dem Wasser.

Vor dem Bootssteg schwamm eine Wasserflasche aus durchsichtigem Kunststoff, die innen von Tropfen silbrig angelaufen war. Er hob sie heraus und stellte sie auf den Tisch. Vor dem Bootshaus strichen drei Burschen einen Bootsrumpf mit weißer Farbe. Er kniff die Augen zusammen, und sie verschwanden in der Schwärze seines Körpers. Auf der Oberfläche des Wassers sah er die zerrissenen Algeninseln, deren Form er liebte. Das Wasser war dunkelgrün, die Pflanzen darunter bleichbraun. Es kräuselte sich im Wind. Er blickte zur Straße hinunter. Von gelbem Staub verhangen wie von einem schmutzigen Nebel, näherten sich mehrere Autos. »Staub ist trockenes Wasser«, dachte er. Er bestellte eine weitere Dose Bier, die ihm von einer schweigsamen Frau gebracht wurde.

»Ein schöner Tag.« Eck blickte auf und sah den Kommissar am Nebentisch Platz nehmen. Zwei andere Männer, die sich schon gesetzt hatten, schauten ihn an.

»Sind Sie zufällig hier?« fragte der Kommissar. Er öffnete den Kragenknopf seines verschwitzten Hemdes. Eck sah seine rote Mundhöhle, die rote Zunge und die Amalgamplomben auf seinen Zähnen, als er gähnte.

Er nickte.

Der Kommissar und die Männer trugen Strohhüte mit schwarzen Bändern und helle Sommerjacketts. Der Staub auf der Straße hatte sich gesenkt.

»Wir haben wieder Gliedmaßen auf dem Schilfschneideplatz gefunden«, sagte der Kommissar.

»Ich dachte, es steht fest, daß sie nicht von meinem Vater stammen?«

»Erst, wenn wir den Kopf haben –«, er lächelte fein, »können wir sicher sein ... Oder das Gebiß. Im Wasser finden Veränderungen statt.«

Die schweigsame Frau brachte Schnapsfläschchen, die die Männer zum Bier kippten. Sie begannen gleich darauf heftig zu schwitzen.

»Sie besuchen weiter Ihre Kunden, Dr. Rotberger?« fragte der Kommissar. Die anderen Männer grinsten.

Eck sagte nichts.

»Wichtig ist«, fuhr der Kommissar fort, »daß Sie am Campingplatz bleiben oder es uns wissen lassen, wenn Sie umziehen.« Er stand auf und legte einen Geldschein auf den Tisch. Die Männer gingen trampelnd die Holzstiege hinunter zu den beiden Autos, die ganz von gelbem Staub bedeckt waren.

35. Das Kurhotel

Dr. Kleindienst im Kurhotel verabreichte gerade seinen weiblichen Patienten Moor-Gesichtspackungen. Eck blickte durch die Glastür in den weißen Behandlungsraum mit den Liegen. Auf einem Hometrainer saß eine fette Frau mittleren Alters und bewegte schwitzend, mit hochrotem Gesicht, die Pedale. Zwei Nonnen schwirrten herum.

Eck stieg auf die Waage am Gang. Er vergaß sogleich die Zahl, die auf der digitalen Anzeige erschien. Im

Ruheraum am Ende des Ganges lagen Patientinnen mit Schlafbrillen. Eine hatte die Brille auf die Stirn geschoben und nahm eine Pille mit einem Schluck Wasser.

»Die meisten machen Abmagerungskuren«, sagte Dr. Kleindienst später in seinem Büro. »Das ist unsere Spezialität. Angefangen von der Nulldiät machen wir alles.« Auf seinem Schreibtisch entdeckte Eck ein gerahmtes Familienfoto, das ihn mit seiner Frau und einem kleinen Sohn zeigte.

»Wir kontrollieren regelmäßig den Blutdruck, die Nierenfunktion, das Herz. Bislang hatten wir keine Zwischenfälle.« Er blickte gelangweilt zum Fenster hinaus. »Fünfundsiebzig Prozent kommen wieder. Die meisten haben schon zwanzig und mehr Kuren hinter sich. Wir bieten Abwechslung. Neuerdings versuchen wir's mit Cola light und Matetabletten. Die Tabletten putschen auf und dämpfen zugleich das Hungergefühl.«

Eck hob den Kopf.

»Glauben Sie's nicht?« Dr. Kleindienst schob ihm eine Packung, die er aus dem Schreibtisch nahm, über die Platte.

»Versuchen Sie's.«

Dr. Kleindiensts Bürozimmer hatte ebenfalls Glastüren. Eine Nonne schob einen Küchenwagen mit Paprikas, Paradeisern und Karotten vorüber.

»Meistens stimmt der Sexualhaushalt bei den Patienten nicht mehr. Hormonelle Störungen und keine sexuelle Befriedigung … Dann hört auch das Denken an den Sex auf. Der Kopf beschäftigt sich nur noch mit der

Nahrungsaufnahme, bis die Kleider zu eng werden.« Er lachte in sich hinein. »Bei uns essen die Patienten praktisch nichts, aber wir sind das teuerste Hotel am See.« Er hörte auf zu lachen und schaute Eck fragend an: »Sie sehen blaß aus, fehlt Ihnen etwas?« sagte er irritiert.

36. Das Fischerhaus

Sein Onkel hatte die alte Seilfabrik am Bahnübergang gekauft und umgebaut. In einem mit Schilfmatten überdeckten Becken schwammen die gefangenen Aale, bis sie von einer Spedition am Wochenende nach Hamburg transportiert wurden. Unter der Seilfabrik befand sich der Eiskeller mit den gefrorenen Zandern, Karpfen, Hechten und Saiblingen. Die Seilfabrik war im wesentlichen unverändert geblieben, nur der Werkraum war zum Aalbassin umgebaut worden, aus dem ein gräßlicher Fischgeruch strömte und das Gebäude förmlich unter einen unsichtbaren Glassturz von Gestank stellte. Das Wasser war schleimig, es ließ Eck an verdünnten Lungenauswurf denken, grün und schaumig.

In den übrigen Räumen war der weiße Verputz zum Teil schon abgefallen, Hanfseile hingen von der Decke. Die ganze Fabrik erinnerte an eine vergessene Hinrichtungsstätte.

Auf der Wiese stand umgekippt ein ausgedientes Fischerboot. Sein Onkel war über achtzig, aber man sah ihm das Alter nicht an. Ecks Mutter hatte »die ganze Mischpoche« gemieden, wie sie die Ecks nannte. Onkel Emil war der älteste Bruder seines Vaters. Er war glatzköpfig, trug eine Stahlbrille und eine Gummischürze über einem karierten Hemd. Erschrocken beobachtete er Eck, der sich hinter dem Boot übergab.

»Bist du krank?« Seine Stimme war mißtrauisch. In seinem Gesicht stand weniger Besorgnis als Mißbilligung. Während Eck sich übergab, dachte er, daß er seinen Onkel zum ersten Mal seit fünfundzwanzig Jahren sah, und bevor sie mehr als ein paar Begrüßungsworte gewechselt hatten, mußte er sich übergeben.

Schließlich zuckte der Onkel die Achseln, setzte sich in das Boot und schaute zum See hinaus, der hinter einem schmalen Schilfrand sichtbar wurde.

»Willst du dich hinlegen?« fragte er Eck, als er sich wieder aufrichtete.

Eck schüttelte den Kopf.

»Brauchst du einen Arzt?«

»Nein ... Ist schon besser.«

Sie gingen auf die weiße, alte Seilfabrik zu. Sein Onkel öffnete eine Tür, und ein Schwarm Tauben strömte knatternd mit flatternden Flügeln heraus und setzte sich auf die Bäume und das Dach.

Sie sprachen nichts.

Aus einem Schuppen kam Onkel Emils Schwiegersohn Istvan in einer dunkelgrünen Gummischürze und Gummistiefeln, dahinter dessen Sohn Kurt, der ebenfalls eine Gummischürze und Gummistiefel trug. Istvan war fleischig, breit. Seine Kappe auf dem Kopf gab seinem Gesicht etwas Beschränktes. Kurt hingegen gefiel Eck. Er hatte ein Vogelgesicht und lächelte schüchtern. Stumm schüttelten sie sich die Hände.

In seiner Jugend sei alles besser gewesen, erzählte der Onkel nach dem Abendessen. Langsam kam er ins Erzählen. Er war schon mit zwölf Jahren auf den See hinausgefahren. Für ihn gab's nur den See und die Fische. Seit drei Jahren war er Witwer.

Er war sicher, daß sein Bruder noch lebte. »Wo soll er sonst sein? Ich such den ganzen See mit dem Schleppnetz ab und die anderen auch – nichts. Kein Wrackteil ... Kein persönlicher Gegenstand ...«

Istvan und Kurt gingen schlafen. Istvans Frau, die am Abend nicht aus der Küche gekommen war, steckte den Kopf zur Tür herein und sagte: »Gute Nacht.« Sie trug einen weißen Arbeitsmantel und ein Haarnetz auf dem Kopf.

»Er war immer sehr geschickt«, sagte der Onkel nach einer Weile.

Eck fiel in ein dunkles Loch, aus dem er jählings, ohne es steuern zu können, wieder auftauchte. Als der Kommissar ihm die Hand im Obduktionsraum gezeigt hatte, war er zum ersten Mal in ein dunkles Loch gefallen.

»Kann sein, daß er wieder auftaucht«, hörte er seinen Onkel sagen. »Vielleicht will er seiner Frau zeigen, was er für ein toller Hecht ist.«

37. Das Fangnetz

Eck spürte, daß sich Bläschen auf der Unterseite der Zunge gebildet hatten und sein Hals entzündet war, wahrscheinlich vom Rauchen und dem Alkohol. Er fand eine Schmerztablette, die er mit einem Schluck Seewasser hinunterspülte. (Es schmeckte nach Speichel.) Mückenschwärme tanzten im Morgenlicht über dem Schilf, zogen sich zusammen, dehnten sich aus, hoben und senkten sich.

Kurz darauf erschien Kurt mit einer Zille. Er legte an, holte vom VW-Lader, mit dem sie gekommen waren, einen Außenbordmotor und hängte ihn ein. Die ganze Zeit über schaute er Eck nicht an.

Die Zille schwankte, als Eck sie bestieg. Lärmend fuhren sie aus der Schilfbucht in eine graue Region aus Wasser und Luft, die sich weit in der Ferne am Horizont trafen. Zwei Möwen flogen über ihre Köpfe. Die Zille schnitt die Wellen hart, und Eck hatte das Gefühl, für einen kurzen Augenblick in die Luft geworfen zu werden. Die Kälte in seinem Rücken war so stark, daß er nach seiner Jacke tastete. In der Ferne sahen sie das Fischerboot und die Kabine mit dem Steuerruder. Kurt fuhr auf das Fischerboot zu, auf dem die Männer gerade das Netz einholten. Ein roter Ball markierte die Mitte des Netzes. Er schwamm weit draußen auf dem Wasser. Das Ufer war inzwischen zu einem Schattenriß in der Ferne geworden. Sie stiegen in das Fischerboot um. Das Fischerboot und die Zille schaukelten auf dem Wasser, und Eck fühlte wieder Übelkeit. Er ließ sich auf die hölzerne Kühlkiste nieder, in der der Wein gelagert wurde. Eine der Scheiben der Kabine wies ein Schußloch auf. Als Istvan, der ein finsteres Gesicht machte, Ecks Blick bemerkte, sagte er, das Fischerboot liege im Schilf versteckt, wenn es nicht gebraucht würde. Bei der letzten Entenjagd habe man die Glasscheibe beschädigt, niemand habe sich jedoch gemeldet. Der Fang fiel zappelnd und zuckend auf den Boden des Fischerbootes, verwickelt im Netz mit den braunen Schwimmern. Es war mehr als ein Dutzend Zander und Hechte. Istvan war zufrieden. Er lachte zum ersten Mal und zeigte dabei einen Goldzahn: »Du bringst uns Glück!« rief er Eck zu.

Eck mußte sich von der Kiste erheben, damit Istvan den Wein herausnehmen konnte. Das Wasser war nun hellgrün und der Himmel grau. Er spürte das Schaukeln des Fischerbootes, aber er begann, sich daran zu gewöhnen. Istvan entkorkte eine Flasche. Der Alkohol lief warm und ein Glücksgefühl auslösend durch seine Adern. Nachdem sie eine zweite Flasche leergetrunken hatten, stieg Eck mit Kurt in die schwankende Zille zurück.

38. Aale

Mit einem Ruck riß Kurt den ersten Stecken aus dem Schlammboden, schüttelte die Reuse kräftig und stellte fest, daß sie leer war.

In der nächsten waren zwei Aale gefangen ... Kurt ließ sie durch eine Öffnung in die Zille fallen. Sie wanden sich wie Schlangen, bis sie Ecks Schuhe erreichten. Dann lagen sie still. Eck hatte Kurt selbstvergessen beobachtet. Er genoß, wenn er getrunken hatte, das Gefühl, sich selbst gleichzeitig zu vergessen und doch stärker als sonst zu spüren.

Er hätte jetzt gerne weitergetrunken. Wie herrlich der Tag war.

Kurt holte eine Kunststoffschaufel unter dem Sitz hervor. Darauf schob er die zu kleinen Aale. Der Boden in der Zille hatte einen weißen, ausgeschlagenen Schutzanstrich, unter dem die Farbe des Materials rostigbraun hervorkam. Die Reusen, die Kurt aus dem Wasser zog, einem Schmetterlingsnetz nicht unähnlich, waren nahezu so groß wie er selbst. Mit einem Platschen verschwanden die Aale von der Schaufel zurück ins Wasser. Kurt warf den Motor an und fuhr auf die andere Seite der Schilfbucht, wo weitere markierte Stecken aus dem Wasser ragten. Eck saß halb ausgestreckt in der Zille. Kurt stellte den Motor wieder ab und fand in der nächsten Reuse einen großen Aal. Er ließ ihn auf den Zillenboden fallen, wo er wie schwerelos dahinschlängelte. Eck setzte sich auf und gab acht, nicht mit ihm in Berührung zu kommen. Plötzlich fiel ihm die Hand auf dem Seziertisch ein, aber der Gedanke fand keinen Nährboden in seinem Denken. Er fühlte sich wie in einem Versteck. Inzwischen hatte Kurt sechs Aale aus dem Wasser geholt, wovon er vier in den See zurückwarf. Die anderen beiden verkrochen sich unter den hinteren Sitzbänken. Schließlich holte Kurt eine Flasche aus der Lade unter seinem Sitz, öffnete sie mit einem Korkenzieher und reichte sie Eck. Sie tranken den kalten, süßen Wein, stumm, bis nichts mehr in der Flasche war. Einer der Aale, der mit dem Wasser, das in die Zille drang, angeschwemmt wurde, war silbrig, der andere, der sich anschlängelte, braun mit einem goldgelben Bauch.

»Spitzkopfaale«, sagte Kurt. Er zog eine weitere Flasche heraus.

Sie tranken jetzt langsamer und beschäftigten sich mit dem braunen Aal, der sich nicht mehr rührte. Die großen Fischaugen starrten in die Luft.

»Ein Aal ist schwer zu töten«, sagte Kurt und berührte ihn mit der Stiefelspitze. Eck bemerkte, daß sein Hals und seine Zunge nicht mehr schmerzten. Das Schilf wuchs in dicken Büschen und war mehrere Meter hoch. Über der Wasseroberfläche war es gelb, ging in ein giftiges Grün über, dann, zur Spitze mit den Samenbüscheln hin, verfärbte es sich wieder gelb. Um den Aal zu töten, sagte Kurt, mache man einen Schnitt unterhalb des Kopfes bis auf die Wirbelsäule, um dann sofort die Eingeweide aus der geöffneten Leibeshöhle mitsamt dem Herzen herauszureißen. Manche unterließen sogar den Schnitt unter dem Kopf und öffneten gleich die Leibeshöhle. Früher habe er die Aale in einem Gemisch aus Wasser und Salmiakgeist getötet. Übrigens erfülle Salz denselben Zweck, nur dauere die gesamte Prozedur dann länger. In der Nacht müßten jedoch andere Methoden angewendet werden – am einfachsten sei es dann, dem Aal mit einem schnellen Schnitt den Kopf abzutrennen. Sein Großvater beherrsche eine eigene »Technik«, die aber besonders schwierig sei. Er töte gefangene Aale mit einem Schnitt unmittelbar hinter den kleinen Brustflossen.

Weiter draußen hatte sich ein sandgelber Streifen gebildet, dahinter war das Wasser wieder grüngrau. Kurt hatte die Zille mit der Stange im Schlammboden befestigt und war eingeschlafen. Still liefen die kleinen Wellen unter ihnen hinweg. Ab und zu tönte ein Vogellaut. Ein Aussichtsboot zog vorüber und verursachte stärkere Wellen. Kurt lag zusammengekrümmt auf der Bank und schlief. Die Aale schaukelten leblos im Wasser, ab und zu schlängelten sie sich ein wenig, als schliefen und träumten auch sie.

39. Rücklauf

»Trinken wir noch etwas?« fragte Kurt, nachdem er die Zille am Holzsteg angekettet hatte ...

Sie standen vor den Holztischen unter Bäumen, die um eine Hütte gepflanzt waren. Dahinter lag die Strandwiese. Ein Bub ließ einen Drachen steigen. Eck stellte sich vor, von der Höhe des Drachens aus auf den See zu schauen. Er hatte mehrere Gläser Bier und dazu die kleinen Schnäpse getrunken. Sein Mund und die Zunge brannten wieder. Durch ein Fenster der Hütte sah man einen unaufgeräumten Schreibtisch mit Telefon und einen Fernsehapparat, auf dem Videos von MTV liefen. Einmal wurden verschiedene Einstellungen mit umgekehrtem Ablauf gezeigt: Die von den

Bäumen gepflückten Äpfel flogen vom Gras auf die Äste, ein Radfahrer fuhr in der Nacht am Strand entlang – rückwärts. Von der dicken Frau, die im Meer stand, flossen schäumend die großen Wellen weg, die Bocciakugel sprang aus dem Sand in die Hand des Werfers, der Dunst um den zigarettenrauchenden Mann verschwand in seinem Mund, die weißen, gerupften Hühnerfedern schwebten zwischen die Finger der Bäuerin und in das Gefieder des toten Huhnes, das weggeschüttete Wasser schüttete sich folgsam in die Schüssel zurück, ausgeteilte Spielkarten wirbelten vom Tisch in das Kartenpaket, der gefällte Baum richtete sich wieder auf, die geschnittenen Haare vereinigten sich mit dem Kinderkopf. Eifrig löste die Spinne das Netz auf, und das Kind löschte rückwärts schreibend die Wörter und Sätze auf dem Papier ...

Die Musik war überall um die Hütte zu hören. Durch ein anderes Fenster wurden Getränke gereicht.

Kurt sagte, die Bisamratten müsse man im Jänner jagen, da seien ihre Pelze am schönsten. Man könne sie mit Reusen fangen, wenn sie aus dem Bau herauskämen. Oder – wenn man den Bau entdeckt habe, müsse man sich auf die Lauer legen und darauf warten, daß sie auftauchten, und sie dann auf die Nase schlagen. Sie seien sofort betäubt, oft sogar tot. Man müsse rasch zugreifen und die Bisamratten packen, bevor sie im eiskalten Wasser untergingen.

Eine Frau im Badeanzug saß mit dem Rücken zu ihnen und lackierte ihre Fingernägel. Eck überlegte kurz, sie anzusprechen, aber es fiel ihm nichts ein.

»Ich muß mich zusammennehmen«, sagte Kurt mit schon schwerer Zunge. Der Bub mit dem Drachen lief vor ihnen her. Eck sah das rote Gebilde mit dem lachenden Mund am Himmel schweben. Es lebt, dachte Eck.

40. Leerer Kopf

Eine Birkenallee, eine Autowerkstatt, ein paar Geschäfte. Eck kaufte in einem Billaladen Orangensaft und Mineralwasser. Eine Stechfliege hatte sich in seinen Wagen verirrt, und er versuchte, sie erschöpft zu vertreiben. Schließlich drückte er sie gegen die Fensterscheibe, wo sie mit einem Knacken zersprang. Ein unappetitlicher, klebrig-schleimiger Krümel auf seiner Fingerspitze. Er zwang sich hinauszusehen, aber er erblickte seit einiger Zeit nur noch schreckliche Dinge: einfältige, gleichgültige Menschen, häßliche Häuser, Landschaften, die ihn abwiesen. Eine Frau schob einen Kinderwagen über den Gehsteig. Sie hatte billige Dauerwellen und plumpe Beine. Hinter dem Dorf war das Gras dünn und hoch, dazwischen blühten Mondwinden. Die Natur ging ihm auf die Nerven, die Baumkronen und der Kurvenspiegel und der verlassene Bahnhof. Die Fluctinetabletten, die er beim Einsteigen genommen hatte, begannen, verstärkt durch den Alkohol, zu wirken. Ein roter Feuerwehrwagen fuhr an ihm vorbei. Aus einem Lautsprecher plärrte Marschmusik. Eck öffnete das Seitenfenster, durch das aber sofort wieder eine Stechfliege in das Auto flog.

41. Der Zahnarzt

»Eine Infektion«, sagte Dr. Bognar. »Es sind Bläschen auf beiden Seiten der Zunge und im Hals.«

Eck spürte seinen warmen Atem im Gesicht. Die Ordination war weiß ausgemalt und die Einrichtung neu.

»Übrigens haben Sie Zahnfleischschwund, Sie sollten sich behandeln lassen.«

Dr. Bognar ließ seinen kleinen, runden Spiegel suchend über Ecks Zähne und Mundschleimhäute wandern; »das wird ein paar Tage dauern. Ich verschreibe Ihnen etwas Anästhesierendes.«

42. Der Fremde

Der Portier des Strandhotels zog ein Päckchen und einen Brief aus dem Fach: Das Päckchen war von seiner Schweizer Firma. Als er das Kuvert betrachtete, erkannte er Doris' Handschrift. Es war in Italien an die Wiener Adresse aufgegeben worden, wie er aus den Marken schließen konnte; der Stempel sagte ihm Genaueres – in Triest, und zwar vor einer Woche. Doris mußte ihn gesucht haben. Vor Erstaunen fiel ihm zunächst nichts ein. Wo war sie? Vielleicht hatte sie ihn überraschen wollen? dachte er dann. Sie konnten sich nur knapp verfehlt haben. Er hatte Angst vor dem Brief.

Im Pissoir war es dunkelgrün und kühl, zischend floß Wasser in das Emailbecken. Eck hielt den Brief noch immer in der Hand, zögernd steckte er ihn ein. Er ging zum Waschbecken und pinselte die Zunge mit Pyralvex ein. Es brannte höllisch. Er schluckte zwei Kapseln Fluctine und bepinselte noch einmal die Zunge mit der braunen Flüssigkeit, die aussah wie eine Nikotintinktur. Wenn Doris nach Triest gefahren war, konnte der Brief wohl kaum Abschied bedeuten, überlegte er, während er sich die Hände wusch. Er sah seine Hände groß vor sich unter dem Fließwasser, von Seifenschaum bedeckt.

Er hatte schon länger gespürt, daß er und Doris sich auseinanderlebten, ohne etwas dagegen unternehmen zu können. In letzter Zeit hatte dann auch der Wunsch, mit ihr zu schlafen, nachgelassen. Doris unterrichtete im Gymnasium Geschichte und Geografie. In endlosen Gesprächen klärte sie Eck über die dunklen Zusammenhänge in der Vergangenheit auf, die bis in die Gegenwart wirkten. Aber Eck war dahintergekommen, daß ihr die Bildung vor allem dazu diente, ihre eigene Oberflächlichkeit zu verbergen. Er bemerkte, daß ihm jetzt, wo sie sich ohne Aussprache getrennt hatten, nur ihre Schwächen einfielen. Sie duldete aber stillschweigend seine Neigung, sich mit Medikamenten und Alkohol zu betäuben. Immerhin.

Er spülte die Hände ab und staunte über die Falten, Runzeln und seine rosafarbenen Nägel. Schließlich hielt er sie unter den Heißlufttrockner. Ihm fiel ein, daß die Tinktur für seine Zunge braun gewesen war, und er wollte wissen, ob sie auf seine Zähne abgefärbt hatte. Er zog die Oberlippe wie beim Lachen auseinander.

Plötzlich entdeckte er im Halbdunkel vor den Kabinen einen Mann mit Brille in einem hellen Sommersakko, der sich hinter seinem Gesicht spiegelte. Er wußte im selben Augenblick, daß es derselbe sein mußte, der die Seite aus dem *Standard* gerissen hatte.

»Sie sind der Sohn von Paul Eck?« fragte der Fremde. »Ich beobachte Sie seit einiger Zeit.«

Die Gläser seiner Hornbrille waren getönt, aber Eck konnte dennoch feststellen, daß er ihn musterte.

»Ich denke, Sie sollten sich auf die Spekulationen, die in der Zeitung stehen, nicht einlassen«, fuhr er bedächtig fort. Er nahm eine Zigarette heraus und zündete sie an. »Tatsache ist, daß Sie mit Ihrem Vater verabredet waren. Tatsache ist der Sturm. Und Tatsache ist, daß Sie noch immer hier sind. Es ist eine Nervenprobe ... Haben Sie Ihren Vater gesehen?«

Eck gab sich einen Ruck.

»Was wollen Sie von mir?«

»Mit der Justiz ist nicht zu spaßen«, gab der Mann zurück. Er steckte das Feuerzeug ein und drehte sich um.

»Überlegen Sie sich jeden Schritt«, sagte er in der Tür.

43. Die Dinge

Eck raste über die Ebene. Eine Kläranlage, ein Reitstall. Ein Wagen, der etwas von einem Möbeltransporter an sich hatte, parkte davor. Auf die Seitenfläche war ein großer Pferdekopf gemalt. Eck hielt an, um Doris' Brief zu öffnen, als er bemerkte, daß er wieder beobachtet wurde. Das Stallgebäude hatte kleine Fenster, wie Schießscharten. Ein Mann mit Lederjacke und Reithose stand davor und fixierte ihn mit einem Feldstecher. Eck steckte den Brief hastig ein. Außerhalb des Ortes tummelten sich Schüler und blinzelten mit zusammengekniffenen Augen in seine Richtung. Im Vorbeifahren sah Eck das überdimensionale Hakenkreuz, das auf die Wand eines Wartehäuschens gemalt war. Gleich darauf wies ein Schild: Zum Campingplatz. Erschöpft bog Eck ab und rumpelte auf einem staubigen Feldweg zurück, mit halb geschlossenen Lidern.

Er ließ die Sachen im Kofferraum und suchte seinen Campingwagen. Unterwegs begegnete er den beiden Männern, die er die SPAR-Plastikbeutel in den Kühlschrank hatte schichten sehen. Sie blickten auf, als er an ihnen vorbeieilte. Schließlich erreichte er den Wagen und betrat ihn.

Er war so erschöpft, daß er nur dasaß. Dann schloß er die Tür ab und öffnete Doris' Brief. Heraus fiel eine Schwarzweißfotografie, von der Eck nicht sofort wußte, was sie bedeutete. Wie vom Lichtkegel einer Lampe beleuchtet, war unscharf ein Tier in Bewegung auf schwarzem Grund dargestellt, vielleicht eine Katze im Sprung, aber sie hatte keinen Kopf. Es sah aus wie mit einem Nagel auf rußiges Glas gekratzt. Die Fotografie wies, bemerkte er jetzt weiter, ein Hoch- und ein Längsraster auf und war am Rand mit kleinen Druckbuchstaben beschriftet. Dann erkannte er, daß er das Bild verkehrt in den Händen hielt. Am linken oberen Eck war das zehn Tage alte Datum gedruckt und die Uhrzeit sekundengenau mit 12 : 43 : 32 angegeben. Offensichtlich war es eine Ultraschallaufnahme, und jetzt erkannte er auch einen Kopf. Er blickte nochmals in das Kuvert, fand zwei weitere Fotografien und legte sie auf den Tisch. Er machte ein erstauntes Gesicht. Doris hatte ihm die Ultraschallaufnahme eines im Fruchtwasser schwimmenden Fötus geschickt! Er warf einen Blick auf die Rückseite: »Dein Sohn, vier Monate alt – in Liebe«, las er Doris' Handschrift.

Der Brief war an seine Wiener Adresse und von dort, wie er es in Podersdorf bei der Post angewiesen hatte, weiter an das Strandhotel geschickt worden.

Er wußte nicht, was er empfinden sollte. Er steckte die Bilder zurück in das Kuvert und das Kuvert in die Innentasche seiner Jacke. Dann öffnete er das Päckchen. Als er die weiße Schachtel öffnete, fand er darin einen Organizer – ein Geschenk seiner Firma. Er war schwarz, klein und aufklappbar, wie ein Brillenetui, und er konnte laut Beschreibung dreitausend Telefonnummern und Adressen speichern. Außerdem rechnete er die Geldbeträge jeder beliebigen Währung um, übersetzte die zehntausend wichtigsten Sätze in acht verschiedene Sprachen, zeigte ihm die Uhrzeit von einundachtzig Weltstädten und merkte sich alle Termine, an die er – wenn man es wollte – akustisch erinnerte. Über den Tisch liefen Silberfischchen, es war Eck, als habe er das Augenflimmern eines Migräneanfalls. Er zog die Lade heraus – auch die Lade, in der die Bibel und die Briefmarken lagen, war flimmernd voll mit

Silberfischchen. Er nahm die Bibel in die Hände. »Das Buch Tobit!« erinnerte er sich. Er blätterte das Inhaltsverzeichnis durch, über das Scharen der leuchtenden Silberfischchen strömten. Jetzt bemerkte er, daß es wirklich vor seinen Augen flimmerte. Die Luft im Campingwagen flimmerte, auch seine Hände flimmerten, die Kleidung, seine Schuhe. Er legte sich auf das Bett und spürte, daß ihm sein Körper fremd war. Er hatte zu viele Fluctine-Kapseln eingenommen. Er tastete nach seinem Puls.

Plötzlich fing der Fernsehapparat zu laufen an. Wer war im Wagen? Er setzte sich mühsam auf … Er spürte die Fernbedienung unter seinem Arm, die er – vielleicht beim Hinlegen – ausgelöst hatte. Er schaltete den Ton aus, ein gelbes Lautsprechersymbol erschien auf dem Bildschirm, es lief ein bunter Zeichentrickfilm mit Astronauten und einem Raumschiff.

Unter seinem Bett schwamm ein riesig gewordenes Silberfischchen hervor. Er bemerkte es, als er auf den Boden blickte. Das zusammengeknüllte Papiertaschentuch daneben durfte er nicht wegräumen, sonst würde er sein Bewußtsein verlieren. Er beugte sich über den Koffer, kramte und fand Coroverlan-Tabletten, gleich darauf eine Schachtel Digimerck. Er stand benommen auf und nahm zwei Digimerck mit einem Glas Wasser. Das Glas entglitt seinen Fingern und fiel und fiel. Er befand sich im Campingwagen, umströmt von flimmernden Silberfischchen, die blendend hell über den Stuhl, den Tisch, das Waschbecken, den Boden flossen, ruckartig wie im Rhythmus des Atmens. Er schloß die

Augen. Auf einem hellroten Horizont flimmerten gelbe Flecken, es war, als sei er von einem Körper – von irgend etwas, das lebte – verschluckt worden. Das Licht war so hell, daß es hinter seinen Augen schmerzte. Eine undurchsichtige, stechende Tinktur floß über die Rückseite seiner Augäpfel, ein heißes, dampfendes Gelee aus Menthol und Chlor. Er schloß die Lider, und es wurde dunkel; in seinen Augen dehnten sich gelbe, schwebende Bläschen aus, weiter und weiter, blaue Kerne kamen zum Vorschein, und während die Bläschen zu einer Flüssigkeit wurden, wuchsen sich die blauen Kerne zu gelbroten Bläschen aus, die wieder gelb wurden und ihrerseits blaue Kerne bildeten. Er schlug die Augen auf. Das Licht war so grell, als blickte er in eine immer weiter andauernde Explosion im Wohnwagen, der sich verfärbt hatte wie das Bild auf einem Fernsehapparat, bei dem die Farben zu dunkel eingestellt sind. Das Rot der Tischplatte war intensiv wie eine Blutlache ... Ein Stück Seife schien in tiefblaue Tinte getaucht zu sein, das Waschbecken glänzte sonnenhell weiß, der Store vor dem Fenster war aus glitzerndem Stanniolpapier. Ein Tropfen klopfte aus dem Wasserhahn, klein, quecksilberfarben – das Zerplatzen auf dem Email, klitsch, was möchte es ihm sagen, klitsch – er konnte nicht weiterdenken, klitsch, er mußte den Wasserhahn fester zudrehen. Der Wasserhahn war aus einem Flimmern zusammengesetzt, aus Milliarden Silberfischchen. Die Falten der grünen Decke, auf der er lag, wirbelten das Grün wie Puder von einem geplatzten Bovist in die Luft, so daß Eck kurz auf einem luftiggrünen Teppich aus Samenpollen schwebte. Er bemerkte, daß er sich in einem fort kratzte. Es gluckste und zischte. Er hatte den Wasserhahn auf- statt zugedreht. Ein stechender Schmerz in der Stirn, wo das Nasenbein ansetzt, durchfuhr seinen Kopf. Das Wasser staute sich, da der Abfluß verstopft war, im Waschbecken. Er sah, wie es jetzt langsam spiralförmig abfloß, eine perlmuttfarbene Meeresschnecke. Sich drehend und windend quoll auch das Innere des Campingwagens durch seine Pupillen. Sein Blick fiel auf das Besteck, das in einem Drahtkorb lag. Er begriff plötzlich, daß es Mikroben waren. Auf dem Küchenbrett sah er eine gelbe Sardinendose mit silberner Aufschrift und der siegellackroten Abbildung eines Fisches. Darin verlötet, im kleinen metallenen Sarg, lagen sortiert Fischmumien, die ein phosphoreszierendes Licht in ihren Schuppen gespeichert hatten. Die Dinge standen in einer feindseligeren Beziehung zueinander, als er geglaubt hatte. Er spürte, daß er jetzt verrückt werden konnte, aber er war gleichzeitig davon überzeugt, daß es nicht geschehen würde. Das Strömen der Silberfischchen fing langsam wieder an. Eck glaubte, daß es dunkel war und er in der Dunkelheit sah. Sein Blick bestand aus zwei unsichtbaren Strahlen von Taschenlampen, die die Dinge aus der Schwärze rissen. Der Fußboden leuchtete in einem Sonnenstrahl unsäglich schön auf. Gleich darauf bemerkte er, daß es sich nicht um einen Sonnenstrahl, sondern um das Wasserglas handelte, das seinen Fingern entglitten war und jetzt beim Aufschlagen auf dem Boden in kleine Splitter zersprang.

44. Der Besuch

Der Wind trieb die Tür des Campingwagens immer wieder gegen das Schloß, ohne daß es einschnappte. Das unregelmäßige Pochgeräusch verband sich mit dem Blick Ecks zur Decke des Wohnwagens. Unbeweglich hockte dort eine Spinne ... Das Wasserglas fiel ihm ein, und als er zum Waschbecken schaute, sah er den Kommissar am Tisch sitzen. Sein Sonnenhut lag vor ihm, und seine Hände spielten gedankenverloren mit dem Aufziehrädchen der Armbanduhr. Wenn er in der Tischlade nachgesehen hatte, schoß es Eck durch den Kopf, mußte er die Waffe gefunden haben!

»Ich dachte schon, Sie würden nie mehr wach«, sagte der Kommissar. »Vermutlich sind Sie Ihr bester Kunde – egal.«

Eck setzte sich auf. Ihm war weder übel, noch hatte er Kopfschmerzen – im Gegenteil, er spürte das, was er aus der Pharmazie als »euphorische Schübe« kannte.

»Eine Menge Silberfischchen haben Sie da«, sagte der Kommissar angeekelt. Er holte ein Taschentuch heraus, wischte sich die Hände, steckte es ein und stand auf. Der Wind warf die Tür wieder gegen das Schloß.

»Wir haben alles nachgeprüft, uns fehlen vier Stunden«, setzte er in sachlichem Tonfall fort. »Ich meine die vier Stunden, die Sie am Tag des Verschwindens Ihres Vaters angeblich verschlafen haben. Theoretisch ist es möglich, daß Sie das Strandhotel verlassen, sich mit Ihrem Vater getroffen haben und wieder in das Hotel zurückgekehrt sind ... Selbst, wenn die Leichenteile von einem anderen Verbrechen stammen, bleibt zu klären, wo Ihr Vater ist und was Sie in den fraglichen vier Stunden getan haben ...« Er drehte ihm den Rücken zu und schaute hinaus auf die trostlose Wohnwagensiedlung.

»Schön haben Sie es hier«, sagte er. Er nickte Eck zu und verschwand.

Wieder warf der Wind die Tür gegen das Schloß.

Gleich darauf erschien der Kommissar noch einmal. Er hielt die Tür mit einer Hand fest und streckte nur den Kopf herein.

»Das wird Sie interessieren«, sagte er. »Natürlich haben wir wegen des Motivs gerätselt ... Inzwischen haben wir erfahren, daß sich Ihre Mutter umgebracht hat ...« Er zog seinen Kopf zurück und schloß die Tür geräuschvoll.

Auf der Kredenz lag die leergetrunkene Coca-Cola-Dose so wunderbar und intensiv rot, daß sie alles erklärte. Auch die leuchtend weißen Buchstaben erklärten alles oder machten alle Erklärungen überflüssig. Daneben sah er einen gelben Apfel, als sei dieser durch eine gläserne Wand plötzlich in den Campingwagen gekollert. Seine schwarzen Schuhe an den Füßen mußte er lange bewundern ...

Er öffnete die Bibel auf dem blutigroten Tisch. Er verlor sich in der Flut der insektenartigen Buchstaben auf dem weißen Papier. Er knipste die Neonröhre an und hatte den Eindruck, ein radioaktiver Eisblock schwebte summend von der Decke. Er blätterte weiter. »Es ist gut, das Geheimnis eines Königs zu bewahren«, entzifferte er die schwarzen Chitinpanzerchen. Er zog die Lade heraus, nahm den Revolver in die Hand, lud ihn und setzte ihn an die Schläfe. Er wußte plötzlich, daß ein Selbstmord so passierte: ohne besonderen Grund und ohne wirkliche Absicht. Bei diesem Gedanken hätte er beinahe abgedrückt. Es erschien ihm alles so logisch, daß er seine gesamte Energie aufwenden mußte, es nicht zu tun. Er setzte die Waffe ab. Als er aufstand, knirschten die Splitter des Wasserglases unter seinen Schuhsohlen. Lange betrachtete er den Revolver. Schließlich versteckte er ihn unter der Matratze.

45. Über die Grenze

Die Straße zur ungarischen Grenze war umsäumt von abgeernteten Weizenfeldern, über die Traktoren fuhren, gefolgt von kreischenden Möwenschwärmen, Rauchwolken, die von den brennenden Strohhaufen aufstiegen, waren weithin sichtbar. Eck sah im Rückspiegel einen blauen Toyota. Er überholte ihn nicht; fuhr Eck langsamer, drosselte der Fahrer des Toyotas die Geschwindigkeit, gab Eck Gas, wurde auch der Toyota schneller.

Neben der Straße tauchte ein Flugzeug auf und hüpfte über die Alleebäume und elektrischen Leitungen. Hinter einem Weingarten erschien kurz darauf ein Starenschwarm am Himmel – winzige, in Formation fliegende Punkte, die sich zu Tropfen, Schläuchen, Schlangen, kleinen Wolken zusammenschoben und auseinanderdehnten. Eck wußte, daß Mitte August die ersten Stare auftauchten. Sie hatten es auf die süßen Trauben abgesehen. Manche Schwärme bestanden aus Tausenden und Abertausenden Vögeln. Beim Fressen rebelten sie mit den Krallen die Perlen von den Trauben und richteten dabei den größten Schaden an. Die Gemeinden stellten Starjäger ein, die mit Schreckschußpistolen in den Weingärten auf sie warteten, um sie zu vertreiben. Andere Gemeinden ließen Jäger mit Schrotgewehren auf die Stare schießen oder schlossen sich zusammen und heuerten Piloten an, die in Wetterflügen erprobt waren und die Schwärme nach Ungarn trieben.

Das Flugzeug überholte ihn, sprang über einen Hochspannungsmast und steuerte auf den Starenschwarm zu, der sich jetzt als welliger Schlauch zum See hin bewegte und im Schilfgürtel niederließ. Im Rückspiegel – sah Eck – folgte ihm nach wie vor der blaue Toyota. Manche Zeilen der Weingärten, die sich zu beiden Seiten der Straße bis zum Horizont ausdehnten, waren – um sie vor den Staren zu schützen – mit Netzen umwickelt, andere mit silbernen Bändern oder Nylonschnüren. Das Flugzeug befand sich wieder vor ihm, stieg im Steilflug hoch, stürzte kunstvoll ab, fing sich über dem Boden, stieg an, hüpfte über eine Böschung, weiß wie ein Schmetterling. Die Weingärten hörten abrupt auf, mit ihnen verschwand auch das Flugzeug – der blaue Toyota aber blieb. Die Gärtnereien mit Foliendächern hatten die Weingärten abgelöst. Sie erschienen Eck wie leuchtende Ballone.

Er durfte die Grenze mit dem Führerschein passieren. Der blaue Toyota wartete hinter ihm. Zum ersten Mal konnte Eck einen Blick auf das Gesicht des Fahrers werfen – es war ihm unbekannt.

Vor einer Hütte saßen zwei Soldaten mit Gewehren auf den Knien.

46. Im Schloß

Die Familie seines Großvaters bewohnte einen ehemaligen Reitstall des Schlosses Fertöd. Er war zu einer Konservenfabrik umgebaut worden. Als Eck in den Schloßhof einbog, sah er, daß der blaue Toyota auf der anderen Straßenseite hielt und der Fahrer zu ihm herüberschaute.

Niemand öffnete, als er an der Tür läutete. Im stillgelegten Springbrunnen wimmelte es von Kaulquappen, und vor den Kassen zum Eingang wartete eine Schlange Touristen. Halbnackte, schwitzende Radfahrer scharten sich um einen Marktstand, an dem russische Puppen, Offiziersmützen, Militärabzeichen, Gläser und Kerzenleuchter zum Kauf angeboten wurden.

Er ging durch das schmiedeeiserne Tor auf das Schloß zu und sah, als er zurückblickte, daß der Fahrer des blauen Toyota ihm folgte. Zuerst überlegte er, zum Auto zurückzulaufen, dann, daß es besser sein würde, den Verfolger abzuhängen. Er schwindelte sich – ohne eine Karte zu lösen – an den wartenden Touristen vorbei und mischte sich unter eine Gruppe, die gerade in den ersten Stock strömte. Rasch ließ er die Gruppe hinter sich, eilte in ein weißes Uhrenzimmer und sah durch ein Fenster auf den Garten mit seinen Buchsbäumen. Es roch muffig. Durch einen chinesischen Salon gelangte er in ein anderes Zimmer, in dem ein Dutzend Kachelöfen an den Wänden stand. Bevor er es verlassen konnte, betrat es sein Verfolger. Eck blieb stehen, ebenso sein Verfolger, der sich aber im nächsten Moment mit gespielter Aufmerksamkeit einem Rokoko-Ofen zuwandte. Eck schloß sich, ohne nachzudenken, der vorbeiziehenden Gruppe an und versuchte, in ihr zu verschwinden.

»Beachten Sie die Decke«, sagte die Kunststudentin. Sie deutete zum Fresko Apollo auf dem Sonnenwagen. »Wo immer Sie sich befinden, die Pferde schauen Sie von der Decke aus an.« Alle starrten auf die Pferde. Die Wand des nächsten Salons war mit schwarzem Lack und Gold verkleidet. Zwei gegenüberliegende Spiegel riefen, wenn man in sie blickte, den Eindruck von Unendlichkeit hervor. Noch bevor Eck sein Gesicht darin wahrnahm, sah er das seines Verfolgers Hunderte Male und immer kleiner werdend in einem imaginären Raum hinter dem Spiegel auftauchen.

47. Fliegen

Eck fuhr so rasch, daß alles an ihm vorüberwischte: Wiesen, Pappeln, Holzmasten, Holunderbüsche. Er bog in einen Seitenweg zum See ein. Unter einer Akazie ruhte sich ein Landarbeiter mit einer Flasche Bier aus.

Er hob kurz den Kopf. Eck wartete eine Viertelstunde, holte inzwischen die Straßenkarte aus dem Handschuhfach und studierte die Strecke. Dann holperte er an einem Sonnenblumenfeld vorbei, mußte in die Wiese ausweichen, weil ihm ein Lastwagen mit ungarischen Soldaten entgegenkam, und fuhr dann hinter einem Radfahrer her, bis er wieder die Asphaltstraße erreichte. In der nächsten Ortschaft suchte er vergebens nach einer Gaststätte. Ein Mann im Schlosseranzug schaufelte Eierbriketts von einem Traktoranhänger auf die Straße. Er nickte auf Ecks Frage nach einem Gasthaus: Igen-Espresso!

In der Auslage des Espressos prangte eine Stange *Pall Mall,* in einer zweiten eine bauchige Flasche *Unicum* und ein Tetrapack Traubensaft. Unter einem Wellblechdach waren bunte Limonadenkisten aufgestapelt, davor lehnte ein Fahrrad mit weißem Kunststoffsattel, der zerbrochen war, wie ein aufgeschlagenes Ei. Ein Bursche trat aus der Hintertür, schwang sich auf das rostige Fahrrad, schaute Eck an und fragte ihn etwas auf ungarisch. Eck antwortete, er wolle telefonieren.

»Aha ... telefonieren ...«, stammelte er in mühsamem Deutsch, »da: Espresso!«

Eck suchte im schmutzigen Telefonbuch, das auf dem Kühlschrank lag, den Namen seines Onkels. Währenddessen nahm er zwei Fluctine-Kapseln mit einem Glas Barack. Er wählte die Nummer. Niemand hob ab. Ihm gegenüber stand der Wirt mit Schnurrbart, Baskenmütze und Schlosseranzug. Er ließ sich offenbar nicht von den Fliegen auf der Theke stören.

Eck wartete eine Stunde im Gastraum, bestellte einen Barack nach dem anderen und wunderte sich, woher die vielen Fliegen kamen. Von der Decke hingen mehrere Fliegenfänger, die schwarz waren von toten und sterbenden Insekten. Sie spazierten über Fensterscheiben, Tischplatten, Ecks Finger und kümmerten sich nicht darum, wenn der Wirt hin und wieder nach ihnen schlug. Eck versuchte es ein weiteres Mal.

»Nimm den ersten Weg hinter dem violetten Haus«, hörte er den Großonkel sagen, als er seinen Namen nannte.

48. Das Haus im Schilf

Die Straße führte an einem stillgelegten Ringelspiel vorbei. Schwalben flogen tief. Er fuhr ein Stück durch den Schilfgürtel, dann sah er den Kanal mit zwei an Land gezogenen Segelbooten, der Hütte und dem Schuppen. Das Bootshaus war leer. Die Gebäude waren mit Schilfdächern gedeckt. Am Rand zum Wasser befand sich eine Dusche mit einem Wassereimer.

Sein Großonkel Ferencz trug trotz der Hitze Gummistiefel.

»Ich habe nicht gedacht, daß ich dich einmal sehen werde«, sagte er mit jenem ungarischen Akzent, den Eck an seinem Großvater gekannt und geliebt hatte.

Er hatte ein aufgeschwemmtes Gesicht vom Trinken, seine Zähne waren schlecht und seine Augen farblos. Er war immer Bootsbauer gewesen. Nach dem Krieg hatte er jedoch anstelle von Booten Särge gefertigt.

Die Frösche fingen an zu quaken. Onkel Ferencz öffnete eine Flasche Barack. Er kannte den Bootstyp, mit dem Ecks Vater verschwunden war: »$6^1/_2$ Meter lang, über zwei Meter breit und genauso hoch. Es ist unwahrscheinlich, daß der Kajütsegler am Grund des Sees liegt – und nicht zu sehen ist. Die ausgeschäumten Kammern lassen das Boot wie einen Korken treiben. Solche Boote werden seit zwanzig Jahren gebaut und sind durch die Doppelschalenbauweise praktisch unsinkbar.«

Er dachte nach. »Seitdem der Eiserne Vorhang nicht mehr existiert, kann man leichter über die Grenze kommen; es hatte Windstärke zehn ... Da waren keine Zöllner auf dem See ... Es kann sein, daß man deinen Vater bedrohte: Waffenhändler, die Staatspolizei – ich kann es nicht sagen ... Vielleicht hat er seine Geschäftspartner betrogen ... Oder sie wollten einen Mitwisser zum Schweigen bringen. Wenn es so ist, hat man ihn umgebracht und das Bootsunglück vorgetäuscht – ist es nicht merkwürdig: Keiner wußte über ihn jemals Bescheid.«

Er stand auf, holte eine Schuhschachtel aus dem Kasten und kramte eine Fotografie heraus. Sein Vater trug darauf eine weiße Segelkappe und hielt seine Mutter im Arm. Sie hatte ihren Kopf etwas gesenkt, als ob sie ihre Zehen betrachtete. Eck dachte an das Badezimmer und das Blut.

49. Der Staatspolizist

Der Großonkel schlief noch auf der Luftmatratze, als Eck sich von der Couch erhob, eine Flasche Limonade trank und die Fotografie seiner Eltern an sich nahm.

Durch die Eichenalleen strampelten vereinzelt Touristen, die der stechenden Hitze am Tag auswichen, und vor den Häusern standen Stühle mit Honiggläsern, Melonen, Paprika, Zwiebeln und Blumensträußen. Ihm fiel die Nacht im glucksenden, rauschenden Schilfhaus ein. Er hatte vergessen, seinem Großonkel Geld auf den Tisch zu legen, bedauerte Eck. Schon aus Gewohnheit blickte er in den Rückspiegel. An der Grenze verschwand der österreichische Zöllner mit dem Führerschein im Büro, forderte ihn aber, nachdem er wieder erschienen war, auf auszusteigen.

Nach einer Weile erschien der blaue Toyota. Wortlos gab der Zöllner Eck den Führerschein zurück. Der Mann, der ihn am Vortag verfolgt hatte, trug jetzt eine Sonnenbrille und ein grünes Polohemd, an einem Handgelenk glitzerte ein Goldarmband. »Sie kommen sich wohl sehr schlau vor?« fragte er. Er war aufgebracht, holte seine Dienstmarke heraus und hielt sie ihm hin: »Sagen Sie mir, was Sie in Ungarn gemacht haben, oder ich verhafte Sie.«

»Sie haben nichts gegen mich in der Hand«, erwiderte Eck, von sich selbst verblüfft. Er setzte sich in seinen Wagen. Schon vor der nächsten Ortschaft sah er den blauen Toyota wieder im Rückspiegel.

50. Ein Anruf

Im Campingwagen pinselte er Zunge und Mund mit Pyralvex ein, nahm Tierkohle, Nootropil und eine Kapsel Fluctine, wusch sich hastig das Gesicht mit kaltem Wasser und wechselte die Wäsche.

Der Platzwart stand im Unterleibchen hinter seinem Wohnwagen und versuchte, Wurfpfeile in das Zentrum der Scheibe zu plazieren, die er an einem Baum befestigt hatte.

Vor dem Campingplatz wartete noch immer der blaue Toyota. »Es war ein Anruf für Sie ...«, sagte der Platzwart gedehnt, »ein Herr Robert. Er wollte Sie sprechen.« Er warf einen weiteren Pfeil, der mit einem Pochgeräusch in der Mitte der Scheibe steckenblieb.

51. Die Biologische Station

Die Biologische Station lag abseits vom Ort am See. Auf der einen Seite erstreckte sich der Schilfwald, der von einem künstlich angelegten Kanal bis zum Gebäude hin durchschnitten war, auf der anderen eine Wiese mit einem Hochsitz. Es war so heiß, daß Eck Herzstechen verspürte. Der Schweiß lief über seine Stirne und brannte in den Augen. Die Heckenrosen waren abgeblüht, Hagebutten glänzten gelb und rot. Plötzlich nahm er den Schatten seines Verfolgers wahr. Der Fahrer des blauen Toyota kam auf ihn zu, zuckte mit den Achseln und sagte, »ich habe den Auftrag, Sie nicht aus den Augen zu lassen. Sie könnten mir die Sache erleichtern, wenn Sie kooperativer wären.« Er ging außer Atem neben ihm her. »Weshalb machen Sie mit mir nicht gemeinsame Sache?«

Gelbe Königskerzen säumten den Weg. Libellen schwirrten über das dunkelgrüne Wasser des Kanals.

»Was machen Sie hier?« wollte er wissen, als Eck ihm keine Antwort gab. Der Mann hatte ein Papiertaschentuch in der Hand, mit dem er sein Gesicht abtupfte.

»Sie wissen, was mit Ihrem Vater geschehen ist«, begann er von neuem. »Ich bin zwar Polizist, aber niemand hört uns ... Haben Sie Ihn umgebracht?« Nervös riß er einen Zweig von einer Akazie und bohrte ein Loch in einen Ameisenhaufen. Er warf den Zweig wieder weg, drehte sich um und sagte: »Ich warte vor der Biologischen Station auf Sie.« Er verschwand hinter einem Holunderstrauch.

Eck ging weiter, ohne sich umzudrehen. Was hatte er vor? Auf der rechten Seite erstreckte sich ein zweiter Kanal mit zementfarbenem Wasser. Unter der Brücke vereinigte sich dann das Schilf von beiden Seiten zum geschlossenen Gürtel. Dort lag eine Zille am Ufer, in der gelbes Wasser stand, daneben eine verrostete Schaufel. Als er über die Brücke ging, entdeckte Eck den Polizisten wieder: Er mußte sich im Schilf verirrt haben, aus dem er fluchend mit nassen Schuhen stapfte. Eck sah das Taschenfernglas um seinen Hals baumeln und erinnerte sich, daß jemand ihn schon zwei Tage zuvor von der Reitschule aus beobachtet hatte. Er war sich jetzt sicher, daß es der Polizist gewesen war, der ihn, halb versteckt vom Pferdetransporter, fixiert hatte.

Ein reparaturbedürftiger Steg mit vermorschten und fehlenden Brettern führte zu einer Hütte. Eck öffnete die Tür. Der Raum war bis zur Decke mit Aquarien vollgeräumt. Im fahlen Licht sah er Robert und einen Assistenten in Badehosen über einen Aal gebeugt.

Eck schloß die Tür hinter sich.

»Wir untersuchen den Mageninhalt, um festzustellen, ob der Aal Fischeier frißt«, sagte Robert, nachdem er ihn erstaunt begrüßt hatte. Er schwieg konzentriert, bis sie mit dem Sezieren fertig waren.

Eck sah durch das Fenster. Auf dem See draußen segelten Schiffe. Als sie die Arbeit beendet hatten, ging Robert mit Eck durch einen Hintereingang in das Freie. Zu seiner Überraschung führte er ihn zu einem Kajütsegler, der dort versteckt im Schilf lag. »Es ist das gleiche Modell, mit dem dein Vater verschwunden ist«, sagte Robert, nachdem sie an Bord gesprungen waren. Robert setzte sich an das Ruder. Das Schilf rauschte. »Wir haben eine Liste, auf der alles, was sich an Bord seines Schiffes befand, aufgezeichnet ist«, begann er. Er zog einen Nylonsack unter der Sitzbank hervor und entnahm ihm ein braunes, nasses, zerknittertes Sitzpolster. »Ich habe es in der Früh im See gefunden ... Da ist nur etwas, das ich nicht verstehe: Zumindest der Hubschrauber hätte es auf dem Wasser treiben sehen müssen ...«

Eck musterte das schmutzige, stoffüberzogene Schaumgummipolster.

»Ich fahre morgen um den See, wenn du willst, kannst du mitfahren ...« Er machte eine Pause.

»Vielleicht entdecken wir etwas«, sagte er dann. Er steckte das Sitzpolster zurück in den Nylonsack.

Der Assistent schrieb in der Hütte inzwischen mit seinem Laptop das Sektionsprotokoll. Das Summgeräusch von Sauerstoffleitungen in den Aquarien erfüllte den Raum. Robert machte ihn auf das Maul eines gefangenen Zanders aufmerksam. Es leuchtete, und auch die Augen schienen zu leuchten.

»Reflexion«, sagte er.

Sie nahmen einen anderen Weg zurück, da Robert die Vogelnetze kontrollieren wollte. Außerdem hatten sie die Absicht, den Polizisten, von dem Eck ihm erzählt hatte, abzuhängen.

Auf einigen Büschen waren Netze befestigt, die mit schwarzen Tafeln und Kreidebuchstaben gekennzeichnet waren. Im ersten hingen zwei Vögel, einer mit dem Kopf nach unten, der andere dicht über dem Boden mit gespreizten Flügeln. Das nächste Netz war anstelle von Buchstaben mit Ziffern gekennzeichnet. Vor dem dritten kam ihnen auf einem Fahrrad ein Student entgegen. Er trug ein gelbes kurzärmeliges Hemd und Bluejeans. Er löste die Vögel mit eingeübten Griffen aus den Maschen und steckte sie in einen Leinensack, den er über den Lenker des Fahrrades hängte. Die Vögel waren winzig: Teichrohr- und Drosselrohrsänger, wie der Student sagte. Sie hatten die Schnäbel weit geöffnet – wegen der Hitze, erklärte der Student.

Zuerst befreite er die Krallen aus dem Netz, dann

fuhr er mit den Flügeln fort, zum Schluß löste er den Kopf heraus. »Manchmal verendet einer am Hitzschlag«, fuhr der Student fort. Er kontrolliere das Netz jede Stunde – an manchen Tagen seien schon hundert Vögel in den Netzen gehangen.

Aus dem Leinensäckchen tönte ein krächzendes Quietschen, das immer eindringlicher wurde.

»Jetzt ist Zugzeit«, sagte der Student wie zu sich selbst. »Es müßten viel mehr sein –.«

Er schwang sich auf das Fahrrad und fuhr davon. Es war noch nicht Mittag. Vor der Biologischen Station parkte der blaue Toyota. Der Fahrer war nicht zu sehen.

52. Das Altenpflegeheim

Auf seinem Organizer war als erstes das Altenspital in Neusiedl angeführt. Ein Lindenbaum überragte das langgezogene Gebäude. Eck betrat es durch den Hintereingang. Haufen von Leintüchern türmten sich aufeinandergeworfen und zusammengeballt bis zur Dekke, zerknüllt, mit Scheiße beschmiert, voller Urinflekken. Er wollte hinaus, aber die Tür war hinter ihm ins Schloß gefallen. Nur ein schmaler Pfad führte zwischen den Wäschebergen in einen Nebenraum. Er spürte, daß die Schleimhaut in seinem Mund aus Ekel wieder zu brennen anfing. Die Blutspritzer in den Polsterbezügen, die gelben, getrockneten Urinflecken, die Spuren von Kot bildeten mit den Falten in den Haufen ein häßliches Muster.

Endlich gelangte er in den Nebenraum, in dem Waschmaschinen summend arbeiteten. Niemand ließ sich blicken. Die Schmutzwäsche wurde in Körben auf Transportwagen in den Raum gekarrt, die frischgewaschene in fahrbaren Kübelbehältern weggeschafft. Zwei Ventilatoren liefen unter der Decke. Ein Mädchen in blau-weiß gestreiftem Arbeitskleid, die Hände in Gummihandschuhen, schob Waschpulvertrommeln herein. Es schrak auf, als es Eck sah.

»Suchen Sie etwas?«

Eck nickte.

Die verfliesten Wände waren vom Wasserdampf angelaufen. Ein großer Spiegel verschwand hinter silbergrauem Dunst.

Eck sagte den Namen des Doktors. Das Mädchen dachte angestrengt nach, schließlich schüttelte es den Kopf.

Im nächsten Raum wurde die Privatwäsche der Patienten in Plastikbehältern gesammelt. Sie war nicht weniger abstoßend: Büstenhalter, Unterhosen, Hemden, Socken. Im Bügelzimmer arbeiteten drei Frauen. Es dampfte so stark, daß er nur ihre Umrisse und die Schemen der Bügelmaschinen erkennen konnte.

Ein Arbeiter brachte ihn endlich zu Dr. Körver. Der Weg führte an den Krankenzimmern vorbei, in denen Greisinnen mit geschlossenen Augen, dünnen zerzausten Haaren und heruntergefallenen Unterkiefern in den Betten lagen; ein orientalischer Zeitungsverkäufer lief mit dem *Kurier* über den Gang. In Fahrstühlen, hohen Sesseln, auf Krankenwagen saßen und lungerten die Alten in Pyjamas und Morgenmänteln herum: Irgendwo lief ein Radio mit ausführlichen Lokalnachrichten.

53. Das Haus

Das Haus, von dem er das Dach und die Fenster sah, kannte er »in- und auswendig«. Es war einstöckig mit einer Terrasse, die seine Eltern wegen der Gelsen nur zu Mittag benutzten, und auf der er mit seinen Freunden Tischtennis gespielt hatte. Vor seinem inneren Auge sah er die Küche, die Kredenz, den Tisch, die Stühle, den Kohleherd, das Regal mit den Einweckgläsern. Er konnte auch das Fenster seines Zimmers erkennen: Auf dem Schreibtisch waren Steine aus dem See gelegen und Vogelfedern. Er erinnerte sich an das Papiermodell eines Starfighters, das Robert für ihn angefertigt hatte. Sein Kofferradio, das ihn mit »amerikanischer Musik« vor dem Ersticken bewahrt hatte, sah er auf dem Nachttisch neben seinem Bett, wo auch seine Tarzan-, Donald Duck- und Prinz Eisenherz-Hefte aufgestapelt waren. Dahinter das Schlafzimmer der Eltern: der Morgenmantel seiner Mutter mit dem Blumenmuster, ihr Unterkleid, die Nylonstrümpfe und der Büstenhalter über dem Fauteuil, die weißen Unterhosen seines Vaters.

Das Dienstmädchen Maria fiel ihm ein. Sie hatte ihm Leckerbissen zugesteckt und war mit ihm am Wochenende ins Kino gegangen. Er führte ein Heft, in dem er alle Filme eintrug und seine eigenen Hitlisten aufstellte: *Scaramouche* und *König Salomos Diamanten* mit Stewart Granger und *Die Brücken von Toko Ri* mit William Holden waren seine »favorites« gewesen.

In der Ferne sah er hinter dem Schilfgürtel den Saum des Seeufers. Ein Motorsegler flog brummend am Himmel, winzigklein konnte er den Piloten mit dem Sturzhelm erkennen, der mit seinem fragilen Gefährt durch die Luft schwebte. Das langsam am Horizont verschwindende Flugzeug brachte ihn auf den Gedanken, es sei eine Spermie auf der Reise zur Vereinigung mit einem fruchtbaren Ei. Wo Doris jetzt war?

54. Der Radiologe

In der Praxis des Radiologen Dr. Oppelt herrschte Ordnung. Das Wartezimmer war groß und mit grünen Möbeln eingerichtet. Die meisten Patienten schauten ins Leere. Zwischendurch herrschte ein Kommen und Gehen, ein Türöffnen und -schließen, dann war es wieder still. Abgegriffene Illustrierte stapelten sich auf einem Tischchen; Eck zog es vor, an nichts zu denken. Er ging zum Waschbecken und schluckte zwei Reaktivan-Tabletten mit einer Handvoll Wasser. Als er sich wieder hinsetzte, nahm er eine der schmierigen Illustrierten und las die Meldungen, die er längst kannte. Zwei Monate alte Zeitungsartikel waren das Schlimmste, sie steckten voller sichtbar gewordener falscher Standpunkte und Tatsachenberichte, und ihre Oberflächlichkeit zeigte sich abstoßend deutlich. Er betrachtete gelangweilt die Fotografien der halbnackten Models. Schließlich war die Reihe an ihm, und eine Schwester wies ihn in einen Korridor.

Dr. Oppelt kam gerade mit Bleischürze und Schutzhandschuhen aus der Dunkelkammer. Er ging Eck voraus in einen vollständig dunklen Raum und fing in der undurchdringlichen Schwärze mit einer Mitarbeiterin, die sich irgendwo aufhalten mußte, zu reden an. Ein Leuchtschirm wurde angeknipst.

Der Röntgenarzt zündete sich in der Dunkelheit eine Zigarette an. Eck sah für einen Augenblick das starre, asketische Gesicht und die hohe Stirn mit den Geheimratsecken. Er stellte sich vor das Röntgenbild und betrachtete es. »Haarriß – an der zehnten Rippe«, sagte er. »Kann sein, daß sie gebrochen ist.«

Es folgte das Röntgenbild eines Unterleibes, an dem Dickdarmkrebs diagnostiziert wurde, und die Aufnahme eines Hüftgelenks mit Abnutzungserscheinungen.

Jemand klopfte.

»Die neue Schreibkraft ist da«, sagte eine andere Frauenstimme. Grelles Licht fiel durch eine Tür, und die Mitarbeiterin verschwand hinaus.

»Was haben *Sie* Neues?« Zuerst verstand Eck nicht, daß er gemeint war. Er konnte nur die Glut von Dr. Oppelts Zigarette sehen. Er stellte sich als Dr. Rotberger vor und begann seinen Vortrag zu halten, der ihm im Instruktionskurs beigebracht worden war. Dr. Oppelt hängte das Röntgenbild einer Hand auf. Eck wußte nicht einmal, ob er ihm zuhörte.

»Ein halbseitig gelähmter Patient, der bei der Morgentoilette stürzte und sich die Hand gebrochen hat«, unterbrach ihn Dr. Oppelt. »Wir haben viele Schlaganfallpatienten …«

Eck fühlte sich in der ortlosen Schwärze wie ausgelöscht.

»Ein Fünftel der Betroffenen stirbt am ersten Hirnschlag, mehr als ein weiteres Fünftel nach neuerlichen Anfällen … Ich interessiere mich für die Dextrane, mit denen wir Durchblutungsstörungen ohne Hirnblutung therapieren – ich arbeite mit Dr. Amreich von der neurologischen Station in Wien zusammen – kennen Sie ihn? … Übrigens hat noch niemand daran gedacht, daß Eck – sicher haben Sie über den Fall gelesen – einen Schlaganfall erlitten haben könnte.«

Noch immer hing das Röntgenbild der Hand im finsteren Raum, von dem Eck nicht einmal wußte, wie groß er war und wie er aussah. Dr. Oppelt lebte in der Finsternis, so schien es Eck, wie ein Maulwurf. »Er war im klassischen Alter«, fuhr Dr. Oppelt fort. Die Tür ging wieder für einen Moment auf und schloß sich.

»Was haben wir als nächstes?« fragte der Doktor.

Das Röntgenbild einer Niere erschien auf dem Lichtschirm, und Dr. Oppelt ergänzte: »Viele Schlaganfälle gehen von der Niere aus.« Gleich darauf läutete das Telefon. Dr. Oppelt meldete sich. »Ich komme hinaus«, sagte er. Er verschwand mit der Frauenstimme durch einen Lichtspalt. Eck tastete sich zur Tür und gelangte in einen blendend hell von der Sonne beschienenen Korridor.

55. Die Umarmung

Er ließ sich auf dem Rücken im Wasser treiben und schaute in das dunstige Blau des Himmels. Der Lärm am Strand erschien ihm paradiesisch. Nachdem Eck sich an der Sonne getrocknet hatte, kaufte er sich in einem Andenkenladen eine Zeitung. Irgendwo weinte ein Kind, der Eismann rief Erfrischungen aus.

Eck fand rasch, was er suchte. Die Leichenteile, so viel stand fest, stammten nicht von seinem Vater. Schon die Blutgruppe stimmte mit der seines Vaters nicht überein. Das hieß, daß neben dem mysteriösen Verschwinden von Paul Eck ein Verbrechen geschehen sein mußte, schrieb die Zeitung. Die Frage war nur, ob das Verbrechen im Zusammenhang mit diesem Verschwinden stand. Eck legte die Zeitung weg.

Neben seinem Platz lag eine schlanke Frau, nicht sehr groß, aber hübsch, mit einer spiegelnden Sonnenbrille. Sie schien sich zu langweilen. Plötzlich stand sie auf, schlenderte zur Spielhalle neben dem Restaurant und bediente einen Flipperautomaten. Eck folgte ihr und lud sie nach wenigen Sätzen zu einer Fahrt mit dem Tretboot ein. Sie willigte mit einem ironischen Lächeln ein.

Weit weg vom Schilfgürtel schaukelten die rot-weißen und blau-weißen Boote auf den Wellen. Eck steuerte auf den offenen See zu. Das gegenüberliegende Ufer war hinter einem Dunstvorhang verschwunden. Die junge Frau hieß Alicia und war Polin aus Warschau. Als sie sich genügend weit entfernt hatten, nahm sie ohne Scham das Oberteil ihres Bikinis ab und schwamm mit ihm gemeinsam neben dem Boot her. Ihre Brüste waren klein und die Warzen rosafarben. Sie versprach, mit ihm essen zu gehen, wollte ihm aber nicht sagen, was sie außer an der Sonne liegen und baden machte. Der Himmel war groß, das Wasser weit, und Eck ließ sich treiben. Alicia verschwand hinter dem Boot. Als sie wieder neben ihm auftauchte, umarmte und küßte Eck sie. Ihre Lippen waren so warm und weich, daß er nicht von ihnen lassen konnte.

Das Tretboot trieb auf den Wellen von ihnen weg. Eck küßte sie wieder. Sie blieb ganz ruhig, öffnete ihren Mund und bewegte wie verschlafen ihre Zungenspitze. Er spürte ihre Brustwarzen – durch das Wassser waren sie kalt und steif. Ihre Augen waren geschlossen, und als er sich von ihr löste und sie sogleich wieder küßte, gab sie einen leisen Seufzer von sich. Eck zog sie an einen seiner Oberschenkel heran, auf dem sie sich halb schwebend niederließ. Ohne Widerstand erlaubte sie seiner suchenden Hand, unter ihr Höschen zu schlüpfen, es zur Seite zu ziehen, die Schamlippen zu öffnen und den Kitzler zu massieren. Er war jetzt so erregt, daß er mühsam schluckte. Er zog die Badehose hinunter, spürte, wie sein steifes Glied vom Wasser umspült wurde, und vereinigte sich gierig mit der heißen Öffnung ihres Körpers. Sie lag ruhig in seinen Armen, lächelte zugleich verschämt und auffordernd und wippte mit ihrem beweglichen, kleinen Hinterteil. Er zog die Backen auseinander, schob einen Finger hinein und spürte, wie sich sein Glied aus- und einbewegte.

Seine Bewegungen wurden hastiger, Alicia biß sich auf die Unterlippen, stöhnte und bewegte sich schneller. Er mußte sie jetzt nicht mehr gegen sich pressen, sie hatte ihre Beine gespreizt, umklammerte mit den Armen seinen Nacken und zog ihn an sich. Er dachte an den Tod, er fühlte sich abgekapselt von den Menschen, von Schicksalen, seiner Zukunft. Er spürte ihre zärtlichen Finger an den Hoden, die im Wasser schwebten. Er war so weit weg, daß ihn niemand erreichte, kein Gedanke konnte ihn stören, nichts anderes Mißbehagen hervorrufen, als getrennt zu werden. Das Wasser umschmeichelte sein Glied, wenn er es herauszog – und ihre Spalte schien seidig und leicht zu sein, daß er das Gefühl hatte, den Samen in ein Amphibienwesen zu spritzen. Ihre Haare und ihr Gesicht waren naß geworden. Eng umschlungen standen sie im Wasser. Sie sahen das Boot wie herrenloses Strandgut auf den Wellen schaukeln.

56. Alicia

Auf Alicias Handtuch saßen zwei halbnackte Soldaten, die ihre Kleidungsstücke unter die Arme klemmten und davonliefen. Eck spürte Eifersucht: ein Gemisch aus Wehrlosigkeit, Wut, Selbsthaß und die Lust, jemanden zu verletzen. Er warf sich auf den Rücken, schloß die Augen. Der Lärm beruhigte und beschützte ihn. Alicia rauchte eine Zigarette. In das Schweigen hinein fragte sie, wie sie sich am besten mit ihm in Verbindung setzen könnte. Sie nahm aus ihrer Badetasche ein kleines Telefonbuch, notierte die Handy-Nummer, die Eck ihr gab – wehrte aber die Fragen nach *ihrer* Adresse mit einem Lachen ab. Eck zog sie zu sich herunter und küßte sie. Ihre Küsse waren sanft, und er hatte das Gefühl, er könnte bestimmen, wie lange sie dauerten. Er spürte in der Berührung ihrer Zunge auch einen schläfrigen Genuß, Überraschung und Zurückhaltung. Zwischen den Küssen fing er einen fragenden Blick auf, der in ein amüsiertes Lachen überging, dabei warf sie ihr langes Haar mit einer Kopfbewegung nach hinten. Ihre Finger waren schmal, fast dünn. Sie hatte schöne Zähne, einen sinnlichen Mund, lebhafte Augen und trotz allem, was zwischen ihnen vorgefallen war, etwas Altmodisches, Zerbrechliches. Wieder küßte er sie. Er registrierte währenddessen eine Summe von Kleinigkeiten, die er sofort wieder vergessen würde: einen Stein unter dem Handtuch, der gegen das Knie drückte, die Bewegung eines Hodens, ein Jucken an den Hinterbacken, das Brennen der Sonne auf der Haut, einen kalten Tropfen, der aus ihrem Haar über seine Nase lief. Auf ihrem Badetuch lagen Sonnencreme, eine Haarnadel und eine Zeitung. Sie suchte ein Paar Kreolen aus ihrer Badetasche heraus, klipste sie an die Ohren und betrachtete sich im Taschenspiegel.

Eck stand auf, um Limonade und Zigaretten zu holen. Unterwegs sah er die beiden Soldaten, die inzwischen angekleidet waren. Sie versuchten, mit einem Mädchen in ein Gespräch zu kommen, wahrscheinlich, nahm Eck an, würde es ihnen gelingen. Als er an seinen Platz zurückkehrte, war Alicia verschwunden.

57. Hitze

Zuerst hatte er den Strand nach Alicia abgesucht, dann das Wasser, die Spielhalle und die Umkleidekabinen. Dort spritzte ihn jemand mit einem scharfen Wasserstrahl an. Der blonde, sommersprossige Bub stand in der Badehose hinter dem Kabineneingang und versuchte, unsichtbar zu sein. Er konnte mit seinem Wasserspritzgewehr um die Ecke schießen, sah Eck, weil die Düse verstellbar war. Um den nackten Bauch hatte er einen Gürtel mit zwei Plastikflaschen geschnallt.

»Ich suche eine Frau«, sagte Eck und beschrieb Alicia. »Hast du sie gesehen?«

»Sie ist dorthin gelaufen.« Er deutete mit dem gelben Wasserspritzgewehr zum Parkplatz.

»Wie lange ist das her?« Der Bub zuckte mit den Achseln. Im Auto drehte Eck das Radio auf, aus dem eine Nummer von Joe Cocker ertönte.

Hinter Breitenbrunn geriet er in einen Stau. Am Straßenrand stand ein verbeulter Opel ohne Windschutzscheibe, der auf die Hälfte seiner Größe zusammengedrückt war, auf der anderen Seite lag – die Räder nach oben – ein Kleinbus. Voller Unbehagen und mit schlechtem Gewissen dachte er an Doris. Es war gut, daß sie nicht alles von seinem Leben wußte.

In Mörbisch, wo der Hals-, Nasen-, Ohren-Facharzt Dr. Allmer ordinierte, wurde der Badestrand von der Seebühne überragt. Die schwimmende Holzkonstruktion war durch eine Brücke mit dem Festland verbunden. Die Kulisse sah aus wie die stehengebliebene

Wand eines Abrißhauses. Durch die Fensteröffnungen konnte er Segelboote und das Aussichtsschiff erkennen. Es machte auf ihn den Eindruck, als sei eine Stadt in einem Stausee verschwunden. Die Praxis von Dr. Allmer befand sich außerhalb des Ortes. Beim Aussteigen hörte er einen Schuß, kurz darauf, als er den Vorgarten betrat, einen zweiten. Er blieb stehen. Die Schüsse waren im angrenzenden Weingarten gefallen, wo ein Preßluftautomat Schreckschüssse gegen die Stare abgab. Eck hatte so eine Vorrichtung noch nie gesehen.

Eine verschlafene, aufgedunsene Frau mit Lockenwicklern öffnete. Nachdem Eck sich als Dr. Rotberger vorgestellt hatte, machte sie ihm Vorwürfe, weshalb er nicht zu Mittag gekommen sei. Vor fünf Uhr sei jetzt nichts möglich. Sie schloß die Tür.

Eck wußte nicht, was er inzwischen tun sollte, und fuhr ziellos herum. Hinter dem Gasthof an der Ortsausfahrt erhob sich ein Krangerüst. Er stellte den Wagen ab. Aus einem Lautsprecher war Musik zu hören, an Buden wurden Erfrischungen verkauft. Kreischend, mit flatternden Haaren, stürzte eine Frau durch die Luft und wurde durch das zurückschnellende Gummiseil wieder hochgeschleudert. Eck holte sich eine Portion Pommes frites. Der Lautsprecher animierte die Umstehenden, »selbst den Sprung zu wagen«. Ein junger Mann in Turnschuhen, Jeans und T-Shirt streckte die Arme weit aus und ließ sich als nächster fallen. Eck knüllte das Papiersäckchen zusammen, reinigte seine fettigen Finger und setzte sich wieder hinter das Steuer.

58. Dr. Artinger

Es war heiß in der Praxis von Dr. Artinger, die sich in einem Pfahlhaus direkt auf dem Wasser befand. Das Segelboot lag so nahe vor Anker, daß man versucht war, es durch das Fenster anzufassen. Sie war eine hektische Person, zu der Eck augenblicklich der Vergleich mit einer Tanzmaus einfiel. Das Wasser gluckste unter dem Boden.

Als die Touristin, der Dr. Artinger das Knie verbunden hatte, hinaushumpelte, läutete das Telefon, und die Ärztin wurde zu einem Herzanfall gerufen. Sie lud Eck ein, zu bleiben und im See zu schwimmen, bis sie wiederkäme.

Sie packte ihre Ärztetasche. Eck lehnte die Einladung höflich ab. Er hatte inzwischen leere Rezeptformulare und den Stempel eingesteckt.

59. Dr. Allmer

Dr. Allmer führte den Spiegel in das Ohr ein, bevor er die Augen zusammenkniff. Sodann stellte er eine Mittelohrentzündung bei seinem kleinen Patienten fest. Auf dem Schreibtisch lag eine ältere Nummer der Zeitschrift *Der Spiegel*. Der Artikel »Dann gnade uns Gott« war bei seinem Erscheinen an alle Mitarbeiter der pharmazeutischen Firma geschickt worden. Er beschrieb, was man längst wußte, nämlich, daß eine Reihe von Medikamenten nicht mehr wirksam war. Gegen

Durchfall halfen nicht mehr Chloramphenicol, Ampicillin und Tetracycline, dasselbe traf auch auf andere Krankheiten zu, wie Wundinfektion, Blutvergiftung, Hirnhautentzündung, Ohreninfektionen, Lungenentzündung oder Tripper.

»Was machen wir«, sagte Dr. Allmer auf Ecks Blick hin, »wenn ein Staphylokokken-Stamm entsteht, der gegen alle Präparate gefeit ist?«

Ein fetter, glatzköpfiger Wiener hatte Platz genommen. Der Doktor drückte ihm mit einer Spachtel die Zunge hinunter und rief Eck. Er sah einen roten Hals, in den der Doktor mit einer Taschenlampe hineinleuchtete. Dann nahm er einen runden Spiegel und setzte ihn im Rachen an. Der Patient schluckte im Würgereflex.

»Die klassische Pharyngitis«, sagte Dr. Allmer.

Der nächste Patient – wieder ein Urlauber – hatte einen Nasennebenhöhlenkatarrh und eine Siebbeinentzündung.

Dr. Allmer redete sich in Fahrt. Eck kannte diese Vorträge von Provinzärzten, für die täglich wegen Kleinigkeiten die Welt unterging. Was Dr. Allmer Sorge bereitete, war die rasche Vermehrung der Keime. Binnen acht Stunden konnten sich, sagte er, manche von ihnen »versechzehnmillionenfachen«.

»Tut das weh?« fragte er den Patienten und drückte gegen die Halsdrüsen. Der Patient schüttelte den Kopf.

»Schon ein einziger«, fuhr Dr. Allmer fort, »kann ausreichen, allen Mitteln die Wirksamkeit zu nehmen – was machen wir dann?« Er winkte Eck wieder herbei und ließ ihn durch den Ohrenspiegel blicken. Während

Dr. Allmer ein Antibiotikum verschrieb, sagte er zu Eck: »Wo die meisten Antibiotika verschrieben werden, sind die tüchtigsten Mikroben – nur die robustesten Stämme überleben den chemischen Angriff. So züchten wir aber unbeabsichtigt resistente Stämme. Sie verfügen über Pumpen, mit denen sie die Antibiotika aus ihrem Zelleninneren herausschwemmen, oder sie entfernen die Poren, durch die sie in die Zellen hineingelangen können. Mit Enzymen zerschneiden sie antimikrobakterielle Gifte. Oder sie mutieren ihre Proteine so lange, bis sie immun gegen die Wirkung des Medikaments sind.«

Inzwischen hatte ein Junge mit Zahnlücke und Mikkey Maus-Sonnenbrille Platz genommen. Soviel Eck sehen konnte, hatte er eine Sommergrippe und einen Schnupfen vom Tauchen oder zu langen Aufenthalten im Wasser. Eck wartete darauf, bis der Doktor ihn zu untersuchen begann, dann verabschiedete er sich.

»Du brauchst keine Angst zu haben«, hörte er Dr. Allmer zum Jungen sagen, »jeder von uns ist von mehr Bakterien besiedelt, als Menschen jemals auf der Erde gelebt haben ... Stell' dir das einmal vor!«

»Und Donald Duck?« fragte der Junge.

60. Der Polizist

Der Fahrer des blauen Toyota erhob sich vom Klappstuhl, faltete die Zeitung zusammen und ging Eck entgegen.

»Ich habe viel Ärger mit Ihnen«, zischte er ihn an.

Eck öffnete die Tür zu seinem Campingwagen. Er wollte einsteigen, aber es war so heiß, daß er den Gedanken wieder fallenließ.

»Ich habe mich ein wenig bei Ihnen umgesehen«, sagte der Polizist, dabei holte er zwei Schachteln mit Beruhigungsmitteln und Schlaftabletten aus seiner Jackentasche.

»Sie sind in Behandlung?«

»Sind Sie deshalb gekommen?« fragte Eck schärfer zurück, als er beabsichtigt hatte.

Zwei Kinder in Badehosen fingen an, hinter dem Polizisten Federball zu spielen. »Sie werden es sicher schon gelesen haben«, wechselte der Polizist das Thema, während er die Tablettenschachteln, die nicht ihm gehörten, einsteckte: »Der Tote ist nicht Ihr Vater … Gratuliere … Aber das kompliziert die Sache nur: Was ist wirklich geschehen? Haben Sie den Mann, dessen Leichenteile wir gefunden haben, gekannt? Hat er Ihren Vater gekannt? Was wird hier gespielt? Sind Sie unschuldig, oder führen Sie uns an der Nase herum?«

Eck fielen der Revolver unter der Matratze und die Rezepte ein, die er hatte mitgehen lassen. Außerdem trug er einen Stempel und Rezeptformulare von Dr. Artinger in der Jackentasche.

»Ich habe alles gesagt«, sagte Eck.

»Mhm«, antwortete der Polizist zustimmend. Er zündete sich eine Zigarette an. Die Kinder schrien so laut, daß sie den Strandlärm übertönten. Eine ältere

Frau kletterte aus dem Nachbarwagen, blieb stehen und ermahnte die Kinder, leiser zu sein.

»Geht an den Strand«, rief sie. Die Kinder spielten weiter.

»Es wurde ein Sitzpolster aus dem Schiff Ihres Vaters gefunden ... Angeblich heute ... Wissen Sie davon?«

»Nein.«

»Oh – Sie unterschätzen mich – das tut mir leid für Sie.«

Die alte Frau drehte sich um und blickte zu ihnen hinüber.

»Wir sollten besser in den Wagen gehen«, sagte Eck.

»Nein, bleiben wir heraußen, drinnen kommen wir um vor Hitze.«

»Ich weiß nicht, wovon Sie sprechen.« Eck sah den Federball unter dem blauen Himmel fliegen.

»Zum Beispiel von Robert. Vielbeschäftigter Mann. Hat ein Boot und ein Flugzeug zur Verfügung ... Er könnte Ihnen behilflich gewesen sein.«

»Wie meinen Sie das?«

»Wie ich es sage.«

»Verschwinden Sie!« stieß Eck wütend hervor.

»Sie wissen also nichts vom Sitzpolster ...« Der Federball flog über den Polizisten und landete vor seinen Füßen. »Was bedeutet es Ihrer Meinung nach: Daß Ihr Vater noch lebt? Daß das Untertauchen«, er lächelte hämisch, »vorgetäuscht wird oder daß er wirklich ertrunken ist? Soll ich Ihnen sagen, was ich denke?« Der Polizist beugte sich zum Federball, nahm ihn in die

Finger, schaute ihn nachdenklich an, und warf ihn dann, ohne sich umzudrehen, über seine Schulter.

»Ich denke, daß alles irgendwie zusammenhängt. Ich bin kein Intellektueller, aber ich nehme an« – er sah, daß die alte Frau versuchte, ihrem Gespräch zu folgen, und trat einen Schritt auf Eck zu. Seine Stimme war leise, aber der drohende Tonfall schwang in jedem Wort mit – »daß Sie etwas wissen, was uns helfen könnte. Sie ziehen es allerdings vor zu schweigen ... Es macht Ihnen nichts aus, daß Sie uns viel Arbeit einbrocken ... Kann sein, daß es Ihnen sogar Spaß macht – es gibt solche Menschen ... Oder haben Sie *Gründe*? – Dann würde ich gerne diese *Gründe* kennen.«

Eck hatte sich umgedreht, und sie gingen die lange Reihe zwischen den Wohnwagen zum Strand hinunter. Die alte Frau starrte ihnen nach, während die beiden Buben weiter Federball spielten und ihre Schläge mit lauten Ausrufen begleiteten.

»Da ist noch etwas«, sagte der Polizist. »Wir haben einige Ärzte angerufen, die Sie vielleicht besucht haben könnten ... Dr. Oppelt zum Beispiel. Er sagte, es sei kein Pharma-Vertreter mit Ihrem Namen bei ihm gewesen. Nur ein Dr. Rotberger ... Übrigens erhielten wir von Dr. Kleindienst und Dr. Holzer dieselbe Auskunft, was sagen Sie dazu?«

Eck schwieg.

»Verstehe ... Sie möchten nicht mit Fragen belästigt werden ... Haben Sie keine Angst, daß Sie sich das Geschäft ruinieren mit solchen, sagen wir, Schwindeleien?«

Sie gingen noch immer zwischen der langen Reihe Campingwagen auf den Strand zu. Als sie ihn erreicht hatten, setzte sich der Polizist auf eine Bank unter eine Trauerweide und blickte auf die Wiese und das Ufer mit den Touristen.

»Ich gebe Ihnen einen guten Rat«, sagte er und lud Eck ein, Platz zu nehmen. »Erleichtern Sie Ihr Herz.«

61. Der blaue Toyota

Der Revolver lag – als er in den Campingwagen zurückkehrte – noch immer unter der Matratze. Zuerst überlegte er, ihn in den See zu werfen, er steckte ihn dann aber in seine Jackentasche. Im Waschbecken verbrannte er die Rezeptformulare, die beiden Ärztestempel, die er gestohlen hatte, warf er in eine Mülltonne. Obwohl er sich scheußlich fühlte, betäubte er sich nicht mit Medikamenten. Schließlich schlief er aus Erschöpfung ein.

Als er bei Morgengrauen erwachte, wußte er nicht mehr, was er geträumt hatte, und es war ihm zu qualvoll und mühsam, darüber nachzudenken. In der Duschwanne flohen die Silberfischchen vor dem Wasserstrahl ins Ausgußloch.

Auch während der Fahrt nach Illmitz entdeckte er den blauen Toyota nicht im Rückspiegel. Er spürte nur den Revolver an der Hüfte, als wollte er ihm zeigen, daß er ihn beschützte.

62. Untersuchungen

Die Biologische Station war an der Rückseite von graublättrigen Ölweiden umgeben, sie stand auf Piloten im Wasser. Das weiße Motorboot mit der schwarzen Nummer M 133 am Bug entdeckte Eck unter der Brücke vor dem Wehr. Das Wasser war dort von einer Schicht aus Schilfgrassamen bedeckt: ein dunkelgrüner, fast schwarzer Spiegel. Bevor er das Motorboot erreichte, hörte er aus dem Schilf eine Stimme rufen, die erzürnt »Aufsperren!« verlangte. Jemand trat gegen eine Tür, Scheiben klirrten. Im nächsten Augenblick kamen drei Biologen mit Fahrrädern zur Station zurück. Gleichzeitig eilte ihm Robert entgegen.

»Ich mußte es ihm sagen«, stieß er hervor, ohne ihn zu begrüßen.

»Tut mir leid.«

»Sie dachten wohl, ich habe verschlafen.« Der Polizist kam im selben Augenblick über die Metallbrücke. Er war nicht nur wegen des frühen Morgens schlechter Laune.

Eck kletterte hinter Robert an Bord und kroch, gefolgt vom Polizisten, in den Bug. Das Dach war so niedrig, daß er den Kopf nicht heben konnte, außerdem war das Lukenfenster verschmutzt. Alle drei schwiegen. Sie rasten den Kanal hinunter und gelangten bald auf den offenen See hinaus, wo Eck zurück zum Führerstand kroch.

»Sie haben mich gestern vernommen«, sagte Robert schnell und so leise, daß es nur Eck hören konnte.

Eck nickte. Der Fahrtwind zerzauste sein Haar.

»Ich mußte ihnen die Stelle beschreiben, wo ich das Polster gefunden habe. Ich nehme an, sie suchen dort weiter.«

Der Polizist erschien mit argwöhnischem Gesicht.

»Na?« fragte er.

»Sind wir verhaftet?« Robert wurde rot vor Zorn.

»Es ist nur meine dumme Neugierde«, antwortete der Polizist süffisant. »Ich möchte nicht von Ihrer Unterhaltung ausgeschlossen sein.«

»Wie heißen Sie überhaupt?« fuhr Robert ihn an.

»Schäffer – Inspektor Schäffer ... wollen Sie meine Dienstnummer wissen?« Das Boot schaukelte heftig. Der Inspektor wartete, was geschehen würde. Robert schaltete den Motor ab. Lautlos glitten sie zum Schilfgürtel hin.

Nachdem sie stehengeblieben waren, entnahm Robert dem See eine Wasserprobe, tropfte mit einer Pipette Fixierlösung dazu und fing in einem feinmaschigen Netz Plankton. Dann maß er die Wassertiefe.

»Wissen Sie, was mir *gestern* an Ihren Aussagen *spanisch* vorgekommen ist?« fragte der Inspektor.

Robert schüttete die Probe in ein undurchsichtiges Plastikfläschchen.

»Wieso wurde das Polster, das Sie gefunden haben, nicht schon vorher von oben entdeckt?«

Er blickte Robert lauernd an.

Das Schiff schaukelte auf den Wellen.

»Nun?« fragte Schäffer.

»Ich weiß es nicht«, sagte Robert.

Als nächstes hängte er ein Thermometer mit einem Behälter in das Wasser, registrierte die Temperatur, füllte Proben in Fläschchen und notierte die Werte in einem Buch.

»Und das soll ich Ihnen abnehmen?« fragte der Inspektor.

»Nein«, antwortete Robert. Er setzte sich wieder an das Ruder. Der Außenbordmotor brummte jetzt so laut, daß es keinen Sinn hatte weiterzusprechen. Eck sah, daß Schäffer fröstelte, Wasserschaum zischte an der offenen Kabine vorbei, die Flaschen klirrten in den Behältern.

An der nächsten Meßstation flogen Gelsen unter die Planen und belästigten sie. Bald darauf konnten sie den Hafen von Weiden sehen, die beiden Schuppen mit der Fahne, Boote, Pfahlhäuser und die Liegewiese. Es war noch kein Mensch am Strand. Robert bremste, legte den Rückwärtsgang ein, hielt. Er nahm mit zwei verschiedenen chemischen Lösungen eine Sauerstoffbestimmung an einer Wasserprobe vor und trug die Werte wieder in das Buch ein. »Langweilen Sie sich nicht?« fragte er ironisch den Inspektor, der auffällig still geworden war.

»Was glauben SIE?« gab Schäffer bissig zurück.

Am Ufer türmten sich Berge von Schilfballen. Die Schilfschneider in blauen Arbeitsanzügen hockten in einer Zille und jausneten. Mit gedrosseltem Motor fuhr Robert in einen langen Kanal ein. Der Segelhafen von Jois ähnelte einer Filmkulisse. Die langen Reihen von Anlegestellen dienten den Möwen als Versammlungsplatz. Sie flatterten in die Luft, als das Motorboot auf sie zukam. Eck erkannte die Stelle vom Flug her wieder. Kein Segelschiff konnte bei Nordwestwind in den Kanal einfahren, hatte Robert erzählt, und da fast immer Nordwestwind herrschte, mieden die Segler zwangsläufig die Anlegestellen. Am Ufer erschien ein großes Holzgebäude. Die Balken waren geschlossen, auf einem Schild stand *Segelschule*. Weiter hinten drei leere Gebäude mit zerbrochenen Fensterscheiben, das halbfertige Seerestaurant und das Hotel. Robert sagte, daß sie als Quartier für Bosnier und Kosovo-Albaner gedient hatten, die vor dem Jugoslawien-Krieg geflohen waren, aber in der Hauptsaison sollten keine Flüchtlinge um den See gesehen werden.

»Ich habe vergessen, Ihnen Ihre Medikamente zurückzugeben«, sagte der Inspektor plötzlich und hielt Eck die beiden Tablettenschachteln hin, die er ihm am Vorabend abgenommen hatte. Eck steckte sie ein. Er fühlte den kalten Revolver in der Jackentasche und ließ seine Hand auf ihm ruhen.

Sie hatten die Einfahrt zur Bucht wieder erreicht und tuckerten an der Holzkonstruktion eines Schiffsbuges vorbei, einem Pfahlbau, den eine Filmfirma errichtet hatte und der jetzt dem arbeitslosen Bootsverleiher gehörte. Die Fenster waren mit gelben Tüchern verhängt – angeblich war es sein Liebesnest.

»Weshalb haben Sie die Medikamente beschlagnahmt?« Eck sah den Inspektor nicht an.

»Sie hätten Ihren Vater damit betäuben können ...«, antwortete Schäffer. »Das würden wir bei einer Obduktion des Magens nachweisen können ... Außerdem könnten Sie bei der Tat selbst unter Drogen gestanden haben ... Und weiters wollen wir wissen, ob Sie süchtig sind.«

63. Der Fund

Der »Wald« der Masten im Jachtclub von Breitenbrunn war hinter dem Schilf zu sehen. Man hörte die Wanten klingen, wenn der Wind das Wasser bewegte und die Boote schaukelten.

»Es ist eine Sisyphusarbeit«, wandte sich Schäffer wieder an Eck: »Wir setzen Puzzles zusammen ... Habe ich Ihnen gesagt, daß wir gestern einen Teil des Schädels gefunden haben? – ... Er ging einem Fischer ins Schleppnetz ... Bald werden wir wissen, um wen es sich handelt.«

»Warum erzählen Sie mir das?« fragte Eck mit gespieltem Hochmut.

»Eine berechtigte Frage ...«, sagte Schäffer mit übertrieben gespielter Zustimmung. »Ist es für Sie eine Neuigkeit, daß Sie ein Viertel des Vermögens erben, wenn Ihr Vater nicht mehr lebt?«

Eck war dieser Gedanke noch gar nicht gekommen. Er schwieg überrascht. Auch Robert schwieg.

Auf Pfählen stand eine Holzhütte, in der Postkarten, Filme und Dosengetränke verkauft wurden. Der Besitzer im blau-weiß gestreiften T-Shirt, mit einer Kapitänsmütze auf dem Kopf, bediente die Urlauber vom

Campingplatz und die Segler, die von den Schiffen kamen. Während Schäffer auf die Toilette verschwand, kaufte Eck eine Zeitung. Er fand sogleich den Bericht mit der Fotografie des gefundenen Polsters. An allen Tischen, bemerkte Eck, war der Fall Gesprächsthema. Man rätselte, wer der Ermordete sein konnte, was mit Paul Ecks Vater geschehen war und wie die Einzelheiten zusammenhingen.

Schäffer überflog, als er zurückkam, die Artikel und kaute dabei ein Stück Brot.

»Wir sind natürlich in unseren Ermittlungen behindert«, sagte er, »vor allem müssen wir darauf Rücksicht nehmen, daß die Hoteliers keine Einbußen erleiden ...«

Zuerst fuhren sie am Schilfgürtel entlang, dann sahen sie von weitem den Heeresjachtclub von Purbach und die Segelschule. Ein großes Stück war im Wasser mit einem Seil abgesperrt, darin suchte eine Staffel Taucher den Grund ab. Zwei Gendarmerie-Motorboote schaukelten auf den Wellen. Im Bootshaus aus Holz, erkannte Eck durch die offenen Fenster, wimmelte es von Uniformierten. Auch die Hütte der Surfschule war von Gendarmen umgeben. Ein Damenfahrrad lag achtlos weggeworfen im Wasser.

Robert näherte sich vorsichtig, und Schäffer, der die Gendarmen ansprach, erfuhr, daß die Umgebung systematisch nach Leichenteilen abgesucht wurde.

»Auf dem Schilfschneideplatz haben sich Hunderte Touristen eingefunden ...«, sagte der Gendarm. Schäffer stieg auf das Dach des Motorbootes, von wo er hinter den Schilfgürtel sehen konnte.

Ab und zu stapfte ein Taucher mit Flossen aus dem Wasser und überreichte den Helfern am Strand, was er gefunden hatte.

Vor der Wulkamündung war es still. Gewitterwolken türmten sich in der Ferne auf, ein Grollen war zu vernehmen. Das Schilf leuchtete im Sonnenlicht hellgrün, war aber im Schatten dunkel. »Was geht in Ihnen vor, Eck, wenn Sie den ganzen Aufwand sehen?« sagte Inspektor Schäffer plötzlich. »Es ist nur eine Frage der Zeit, bis wir Sie nicht mehr brauchen. Dann werden die Dinge zu sprechen anfangen ... von selbst.«

Eck fiel der Mann im Seehotel ein, der ihm bis in die Toilette gefolgt war und erklärt hatte, es handle sich bei den Ermittlungen um eine *Nervenprobe* ...

Robert machte eine scharfe Kurve, die Eck und Schäffer aus dem Gleichgewicht brachte. Sie kollerten auf der hinteren Plattform gegen die Reling.

»Arschloch!« schrie Schäffer Robert an, während er sich mühsam hochstemmte. Der Fahrtwind preßte seine Haare auf den Kopf und nach hinten. »Das machen Sie nicht noch einmal!«

Robert stoppte abrupt, so daß Schäffer beinahe ins Wasser stürzte. Gerade konnte er sich noch mit einer Hand an der Reling festhalten. Eck war instinktiv auf das Manöver gefaßt gewesen und hatte sich gegen den Boden gestemmt.

»Halten Sie das Maul oder steigen Sie aus!« rief Robert grob. Rundherum war nur Wasser.

»Na los, werfen Sie mich doch hinein!« geiferte Schäffer zurück. Das Wasser klatschte und rauschte.

Langsam fuhr das Motorboot weiter. Robert schlug das Ruder nach Westen ein und steuerte Rust, den größten Ort am See, an. Schäffer sagte nichts mehr.

Hütten erhoben sich am Schilfrand, manche älter und verwahrlost, dazwischen neuere mit Moskitonetzen vor den Fenstern und Türen. Einige waren mit Windrädern ausgestattet, um elektrischen Strom zu erzeugen. Robert bog in den Schilfkanal zur Feriensiedlung *Romantica* ein. Das Schilf war hier so hoch, daß man nur die Dächer der Hütten herausragen sah. Schäffer blickte angespannt in das Schilf, als interessierte ihn dort etwas besonders. Über das glitzernde Wasser glitt eine rote Zille mit einer Seilwinde und einem Tank – das Fäkalienboot, wie Robert bemerkte. Er holte die Meßinstrumente an Bord und trocknete seine Finger an einem Handtuch.

Am Landungssteg der Biologischen Station warteten dann zwei Assistentinnen in Labormänteln, um die Kisten mit den Plastikfläschchen zu übernehmen.

Sie hatten den oberen, größeren Teil des Sees umrundet, der kleinere – vor der ungarischen Grenze – war zum Teil Schilfgebiet.

»Ich zeige Ihnen jetzt die Stelle, an der ich das Polster gefunden habe«, sagte Robert plötzlich freundlich.

Schäffer nickte.

Ein Stück weiter vom Strand ragte ein Schilfstreifen in den See. Eine Fahrradfähre glitt vorüber, Eck sah zwischen den Halmen nur die Plattform, eine Laternengirlande und die Silhouetten der Passagiere. Sie fuhren einen Bogen und standen plötzlich unter einer

Ansammlung von Booten, die einen Halbkreis um ein Feuerwehrschiff bildeten. Robert stellte den Motor ab. Am Vormittag hatte ein Fischer in einer Reuse ein zweites Polster gefunden, erfuhren sie, und die Gendarmerie benachrichtigt. Schäffer war aufgeregt.

»Dieselbe Stelle?« fragte er.

Sie trieben in das Schilf, das von einer Seite in die halboffene Kabine hineinragte. Als das Gendarmerieboot mit den Tauchern eintraf, fuhren sie weiter. Sie sahen noch, wie sich vom See her ein Hubschrauber näherte…

Hinter ihnen erstreckte sich jetzt das grüne Band des Schilfes, Wolkenschatten färbten das Wasser stellenweise dunkel. Nur den Berufsfischern war es erlaubt, diesen Teil des Sees zu befahren, sagte Robert, deshalb begegnete ihnen auch niemand. Er hatte vergessen, vor der Fahrt nachzutanken. Er hielt an und versuchte, aus einem Kanister Benzin nachzufüllen, aber der Anschluß zwischen dem Füllstutzen und dem Tank war verstopft, und der Treibstoff floß daneben. Eck bemerkte, wie es Schäffer vom Benzingestank übel wurde. Robert ließ sich Zeit. Er schnitt eine Plastikflasche mit einer Schere auf, machte einen Trichter daraus und steckte ihn in das verstopfte Rohr.

Die Schilflandschaft hatte für Eck etwas Afrikanisches. Er tastete in seiner Jackentasche nach den Schachteln mit Tabletten, fühlte aber nur den Schaft des Revolvers.

Ein Lichtstreifen fuhr hellgrün über den See wie ein leuchtendes Mirakel.

Der anspringende Motor unterbrach die Stille, und das Boot brauste und zischte weiter.

Neben dem Grenzstein neunundsiebzig hielten sie an. Kormorane flatterten auf, um sich dann auf einem der Piloten niederzulassen. Robert nahm weitere Proben. Im letzten Zipfel des Schilfgürtels war die Silhouette eines Wachturms zu erkennen. Er hatte das Aussehen einer überdimensionalen Feuerwerksrakete. In diesem Augenblick entdeckte Robert etwas. Eck sah nicht, was es war, aber Robert steuerte im Rückwärtsgang darauf zu. Er hielt an, beugte sich zum Wasser hinunter und zog ein Stück Stoff heraus, das er klatschend auf den Boden des Decks fallenließ. Trotz der Übelkeit, die man seinem blassen Gesicht anmerkte, war Schaffer herbeigestürzt und hatte sich auf ein Knie niedergelassen. Er schlug den triefnassen Stoff, ein schweres Gebilde aus Falten, auseinander, und es erwies sich als ein dunkelgrüner Anorak – eine Nato-Jacke. Schäffer durchsuchte sie wortlos. Das Lächeln auf seinen bleichen Lippen war nicht zu übersehen. Dann entdeckte Eck den Tennisschuh, der auf der Wasseroberfläche trieb.

64. Die Zöllner

Nachdem Robert an der Fundstelle eine Boje ausgeworfen hatte, kam ein Paddelboot auf sie zu. Das Pensionistenpaar in Igginganzügen mit weißen Sonnenhüten wollte wissen, wo die ungarische Grenze verlief.

Schäffer fragte sie mit einem gehässigen Lachen, ob sie die Leiche suchten? Er konnte seinen Triumph über die aufgefundenen Kleidungsstücke nicht verbergen.

»Welche Leiche?« Der Mann zog erschrocken das Paddel an seine Brust.

Am Landesteg des Grenzpostens lungerten zwei Zöllner. Dahinter schaukelte das Schnellboot mit der Aufschrift *Zollwache* im Wasser. Sie warteten auf das Linienschiff, das nur einmal am Tag verkehrte.

Der Inspektor hatte den Tennisschuh neben die Nato-Jacke gelegt – die Gegenstände sahen wirklich wie nach einem Verbrechen aus. Einer der Zöllner nahm die Sonnenbrille ab und begutachtete die Fundstücke. Inzwischen rief Schäffer den Kommissar an.

65. Ein weiteres Verhör

Die Kulissen der Seebühne machten vom Wasser aus einen sinnlosen und schäbigen Eindruck, als würden sie jeden Augenblick zusammenfallen. Scheinwerfer waren auf dem Stahlgerüst dahinter montiert, und durch die viereckigen Öffnungen für die »vorne« aufgemalten Fenster sah man die roten Stühle auf der Zusehertribüne. Schäffer hielt sich an der Reling fest. Er ließ die Nato-Jacke und den Tennisschuh nicht aus den Augen. Im Hafen wartete schon der Kommissar mit Gendarmen.

»Ich habe eine Menge Fragen«, sagte er zu Eck, als sie im Gendarmeriegebäude ein Büro betraten, das nur aus einem Schreibtisch mit Lampe, einem Waschbecken und mehreren Stühlen bestand. An der Wand hing eine Karte vom See. Eck war schon im Gendarmeriewagen eingefallen, daß er den Revolver in der Jackentasche trug, und er hatte überlegt, ihn dem Kommissar zu übergeben, aber angesichts der Umstände fand er es besser zu schweigen.

Der Anorak und der Tennisschuh wurden auf ein Pult gelegt und Robert in ein anderes Zimmer gebeten, wo er in Anwesenheit des Inspektors seine Aussage machte. Eck blieb mit dem Kommissar und einem Oberstleutnant, der Fasching hieß, zurück. Man hatte ihn mit dem Rücken zur Wand gesetzt und einen kleinen Schreibmaschinentisch danebengestellt.

»Elf Motorboote, zwei Hubschrauber und Taucher suchen seit dem Morgen den See ab, und zwar auf der österreichischen und der ungarischen Seite«, sagte der Oberstleutnant. »Wir sind davon überzeugt, daß wir das Boot finden werden«, fuhr der Kommissar fort. »Fassen wir alles zusammen: Der See ist nicht einmal zwei Meter tief, das Boot hingegen mehr als zwei Meter hoch ... Wohin soll es also spurlos verschwunden sein?« Eck hatte das Gefühl, im Zimmer weiter auf dem Wasser zu schaukeln, es war ihm, als höbe und senkte sich der Raum.

»Es könnte umgekippt sein«, sagte der Oberstleutnant. »Das ist die einzig mögliche Erklärung. Dann müßte es aber auch gekentert sein. Am 11. August herrschte Windstärke zehn, aber der Kajütsegler hat ausgeschäumte Kammern. Das heißt, er ist praktisch unsinkbar. Er würde auf der Oberfläche treiben. Selbst wenn er *nicht* unsinkbar wäre: Irgend etwas *müßte* aus dem Wasser ragen!« Wieder löste ihn der Kommissar ab: »Die Möglichkeit, daß er nach Ungarn abgetrieben wurde, ist nicht auszuschließen«, sagte er, »üblicherweise werden wir aber rasch verständigt – überhaupt, seit es keinen Eisernen Vorhang mehr gibt.« Er machte eine Pause. »Wie wir wissen, haben Sie in Ungarn Ermittlungen angestellt, die ergebnislos verliefen ...«

Der Boden schaukelte jetzt so heftig, daß Eck fürchtete, wenn er die Augen schloß, vom Sessel zu fallen.

»Ich möchte Sie fragen, was das alles mit mir zu tun hat«, erwiderte er mühsam.

»Wirklich?« fragte der Oberstleutnant.

»Ich will Ihnen etwas verraten«, setzte der Kommissar ungerührt fort: »Heute morgen hat die Putzfrau des Heeresjachtclubs einen Fund am Strand gemacht ... Sie fuhr mit dem Fahrrad am Ufer entlang, als sie eine Hand entdeckte ...« Er sprach nicht mehr weiter.

Der Oberstleutnant hatte sich nach vorne gebeugt und schaute Eck erwartungsvoll an. Er war etwa fünfzig Jahre alt und wohlgenährt, hatte die Mundwinkelfalten eines Magenkranken. Wegen der Hitze war sein Hemdkragen geöffnet, seine Mütze lag auf dem Tisch. Er drückte die Zigarette im Aschenbecher aus, bevor er sich eine neue anzündete.

»Bedauerlicherweise haben wir schon zwei Hände gefunden«, sagte der Kommissar.

Eck warf ihm einen erstaunten Blick zu, und das Zimmer hob sich, wie auf einer großen Welle.

»Sie haben recht«, sagte der Kommissar. »Die Angelegenheit wird immer verworrener. Selbst *wir* wissen, daß es keine Menschen mit drei Händen gibt ... Also muß es einen zweiten zerstückelten Leichnam geben ... Ist es Ihr Vater? War der erste Tote ein Komplize des Mörders, und mußte er sterben, weil er zuviel wußte? Was aber, wenn diese Hand *auch* nicht von Ihrem Vater stammt? Wir stehen vor einem Rätsel.« Das Zimmer senkte sich wieder.

»Wir nehmen an, daß Ihr Vater am 11. August mit dem Kajütsegler ausgelaufen ist. Niemand sah ihn ablegen – vielleicht, weil der Sturm aufzog«, sagte der Oberstleutnant.

»Er muß zuvor aus seinem Transporter, den er vor dem Bootshaus abgestellt hatte, die Batterien ausgebaut haben, um den Flautenmotor in Betrieb nehmen zu können. Also wollte er länger draußen bleiben, denn als er in See stach, wehte bereits ein starker Wind ... Seinen Paß, die Sparbücher und Schecks ließ er zu Hause. Warum, wenn er untertauchen wollte?«

Eck versuchte, das Schaukelgefühl hinter der Stirne zu beherrschen.

»Vielleicht will uns jemand absichtlich auf eine falsche Fährte locken – aber aus welchem Grund?« bohrte der Kommissar weiter. »Jetzt hat Ihr Freund Robert die Jacke und den Tennisschuh gefunden. Wenn sie sich seit dem 11. August im Wasser befunden hätten, wären sie sicher gesunken.« Er blickte betrübt auf den Tennisschuh vor ihm.

»Wir werden die Kleidungsstücke untersuchen«,

setzte der Oberstleutnant fort. »Wir können feststellen, wie lange sie im Wasser gelegen sind. Mit den Polstern verhält es sich ebenso ... Wir können uns nicht vorstellen, daß sie tagelang auf dem See herumgetrieben sein sollen, ohne daß sie bei den Suchaktionen gefunden worden wären. Der Polstersitz des vermißten Bootes, den der Fischer in seiner Reuse fand, war fast zwei Meter lang und einen halben breit. Die Hubschrauberpiloten haben uns bestätigt, daß sie ihn hätten sehen müssen.«

»Ich weiß«, sagte Eck, der noch immer das Gefühl hatte, auf Wellen zu schaukeln, »Inspektor Schäffer hat es mir gesagt –.« »Und hat er Ihnen *auch* gesagt«, wollte der Kommissar wissen, der sich jetzt ebenfalls erhoben und auf die Schreibtischkante gesetzt hatte, »daß noch nie jemand so lange auf dem See verschollen war?«

»Es ist möglich, daß Ihr Vater in Ungarn illegale Geschäfte geplant hat«, der Oberstleutnant machte einen tiefen Zug aus der Zigarette. Er hatte begonnen herumzugehen. »Und es ist möglich, daß die ungarische Polizei Ihren Vater festgenommen hat und im stillen gegen ihn ermittelt«, er dachte laut nach, »dann passen die Sitzpolster und die Kleidungsstücke, die wir im See gefunden haben, allerdings nicht ins Bild.«

»Und auch nicht die Leichenteile«, ergänzte der Kommissar, »obwohl die wiederum von einem anderen Fall stammen könnten.« Eck versuchte, trotz der Übelkeit, die er verspürte, klar zu denken. »Haben Sie schon einmal daran gedacht, mit meinem Stiefbruder zu reden?« unterbrach er den Kommissar. »*Er* hatte guten Grund, mit ihm zu streiten, weil mein Vater doch *mich* eingeladen hat.«

»Natürlich«, antwortete der Kommissar, »auch das haben wir bedacht. Aber würde sich Ihr Stiefbruder, um es offen auszusprechen, mit einem Mord nicht selber am meisten schaden? Denn Sie würden ja auf alle Fälle Ihre Anteile erben, sobald der Tote gefunden würde – auch wenn das Verbrechen nie ans Licht käme.«

»Der Verdacht fällt aber auf mich«, rief Eck empört aus.

»Sie nehmen starke Schmerzmittel, Schlafmittel, Aufputschmittel ... Ihre Firma führt die meisten Präparate übrigens nicht im Programm – also decken Sie ihren Bedarf damit – wäre es nicht möglich, daß Sie in einem ... nun, nennen wir es Ausnahmezustand –.«

Eck warf ihm – halb seekrank – einen wütenden Blick zu: Man hatte in seiner Abwesenheit den Campingwagen durchsucht! Als ob er Gedanken lesen könnte, sagte der Kommissar: »Den Campingwagen haben wir in seine Bestandteile zerlegt. Wir haben die Wandverkleidung heruntergeschraubt – und natürlich Ihr Auto nach Fingerabdrücken durchsucht – ... Wir haben nichts gefunden.« Er setzte ein windschiefes Lächeln auf. »Langsam bin ich bereit zu glauben, daß Sie unschuldig sind – obwohl: die vier Stunden, die Sie angeblich geschlafen haben, geben uns nach wie vor ein Rätsel auf.«

»Und was soll ich Ihrer Meinung nach jetzt tun?« Eck wollte aufstehen, aber eine weitere imaginäre Welle zwang ihn zurück auf den Stuhl.

»Eine gute Frage«, sagte der Oberstleutnant. Die

Wände des Verhörraumes waren grün, »wie verwesendes Fleisch«, dachte Eck.

»Machen Sie mit Ihren Ärztebesuchen weiter. Und grüßen Sie Ihre Silberfischchen von uns«, sagte der Kommissar.

66. Nachricht

Der blaue Toyota stand noch immer vor der Biologischen Station. Schäffer öffnete mürrisch die Tür zum Nebensitz. Im Auto, das Eck zurückgebracht hatte, war das Schaukelgefühl durch das Fahren verschwunden, aber jetzt, im blauen Toyota, fing es wieder an, wie im Verhörzimmer.

»Was haben Sie morgen vor?« Der Inspektor klappte den Taschenkalender auf und holte seinen Kugelschreiber aus der Brusttasche. »Wann fangen Sie an? Und die übrige Zeit bleiben Sie am Campingplatz? – Sie wissen, was Sie zu tun haben, wenn Sie einen Ortswechsel vornehmen.« Er ging vollständig in seiner Beamtensprache auf.

Beim Eingang zum Campingplatz wartete Hermann auf ihn; er trug die Baseballmütze und hatte sich in ein Spider-Man-Comicbuch vertieft.

»Das Aussichtsboot fährt in einer halben Stunde«, rief er ungeduldig, als er Eck sah.

Er griff in seine Tasche und reichte Eck ein Stück zusammengefaltetes Papier, auf dem in Maschinenschrift die Adresse der Kaserne in Oggau und eine

Telefonnummer angegeben waren. Darunter stand in Handschrift: »Ich bin ein Freund Ihres Vaters. Kommen Sie morgen um acht Uhr zu mir. Dr. Goriupp, Stabsarzt.« Er hatte sich nicht einmal die Mühe genommen, die Nachricht in ein Kuvert zu stecken und es zu verschließen.

67. Sonnenberg

Eck konnte durch die Terrassenfenster des Seehotels auf die tanzenden Hochzeitsgäste im Freien sehen. Selbstverständlich hatte er bemerkt, wie gerne Hermann die Lektüre seines Comicbuches fortgesetzt hätte. Schließlich waren beide froh, als das Aussichtsboot anlegte und sie sich verabschiedeten.

Die Hochzeitsgäste tanzten zu den alten Schlagern einer Musikkapelle. Eck bestellte Wodka und Zitroneneis und erfuhr, daß Post für ihn eingetroffen war, ein großes Paket mit einem Brief, den er an seinem Tisch öffnete. Der Brief enthielt die Anweisung seiner Firma, Ärzten Studienreisen nach Florenz anzubieten, wenn sie ihren Patienten im Laufe des Jahres eine bestimmte Menge eines Medikamentes verschrieben; im Paket waren Poster enthalten, die einen menschlichen Körper zeigten, in dem zwergähnliche Wesen anstelle der Zellen, Blutkörperchen, Synapsen und Drüsen die Körperfunktionen verrichteten. Er hatte noch immer das Gefühl, auf einem Boot zu schaukeln.

Sollte er seiner Stiefmutter und ihrem Sohn einen

Besuch abstatten? Was wußten sie? Er ging zur Telefonzelle, suchte die Nummer heraus und rief an. Es läutete, aber niemand hob ab. Als Eck schon auflegen wollte, meldete sich der Anrufbeantworter mit der Stimme seines Vaters. Er nannte seinen Namen, bedauerte, daß er »im Augenblick nicht erreichbar« sei, und bat, eine Nachricht und die Telefonnummer zu hinterlassen, damit er zurückrufen könne. Eck legte auf. Er ging zur Toilette hinunter, stellte fest, daß ihm niemand folgte und daß der Mann, der ihn angesprochen hatte, nirgends zu sehen war. Seine Zunge und sein Rachen schmerzten ihn nicht mehr, er empfand auch kein Bedürfnis nach Tabletten. Er öffnete seinen Hosenschlitz und pißte gedankenverloren. Der Revolver befand sich noch immer in der Tasche der Jacke – nur durch ein unwahrscheinliches Glück war er dem Kommissar, dem Oberstleutnant und dem Inspektor nicht in die Hände gefallen. Er hätte jeden von ihnen erschießen können.

Die Wasserspülung in einer Kabine wurde betätigt.

»Ah, Sie denken nach!« sprach ihn die Stimme an. »Offenbar ist es uns bestimmt, daß wir uns in der Unterwelt treffen« – der Fremde mit der getönten Brille trat im Sommersakko aus der Kabine. »Ich habe mich beim letzten Mal nicht vorgestellt, aber das ist nicht wichtig.« Er hielt vor der Wasserleitung und wusch sich mit Seifenpulver die Hände. »Sie haben eine Menge Schwierigkeiten. Ich sitze gerade mit einem Journalisten im Gastgarten. Wir besprechen Ihren Fall – möchten Sie sich nicht zu uns setzen?«

Der Journalist war ein hagerer, ungemütlicher Mensch in Khakihosen und kurzärmeligem Hemd. Er hatte rotes, gewelltes Haar und trug eine Goldbrille und eine Armbanduhr mit mehreren größeren und kleineren Zeigern. Eck schätzte ihn auf fünfunddreißig Jahre. »Sie sind schwerer zu finden als Ihr Vater«, begrüßte er ihn. Der andere bestellte einen Magenbitter, zündete sich eine Zigarette an und blickte Eck prüfend in die Augen, bevor er sich den Tanzenden zuwandte.

»Ich denke, der Fall hat etwas mit illegalen Waffengeschäften zu tun«, sagte der Journalist. »Kriegsgut wird über Ungarn nach Serbien geschmuggelt – so viel steht fest ... Ich denke auch, daß Eck am professionellen Menschenschmuggel beteiligt ist ... Wenn wirklich ein Verbrechen vorliegt, ist das ein wichtiger Anhaltspunkt ...«

Der andere schaute von den Tanzenden auf und wandte sich Eck zu. Etwas Verrücktes lag in seinen Gesichtszügen. »Solange der Polizeiapparat im dunkeln tappt«, sagte er plötzlich, »kann jeder kleinste Hinweis entscheidend sein. Verstehen Sie: alles ist dann gleichermaßen verdächtig, damit *nichts* übersehen wird. Sie sind bei den Ermittlungen bloß einer von vielen Faktoren, und Sie werden nicht anders behandelt als eine Zahl in einer mathematischen Gleichung. Geht die Rechnung auf, ist es schlecht für Sie, wenn nicht, wird weiter ermittelt. In dieser Phase wird nicht über Gerechtigkeit oder Ungerechtigkeit philosophiert, sondern alles ist von der Suche nach der Wahrscheinlichkeit gefangengenommen. Man könnte das Ermittlungsstadium als eine Art logische Paranoia beschreiben. Es färbt auf die geistige Verfassung aller ab, die einmal mit ihm in Berührung gekommen sind ... der Ermittler, der Täter, der Opfer, wenn sie noch am Leben sind ... Speziell der zu Unrecht Verdächtigten.«

Der Journalist holte aus der Brusttasche seines Khakihemdes eine Visitenkarte und legte sie vor Eck auf den Tisch. »Rufen Sie mich an, wenn Sie mich brauchen.«

Eck steckte, nachdem er den Namen »Gartner« gelesen hatte, die Karte ein. Als er aufblickte, war der Fremde gegangen, nur der Journalist saß weiter mit ihm am Tisch und schlürfte seinen Kaffee.

»Schrecklich, das Gesöff.« Er schüttelte sich angewidert. »Und diese Musik! Ich hasse alte Schlager, Sie nicht?«

»Wer ist dieser Mann?« fragte Eck, der ihm nicht zugehört hatte. »Ich dachte, Sie kennen ihn.« Der Journalist winkte nach dem Kellner und rief: »Zahlen!« – »Sonnenberg ... Er war Untersuchungsrichter ... Er ist krank ... Die Nerven ... Vor einem Jahr ging er in Frühpension ... Ich habe ihn zufällig getroffen. Ich glaube, er macht hier Urlaub.«

68. Alte Zeitungen

Es war noch nicht dunkel, als Eck den Campingplatz betrat. Der Platzwart trug gerade einen verhängten Käfig in seinen Wohnwagen. Er zog das Stück Stoff zur Seite und zeigte Eck den schlafenden Star.

»Man hat heute Ihren Campingwagen durchsucht ... Trinken Sie ein Glas Wein?« fragte er plötzlich.

Als Eck nichts sagte, verschwand er mit dem Vogelkäfig in den Wagen.

Dort drehte er das Licht auf, und Eck sah eine Pump-Gun quer über dem Tisch liegen. Der Platzwart stellte den Käfig auf die Kredenz, öffnete den Kühlschrank und erschien mit einer Flasche Blaufränkischem. Er holte zwei Gläser und einen Flaschenöffner.

»Sie haben einen Anorak und einen Tennisschuh im See gefunden?« Er machte ein seltsames Gesicht, als ob er einen Schlag bekommen hätte.

»Trinken Sie nichts?«

Eck gab ihm das Glas zurück und schüttelte den Kopf. Bevor der Platzwart weiter in Eck dringen konnte, erschien eine Frau mit Badehaube, die sich über den verstopften Abfluß in der Stranddusche beschwerte.

Die Felle, die zum Trocknen zwischen den Bäumen aufgehängt gewesen waren, waren abgeräumt. Eck empfand in den engen, labyrinthischen Gassen der Campingplatzsiedlung wie immer ein Gefühl der Unsicherheit.

Die Tür zum Wohnwagen der beiden Männer stand offen. Der Sportkanal im Fernsehen, das Eck durch die Tür sehen konnte, zeigte gerade den Kampf zweier Catcher; einer von ihnen war als Voodoo-Priester verkleidet. Sein Gesicht war grell bemalt, auf dem Kopf trug er einen Zylinder, und in einer Hand schwang er ein

Szepter mit einem Totenkopf. Der andere sah aus wie ein nordischer Tarzan mit gefärbten, blonden, langen Haaren. Sie schleuderten sich gegenseitig auf den Ringboden und versuchten hierauf abwechselnd, den anderen mit dem Körper durch einen Sprung von den Ringseilen zu zerquetschen. Das Publikum johlte. Eine Zeitung lag verstreut auf dem Boden. Eck entzifferte die Überschrift: »Banküberfall in Ottenschlag – zwei Tote.« Er dachte, es sei eine Abendausgabe, aber die Zeitung war, wie er am Datum feststellte, schon vierzehn Tage alt.

Eine junge Frau mit einem Kind auf dem Arm ging vorbei. Eck erwiderte ihren Gruß. Er bückte sich nach der Zeitung. Erstaunt bemerkte er, daß es eine Ansammlung von herausgenommenen Seiten war, auf denen jeweils über den Banküberfall in Ottenschlag berichtet wurde. Die Täter, zwei Männer, hatten sechshunderttausend Schilling erbeutet. Sie waren nicht erkannt worden, die tödlichen Schüsse stammten aus einer STAR-Pistole, war zu lesen. Ein zwölfjähriges Mädchen, Tatzeugin, sei schwer verletzt worden. Er legte die Zeitungsausschnitte, die offenbar vom Tisch gefallen waren, zurück auf den Boden und schaute sich um. Der Gang zwischen den Campingwagen war leer.

69. Die Begegnung

In der Nacht träumte er, daß er auf den Pier vor dem Strandhotel hinausging. Es war ein heißer Sommertag, am gegenüberliegenden Ufer zogen sich Gewitterwolken zusammen. Vor der Anlegestelle ankerte ein blauweißer Kajütsegler. Gleich darauf erschien sein Vater an Deck. Er trug die Nato-Jacke, Tennisschuhe, und der Wind spielte in den grauen Haaren auf seinem Kopf.

»Steig ein«, sagte sein Vater. »Wir haben uns lange nicht gesehen.« Er hatte Tränensäcke unter den Augen.

Sie fuhren die ganze Nacht auf dem bewegten Wasser, und Eck träumte von diesem Auf und Ab über den Wellen unter einem dunklen Himmel. Er erwachte am Morgen mit dem zynischen Gedanken, daß er jetzt wußte, was er in den vier Stunden, über die der Kommissar rätselte, gemacht hatte.

70. Berichte

Frühaufsteher joggten schon zwischen den Campingwagen. Andere saßen an kleinen Tischchen und frühstückten, oder man hörte ihr Ächzen aus den Toilettenfenstern. Der Kiosk hinter dem Ausgang öffnete gerade, und Eck kaufte sich den *Kurier*. »Ein Mord ohne Leiche?« stand auf der Titelseite. Bis auf enorme Kosten hätten die Suchaktionen, las Eck, nichts gebracht. Der Artikel im Inneren des Blattes war ausführlich. Sowohl die Nato-Jacke als auch der Schuh waren abgebildet, und es war vermerkt, daß der Sohn Paul Ecks aus erster Ehe sich an der Suche beteiligte. Außerdem, daß die Kleidungsstücke seit mindestens vier Tagen im See gelegen waren. Größer war der Leichenfund aufgemacht. Eck überflog gierig die Geschichte der »*dritten*« gefundenen Hand, die an das Ufer angespült worden war.

Weiter unten entdeckte er ein Schwarzweißfoto seines Stiefbruders in einem Kasten. »Mysteriöse Telefonate«, lautete die Überschrift. Die Frau und der jüngere Sohn Paul Ecks hätten geheimnisvolle Anrufe erhalten. Der Sohn sei sicher, daß es sein Vater gewesen sei, der »unter Zwang« gesprochen habe, hieß es. »Der erste Anruf erfolgte in der Firma von Paul Eck in Frauenkirchen. Die Stimme rief zweimal den Vornamen des Sohnes. Dann wurde aufgelegt. Der Sohn vermutet, daß sein Vater am Leben ist und an einem versteckten Platz festgehalten wird. Eine halbe Stunde später läutete auch in der Villa des Vermißten das Telefon. Aufgeregt stürzte Ecks Frau an das Telefon«, las Eck, da sie noch immer hoffe, daß ihr Mann am Leben sei. Es habe sich aber nur eine Frauenstimme gemeldet, die am anderen Ende der Leitung zu jemandem gesagt habe: »Der Ton, der Ton.« Hierauf sei die Verbindung unterbrochen worden. Ecks Frau habe eine Belohnung von hunderttausend Schilling für erfolgreiche Hinweise ausgesetzt. Er legte die Zeitung zusammen. Sein Blick fiel auf die Überschrift »Das dritte Opfer tot« und das Bild eines Mädchens. Er faltete die Zeitung wieder auf und fand den Artikel über die zwei unbekannten Bankräuber, die nun außer den beiden Wachbeamten auch das zwölfjährige Mädchen auf dem Gewissen hatten.

71. Der Modellflugplatz

Er nahm die Abkürzung zur Kaserne, geriet auf einen Feldweg und rumpelte unter Robiniensträuchern, die mit den Zweigen einen Tunnel bildeten, dahin. Der blaue Toyota war die ganze Zeit über nicht zu sehen. Nach dem Tunnel dehnte sich ein Weizenfeld bis zum Horizont aus. Ein Mähdrescher fuhr gerade das Feld ab; auf der anderen Straßenseite erhob sich ein Wachturm, aus dem ein Soldat mit einem automatischen Gewehr auf seinen Wagen hinunterblickte. Eck erkundigte sich nach der ungarischen Grenze. Der Soldat zeigte auf den Horizont, von dem der Mähdrescher auf sie zukam.

»Wollen Sie eine Zeitung?« fragte Eck.

Er stieg aus und reichte sie ihm. Der Soldat kletterte ihm über die Eisenleiter ein Stück entgegen. Der Wachturm war schwarz geteert, zu Mittag, wenn die Sonne senkrecht am Himmel stand, mußte es unerträglich stinken. Erst jetzt sah Eck den zweiten Soldaten schläfrig in der Tür lehnen.

Die weite Ebene war von Starkstrommasten und langen, hängenden Drähten durchzogen. Er rumpelte an einem flachen Gebäude vorüber, das aussah wie ein Bunker. Gleich darauf näherte er sich einem umzäunten Areal. Auf dem rotumrahmten Schild war zu lesen: »ACHTUNG! Modellflugplatz des FMC Seeadler – Privatgrundstück! – Betreten auf eigene Gefahr! Aufenthalt nur hinter dem Zaun gestattet! Fliegen nur mit Genehmigung. Der Vorstand.«

Mit dem monotonen Geräusch eines Rieseninsekts stieg ein Modellflugzeug auf und fing an, Loopings zu drehen. Eck sah durch die Windschutzscheibe die asphaltierte Startbahn in der Wiese und den Jungen mit der Fernsteuerung. Im selben Augenblick erkannte er, daß es Hermann war, der Kaugummi kauend das kleine Flugzeug in der Luft steuerte. Er verschwendete keinen Blick auf die Fernbedienung, an der seine Hände wie in Zeitlupe Bewegungen ausführten. Eck stieg aus. Vor der Hütte mit der Aufschrift »Platzverwaltung« lehnte ein Fahrrad, neben Hermann war ein Werkzeugkoffer aus Kunststoff aufgeklappt.

»Jetzt haben Sie mich erschreckt!« rief der Bub aus und ließ für einen Moment das Flugzeug aus den Augen.

Sie folgten mit den Köpfen den Loopings der kleinen Maschine und sahen für einen Außenstehenden selbst ferngesteuert aus.

»Am Morgen macht's am meisten Spaß ... Da stört einen niemand«, sagte Hermann.

Er holte das Flugzeug zurück, dann kniete er sich neben das Flugzeug, hob es am Leitwerk hoch und fing an, es mit einem gelben Ledertuch zu reinigen.

Eck schaute ihm zu, wie er liebevoll über die Flügel wischte.

»Ein Soldat ist verschwunden ... Seit zwei Tagen«, sagte Hermann nach einer Pause. Er stellte das Flugzeug auf die Startbahn und warf mit dem Finger wieder den Propellermotor an.

72. Dr. Goriupp

Die Kaserne war ein zweistöckiges Gebäude. Der gelbe Verputz hatte schon vor längerer Zeit begonnen abzubröckeln. Neben den Dachrinnen kamen die Ziegel zum Vorschein. Die ebenerdigen Fenster waren vergittert und der Exerzierplatz und die Reparaturwerkstatt von einem hohen Drahtzaun umgeben. Als Eck die Kanone aus dem Zweiten Weltkrieg sah, die vor dem Schilderhäuschen aufgestellt war, erinnerte er sich daran, daß er an der Kaserne schon einmal vorbeigefahren war, als er dem Krankenhaus einen Besuch abgestattet hatte. Auf zwei Holzwänden hatte man dieselben Plakate angebracht: Eine Schwarzweißfotografie zeigte zwei Soldaten von hinten, neben ihnen stand ein schiefes Schild: »Achtung Staatsgrenze.«

Ein Soldat der Torwache erwartete Eck bereits und führte ihn zu Dr. Goriupps Praxis im ersten Stock.

Vom Exerzierplatz und der Reparaturwerkstatt hörte er die gedämpften Kommandos und Motorengeräusche, als sie mit echohallenden Schritten durch den verlassen wirkenden Gebäudetrakt gingen.

Er mußte in der Praxis warten, die hoch war wie ein altes Schulklassenzimmer. An einer der seifengrünen Wände hing eine Karte von Österreich. Die Fenster öffneten sich in das Geäst eines Lindenbaumes, dessen Blätter als Schatten die gegenüberliegende Wand mit einem beweglichen Muster verzierten. Zwei Schritte von dem Schreibtisch war der Boden mit einem gelben Strich markiert, wahrscheinlich, dachte Eck, der vorgeschriebene Platz, an dem die Soldaten haltmachen mußten. Die weißen Glasschränke waren angefüllt mit Medikamentenschachteln und Instrumenten, und in der Ecke hinter dem Schreibtisch, auf dem eine grüne Filzmappe und ein ebensolcher Tintenroller zu sehen waren, gab ein menschliches Skelett das Geheimnis seines Knochenbaus preis. In der Mitte des Raumes aber, auf einem umgebauten Billardtisch, lieferte sich eine Formation Zinnsoldaten bewegungslos eine Schlacht.

»Aha!« rief der Stabsarzt aus, als er durch die Tür eilte und sie mit Schwung schloß. »Sie sehen ihm ähnlich – ich habe Sie sofort erkannt.« Dr. Goriupps Gesicht war von Narben übersät, an einer Hand besaß er nur noch den Daumen und den kleinen Finger, und über das fehlende Auge hatte er eine schwarze Klappe gebunden.

»Sie mögen Zinnsoldaten?« fragte er, als er Ecks Blick bemerkte. »Im Augenblick ist die Schlacht von Königgrätz dargestellt ... Hier die Österreicher ... Da die Preußen – Benedek, Sie wissen!« Er verschob die Truppen und begann den Vortrag: »Die Schlacht ging aus mehreren Gründen verloren, aber der wichtigste war bekanntlich das Zündnadelgewehr. Es war zuerst den Österreichern angeboten worden, aber das Oberste Armeekommando lehnte ab – die Preußen hingegen rüsteten sich damit aus und waren den Österreichern mit ihren umständlichen Vorderladern überlegen. Sie konnten fünfmal so schnell schießen ... Sehen Sie« – er hörte auf, die Figuren zu verschieben, aus der Krallenhand ragte eine Zinnkanone, wie die Beute eines Adlers – »es ist wichtig, mit den neuesten Waffen ausgerüstet zu sein – ... Das wissen auch die Kroaten und ... unter uns gesagt – sie zahlen jeden Preis dafür. Ihr Vater machte mit ihnen Deckgeschäfte, mehr will ich darüber nicht verraten.« Er fing jetzt an, die Reihen der Soldaten so zu verschieben, wie die Schlacht vermutlich stattgefunden hatte. Zum Teil warf er ganze Reihen um, zum Teil schob er die »Toten« auf einen Haufen zusammen. »Gestern mittag erreichte mich eine Meldung, daß das ungarische Militär den Kajütsegler Ihres Vaters entdeckt hat, und zwar von einem Hubschrauber aus im Schilfgürtel. Ich nehme an, die Sache ist derzeit noch staatspolizeiliches Geheimnis, wir müssen die Bestätigung erst abwarten. Aber solange Ihr Vater nicht gefunden ist, bedeutet das nichts ... Er mochte Sie übrigens sehr gerne.« Dr. Goriupp wandte sich von seinen Zinnsoldaten ab und musterte ihn »von Mann zu Mann«. Er räusperte sich und fuhr dann fort, die Soldaten herumzuschieben: »Der Bajonettangriff, der Nahkampf, ist das Fürchterlichste ... Die Österreicher verlegten sich auf diese Taktik, weil ihnen gegen einen überlegenen Gegner nichts anderes übrigblieb ... Zu den Klängen des Radetzkymarsches ... Wo bin ich stehengeblieben? Ach ja ... Der Kajütsegler wurde entdeckt ... Wo *genau* weiß ich nicht. Ich sage Ihnen das, weil ich hoffe, daß Sie die Geschäfte Ihres Vaters ... nun ... als Erbe zusammen mit Ihrem Stiefbruder ... weiterführen werden... Das war das eine.« Er dachte nach. »Sollte er, wie gesagt, nicht mehr am Leben sein«, fuhr er fort, »müßte er, auch wenn sein Boot bis dahin noch nicht gefunden wäre, spätestens zwei bis drei Wochen nach Eintritt des Todes an die Wasseroberfläche kommen … Ich denke aber, daß die Meldung der Ungarn stimmt … Der Innenminister hat vor zwei Tagen die ungarische Botschaft in Wien um Unterstützung ersucht. Vorher hat Ihr Stiefbruder bei einem Hilferuf an die österreichische Botschaft in Budapest leider nicht die besten Erfahrungen gemacht – Sie wissen: Zivilisten. Seine Exzellenz sei nur in dringenden Angelegenheiten zu sprechen, erfuhr er vom Sekretär, außerdem müsse in diesem ungewöhnlichen Fall ein Politiker intervenieren, um die Maschinerie in Gang zu setzen … Ich habe übrigens meine eigene Theorie über das Verschwinden Ihres Vaters …« Er stocherte mit den Zinnsoldaten im Kampfgeschehen herum: »Zu den Klängen des Radetzkymarsches«, sagte er, »stürzten die Österreicher in das Verderben. Zu Tausenden und Abertausenden. Eine Katastrophe … Der Alptraum jedes Militärs … Wie konnte das geschehen?« Er richtete sich auf und blickte Eck in das Gesicht. »Er trug eine Nato-Jacke. Sehr ungeschickt. Vielleicht hat man ihn mit einem Soldaten verwechselt und auf ihn geschossen? Und möglicherweise hat er zurückgeschossen, er war, wie Sie vielleicht wissen, äußerst jähzornig.«

Dr. Goriupp ließ das dramatische Schlachtfeld hinter sich. Er drehte sich um und versank in den Anblick der Landkarte.

73. Wieder der Inspektor

Eck achtete nicht auf die Landschaft, die Wolken, die Fahrzeuge auf der Straße. Seine Gedanken beschäftigten sich zu sehr mit dem Segelboot, das angeblich in Ungarn entdeckt worden war ... Weshalb hüllten sich die Zeitungen in Schweigen? Da er keine Ahnung hatte, wo das Boot gesehen worden war, war es unsinnig, auf eigene Faust nach Ungarn zu fahren. Und selbst wenn er es durch einen Zufall finden würde, was hatte er davon? Er blickte in den Rückspiegel und sah den blauen Toyota. Schäffer bemühte sich nicht einmal, seine Verfolgung zu verheimlichen. Eck empfand ein Gefühl der Überlegenheit, als er daran dachte, daß er vielleicht mehr wußte als Schäffer und die Polizei. Er bremste und stieg aus. Auch Schäffer hielt an – er kurbelte jedoch nur das Seitenfenster hinunter.

Bevor Eck ihn ansprechen konnte, fuhr der Inspektor ihn an: »Weshalb haben Sie mir verschwiegen, daß Sie Dr. Goriupp aufgesucht haben?«

»Er gehört zu unseren Kunden«, antwortete Eck überrumpelt.

Schäffer schaute ihn böse an. »Ich habe Sie schon einmal davor gewarnt, mich zu unterschätzen.«

74. Fotostudio Reiter

Das Fotostudio *Reiter* befand sich neben einem Spielzeuggeschäft, das sich *Kinderparadies* nannte. Der

Hausflur war dunkelrot ausgemalt und seit einer Ewigkeit verschmutzt, so daß Eck an gestocktes Blut dachte. Er blieb stehen, um festzustellen, ob Inspektor Schäffer ihm weiter folgte. Auf der Straße war jedoch kein blauer Toyota zu sehen.

An der ersten Tür des dunklen Flurs fand er bereits den gesuchten Namen. Eine Frau im Schlafrock mit Haarwicklern auf dem Kopf öffnete. Sie mußte siebzig Jahre oder älter sein. Ihre Brille war für Nah- und Weitsehen geschliffen, weswegen sie den Kopf leicht hob.

Eck zückte die Visitenkarte, die Gartner ihm gegeben hatte, und stellte sich als Journalist vor. Seine Zeitung benötige Aufnahmen von Paul Eck, da sie einen Bericht über ihn bringen wolle. »Natürlich zahlen wir jedes abgedruckte Bild«, sagte Eck. Er kannte die Frau nicht, wußte aber, daß es Reiters Haushälterin war.

Das Vorzimmer war mit altdeutschen Möbeln ausgestattet: zwei Polsterstühle und eine Garderobe. Das Porträt eines Schäferhundes zierte eine Wand.

»Warten Sie hier«, sagte die Frau.

Sofort, nachdem sie das Vorzimmer verlassen hatte, öffnete Eck die Tür zu einem violett tapezierten Raum mit Goldfischmuster. Die Metallschränke waren alphabetisch beschriftet, weshalb es Eck leichtfiel, die gesuchten Bilder zu finden. Es waren handgerahmte Diapositive unter Glas, die ältesten in Schwarzweiß. Er steckte alles ein, was bis zum Kriegsende vorhanden war – dann suchte er unter dem Mädchennamen seiner Mutter weiter und fand ein weiteres Dutzend. Rasch stopfte er sie in die Taschen, schob die Läden des Rollschranks zurück und beeilte sich, in das Vorzimmer hinauszukommen. Gerade, als er sich aus der Wohnung stehlen wollte, erschien ein zahnloser Mann mit tiefen Ringen unter den Augen. Er trug eine zu große Hose mit Hosenträgern, das Gesicht war unrasiert. Eck mußte an Patienten in psychiatrischen Kliniken denken. Er spürte das Gewicht der gläsernen Dias und seines Revolvers in den Taschen.

»Ich möchte aus meinem Archiv nichts verleihen«, sagte Reiter mit krächzender Stimme ... »Nach meinem Tod gehört die Sammlung der Stadtgemeinde ... Ich habe alles, was von Wichtigkeit war, aufgenommen ... Vor dem Krieg Schwarzweißdias ... In den fünfziger Jahren hab ich angefangen, mit Agfa-Farbfilmen zu arbeiten ... Aber die Farbe blich aus ... Darum muß ich verhindern, daß Licht an das fotografische Material kommt.«

Er geriet ins Stocken und machte eine Pause. »Ich kann Ihnen im Augenblick nicht helfen ... Aber wenn Sie warten wollen, werde ich Ihnen bis zur nächsten Woche ein paar Abzüge machen.«

75. Eine Entdeckung

Er ließ den Wagen ausrollen, bis er den Schilfgürtel erreichte, zündete sich eine Zigarette an und holte die Dias heraus. Auf den meisten Dias, stellte Eck fest, als er sie gegen das Licht hielt, war nicht viel mehr zu sehen als ein weißes, eisblumenhaftes Muster, das ein

Pilz unter dem Glas erzeugt hatte. Darunter stand in Kurrentschrift: Paul Eck 23. 4. 1940, Paul Eck 6. 12. 1941, Paul Eck 18. 6. 1946... Paul Eck und sein Bruder Emil Eck 23. 11. 1949... da und dort waren noch ein Stiefel, ein Stück Uniform oder eine Nase auf dem Diafilm zu erkennen, wo der Pilz noch nicht alles zerstört hatte.

Die Dias seiner Mutter trugen ihren Mädchennamen und das Datum. Auch sie waren von demselben weißen Pilz befallen, weshalb Eck nicht mehr von ihr erkennen konnte als Teile des Gesichts, der Beine, ein Stück Stoff. Er legte die Dias in eine leere Medikamentenschachtel und warf sie in die nächste Mülltonne. Haß stieg in ihm auf. Die vergangene Zeit verschwor sich gegen alle Nachforschungen. Er suchte in seiner Jacke nach Fluctinetabletten, schluckte mehrere und wartete, bis sie zu wirken begannen.

76. Dr. Arthur Lobovsky

In Dr. Lobovskys Aufwachzimmer schlief ein operierter Patient seinen Narkoserausch aus. Das eingegipste Bein ragte unter der Decke hervor. Auf dem Gang waren zwei Containerwagen abgestellt, in denen Gipsmanschetten gesammelt waren. Sie sahen ekelerregend aus: schmutzig, gesprungen, die blaue Tintenschrift mit dem Befund hatte sich ins Violette verfärbt und der Schweiß das Gipspulver zum Teil aus den Verbänden bröckeln lassen. Eck wurde sofort in die Praxis gebeten.

Ein pensionierter Arzt, dem ein Bein amputiert worden war, unterhielt sich angeregt mit Dr. Lobovsky über seine Narkose. Er nannte sie eine üble Erfahrung, tagelang habe er wegen der Kanüle an Halsschmerzen gelitten, aber am schlimmsten sei die Gewißheit gewesen, eine »Kostprobe des ewigen Schlafes genommen« zu haben, wie er sich ausdrückte. Dr. Lobovsky überprüfte die Prothese, die den pensionierten Doktor drückte. Er war alt und verschrumpelt wie eine Dörrpflaume, und das künstliche Gebiß in seinem Mund wackelte. Im Augenblick saß er nackt auf dem Untersuchungsbett und genoß es, daß die Schwester, Dr. Lobovsky und Eck ihm zuhörten. Sein Geschlechtsteil war groß und dunkel, nur die Schamhaare waren grau geworden. Dr. Lobovsky hatte die Statur eines Schlächters, die Ärmel seines weißen Mantels waren aufgekrempelt.

»Hier?« fragte er und deutete auf eine Stelle der Prothese. Der alte Arzt stimmte zu.

»Was bringen Sie Schönes?« fragte Dr. Lobovsky Eck, ohne ihn anzusehen.

Eck hatte seine Geschenke in der Anmeldung abgegeben und begann, automatisch seinen Vortrag zu halten, den er auswendig konnte. Als er geendet hatte, sprach er die Einladung zu einer Studienreise nach Florenz aus.

Augenblicklich begann der alte Arzt zu rezitieren:

»Indessen wir den toten Sumpf durchfuhren,
War einer ganz voll Schlamm zu mir geraten

Und sprach: ›Wer bist du, der zu früh gekommen?‹
Und ich zu ihm: ›Ich komme nicht zu bleiben.
Doch wer bist du, der sich so schmutzig machte?‹
Er gab zur Antwort: ›Siehe, wie ich weine!‹
Und ich zu ihm: ›Mit Klagen und mit Weinen
Verfluchter Geist, sollst du hier unten bleiben;
Ich kenne dich trotz allem deinem Schmutze.‹«

Er machte eine kurze Pause. Dann sagte er inbrünstig: »Dante, der achte Gesang der Göttlichen Komödie ...« Er geriet langsam in Trance. Plötzlich richtete er sich auf. »Dante liegt nicht im schönen Florenz begraben, wo er geboren wurde ... Dort hat man ihn zum Tode verurteilt ... Ich beneide Sie ... Florenz ... Ich bin zu alt ... Meine nächste Reise mache ich in sechs Brettern.«

77. Die Versammlung

Am Ortsplatz von Podersdorf, der von Alleebäumen umsäumt war, versammelte sich eine Menschenmenge. Die Straße war von Gendarmen abgesperrt, aus einem Lastwagen wurden Flugblätter in die Luft geworfen, die vom Wind erfaßt über die Köpfe der Menschen segelten. Eck, der seinen Wagen abgestellt hatte, hob eines davon auf und sah darauf das Gesicht des »Hoffnungsmannes«, eines jungen, ehrgeizigen Politikers, der auf alle Probleme eine Antwort wußte. Soeben betrat er das Podium, die Flugblätter flatterten noch immer zu Boden, und die Menge jubelte ihm zu. Die

Tabletten ließen Eck alles verzerrt erscheinen. Der Redeschwall des Politikers stülpte, wie ein überfüllter Müllkübel, der umgekippt wird, rhetorischen Kehricht über die Menschen, die den Abfall gierig hinunterschlangen, als seien sie am Verhungern. In einer Ecke hatte der Kameradschaftsbund Aufstellung genommen, alte Männer in Trachtenanzügen mit Orden. Als der Redner davor warnte, »von Ausländern überschwemmt« zu werden, brandete Beifall auf. Eck hörte, wie die alten Männer den »Hoffnungsmann« halblaut mit »dem Führer« verglichen. Durch die Zustimmung angefeuert, steigerte er sich in immer größere Beredsamkeit. Touristen strömten aus Neugierde oder Langeweile auf den Platz, blieben stehen, promenierten weiter.

Gleich darauf wurde er von einem Kameradschaftsbündler, der in *Heil*-Rufe ausbrach und von seinen Freunden nur mühsam beruhigt werden konnte, gegen einen Alleebaum gedrängt – dabei spürte er den Revolver in seiner Jacke. Er stand nun, halbverdeckt vom Baumstamm, auf dem etwas erhöhten Trottoir, nicht weit vom Redner entfernt. Unter dem Podium entdeckte er den Platzwart. Eine Binde am Oberarm wies ihn als Ordner aus. Der »Hoffnungsmann« knüpfte unverdrossen weiter an einem Netz aus Vorurteilen, Ängsten, allgemeinem Unbehagen und offenen Mißständen, mit dem er die Wähler einfing. In der ersten Reihe stand der Journalist Gartner, neben ihm erkannte Eck den Untersuchungsrichter Sonnenberg. Er kam direkt auf Eck zu. Flugzettel, die von Jugendlichen aus dem

Geäst der Baumkronen geworfen wurden, taumelten in der Luft. Die übersteuerte Lautsprecheranlage pfiff grell.

Der »Hoffnungsmann« hatte inzwischen angefangen, die Menge aufzufordern, sich zu wehren.

Eck sah zu seinem Erstaunen die beiden Männer aus dem Campingwagen hinter dem Redner stehen, dort, wo eines der riesigen gelben Plakate mit dem Gesicht des Politikers eine Hauswand vollständig bedeckte.

Neuerlich brandete Jubel auf. Eck sah weiter den Platzwart zustimmend applaudieren, auch die beiden Männer aus dem Campingwagen klatschten begeistert. Sie kontrollierten – fiel Eck auf – die Umgebung wie Leibwächter. Die Gendarmen warteten unauffällig hinter den Alleebäumen. Sie beachteten die Zuhörer kaum, sondern hingen an den Lippen des Redners, der auf die »Verbrechen, die hier bei Ihnen geschehen«, zu sprechen kam. Sonnenberg war verschwunden. Eck spürte wieder Haß in sich aufsteigen. Er hatte, ohne es bemerkt zu haben, eine Hand eingesteckt. Wie schon so oft, berührte er den Griff des Revolvers. Er hatte keine Vorstellung von dem, was weiter passieren würde. Er hörte den »Hoffnungsmann« über die zerstückelten Leichen *spekulieren,* vor »dunklen Elementen« warnen und die Zuhörer neuerlich aufrufen, sich zu wehren. Eck entsicherte den Revolver in der Jackentasche ... Er spürte mit dem Zeigefinger den Abzug. Sein Körper trat plötzlich hinter ihm zurück, er fühlte instinktiv, daß der Moment gekommen war, den er erwartet hatte, ohne ihn zu kennen oder zu wissen, wann er da sein würde, und drückte ab. Ein metallisches Klicken war aus seiner Jackentasche zu hören. Auf dem Podium sprach der Redner weiter, rundherum standen die Alleebäume und applaudierten die Menschen, das Gesicht des »Hoffnungsmannes« auf den Plakaten lächelte noch immer, der Platzwart versah den Ordnerdienst, und die beiden Männer aus dem Campingwagen lauschten gebannt.

Es war Eck sofort klar, daß sein Revolver versagt hatte. Er streckte die Hand in der Jackentasche ungläubig aus, zielte nochmals und drückte ein zweites Mal ab. Wieder geschah nichts. Verstört ging er zu seinem Auto zurück, setzte sich hinein und nahm, obwohl er wußte, daß es gefährlich war, den Revolver heraus. Er war geladen und schußbereit. Eck verstaute ihn wieder in der Tasche. Plötzlich wurde die Tür zum Beifahrersitz geöffnet, und Inspektor Schäffer musterte ihn scharf. Eck hielt seinem Blick stand.

»Fahren Sie hinter mir her!« sagte Schäffer schroff. Er setzte sich ohne ein weiteres Wort in seinen blauen Toyota, den er vor dem Sportgeschäft geparkt hatte.

78. Die Lacke

Sie gingen den Kiesweg zur Lacke hinunter, an Kirschbäumen, Weiden, Wildrosen vorbei, auf das braune Wasser zwischen den Schotterhügeln zu; es war so flach, daß Grashalme aus ihm wuchsen. Das Strauchwerk war dicht, Schäffer gab Eck die Zweige in die

Hand, damit sie ihm nicht in das Gesicht schlugen. Von oben konnte Eck die Gendarmen über die U-förmige Lacke verstreut suchen sehen. Ein halbes Dutzend Feuerwehrmänner war dabei, mit Schläuchen das Wasser abzusaugen. Eck hielt sich hinter Schäffer. Von einer halb zusammengebrochenen Holzhütte mit Pappdach fotografierten Beamte des Spurendienstes Leichenteile, wie Eck jetzt sah. Ein Pärchen, der Mann in kurzen Hosen, gelbem Lacoste-Leibchen und Adidas-Schuhen, seine Begleiterin im Partnerlook, hatte die Gendarmerie verständigt. Beide standen mit dem Rücken zu den Ermittlungsbeamten. Sie machten einen niedergeschlagenen Eindruck.

»Der Mann hat einen Arm gefunden, als er in der Lacke Geschirr spülen wollte«, sagte einer der Beamten zu Schäffer. »Der Kopf lag in der Hütte unter Stroh.«

»Was haben die beiden hier gesucht?« fragte Schäffer.

»Sie wollten campieren, sagen sie – illegal.«

Eck warf einen Blick auf die Hütte und sah dort Sonnenberg mit dem Kommissar sprechen.

»Vermutlich gehört die Hand, die wir im See gefunden haben, zur Leiche ... Jedenfalls haben wir jetzt den zweiten Ermordeten!« Der Beamte zündete sich eine Zigarette an.

Die Hütte mußte früher eine Pommes frites- oder Eisbude gewesen sein. In einer rostigen Benzintonne lag der Abfall der Touristen, auf dem Weg ein blau-weißes Pappschächtelchen mit *Mynthon* Pfefferminzpastillen. Zwei Gendarmen klaubten alles vom Boden auf und verstauten es in durchsichtigen Plastiksäckchen. Hinter der Hütte sah Eck einen Abfallhaufen aus Getränkedosen und zerrissenen Plastikplanen. Auch vom Dach hingen Fetzen einer Plastikplane. Der ehemalige Ausschank war weiß von Vogelscheiße, dahinter stand der Kommissar und trank aus einem kleinen Fläschchen Schnaps, das er Sonnenberg reichte. Sonnenberg lehnte ab. Er sah Eck, wandte sich ihm zu und fragte: »Was machen Sie an einem so unfreundlichen Ort?«

»Ich dachte, wir könnten ihm Fragen stellen, wenn es notwendig ist«, sagte Schäffer hinter ihm.

Die Beamten des Spurendienstes steckten jetzt kleine Tafeln mit Ziffern neben die Leichenteile in den Boden.

Währenddessen sah Eck den Journalisten Gartner den steilen Schotterweg zwischen den Büschen herunterlaufen. Die Sonnenbrille baumelte an einer Schnur um seinen Hals, und er trug eine Ledertasche über der Schulter. »Sie haben den Wagen, in dem der Mord geschah«, rief er von weitem.

79. Die Kiesgrube

Die Straße in die aufgelassene Kiesgrube führte in konzentrischen Kreisen zu einer Mulde. Eck hatte den Eindruck, in einer gelben Spirale unter die Erde zu fahren. In der Mulde standen zwei Gendarmeriewagen neben einem ausgebrannten Wrack. Die Scheiben waren gesprungen, die Reifen verkohlt, die Scheinwerfer ausgebrannt und die Türen aufgerissen.

»Wir haben zwei Kugeln im Wagen gefunden«, sagte einer der Gendarmen, als der Kommissar näher trat. Es stank nach verbranntem Gummi. Eck blickte aus dem Krater hinauf und sah die Gendarmeriefahrzeuge die Einfahrt absperren.

»Bringen Sie mir Kaffee«, sagte der Kommissar zu einem der Gendarmen, »und Zigaretten – eine Schachtel *Export*.« Ein Fotograf fing an, das Auto von allen Seiten aufzunehmen.

Eck kam sich vor, als ob er in einen tiefen Trichter gefallen sei. Von der Außenwelt drangen keine Geräusche zu ihm herunter. Der Kommissar umrundete einmal den Wagen. Die Polster, sah Eck, waren völlig verbrannt, nur noch der schwarze Eisenrahmen und Eisenfedern waren von den Sitzen übriggeblieben. Der Wagen schien aus einem Millionen Jahre alten Flöz ans Tageslicht gefördert worden zu sein; der Kommissar hatte seine Inspektion beendet, war stehengeblieben und schaute Eck an. Offenbar wollte er etwas sagen, aber er schwieg.

»Wer hat den Wagen gefunden?« fragte er.

»Ich.« Die Antwort kam von einem Mann in einer Lederjacke, Jeans und Stiefeln. Er hatte eine dunkle Haut und langes gekraustes Haar, das unter dem Hut hervorstand. Die Krähenfeder im Hutband verlieh ihm ein verwegenes Aussehen. Es war der Rom, Eck kannte ihn von früher. Der Rom hatte bei seinem Onkel als Fischputzer gearbeitet, auch seine Familie.

»Was machen Sie hier?« fragte der Kommissar routinemäßig.

»Ich beobachte die Stare ...«

Der Kommissar kniff mißtrauisch die Augen zusammen. »Ist das alles?«

»Ich habe mein Moped repariert.«

»Hier herunten?«

»Ja.«

»Warum?«

»Weil es ruhig ist ... Keine Menschen.«

»Wann waren Sie zum letzten Mal hier?«

»Vor ein paar Wochen.«

»Genauer.«

Der Rom dachte nach. Er war nervös, blickte angestrengt zum Kraterrand hinauf und sagte dann: »Fünf Wochen.«

»War da schon das Wrack hier?«

»Nein.«

»Was haben Sie vor fünf Wochen in der Kiesgrube gemacht?«

»Ich habe Vögel angelockt.«

»Erklären Sie mir das – ich versteh's nicht.«

Der Rom wollte zuerst nicht darüber sprechen, aber als der Kommissar drohte, ihn mitzunehmen, sagte er, daß er Vogelstimmen nachmache, um die Tiere anzulocken und sie sodann mit einem Netz zu fangen.

»Und das funktioniert?« fragte der Kommissar.

»Ja.«

»Können Sie uns das vorführen?«

Die Kriminalpolizisten aus der Stadt lachten.

»Es sind zu viele Leute hier.«

»Versuchen Sie es.«

Der Rom fing an, mit Hilfe der Hände und seinem Mund ein Geräusch aus schnalzenden und pfeifenden Tönen zu erzeugen, er knarrte und schwätzte und flocht zwischendurch ein Kreischen und das abfallende Gügügügügü des jungen Pirols ein.

Heiterkeit hatte die Umstehenden erfaßt.

»Ist gut«, sagte der Kommissar.

Der Rom hörte auf. Die Kriminalpolizisten aus der Stadt lachten noch immer.

In diesem Augenblick erschien eine Starenwolke. Der Schwarm senkte sich in die Kiesgrube, stieß kreischende Laute aus und flog dann, als sei er durch den Anblick des ausgebrannten Wracks erschrocken, rasch in die entgegengesetzte Richtung davon.

»Vor fünf Wochen?« fragte der Kommissar in die Stille.

Wieder dachte der Rom nach und setzte seinen angestrengten Blick auf. Die Kriminalpolizisten aus der Stadt blickten finster.

»Ja, vor fünf Wochen.«

Der Kommissar drehte sich zu den Kriminalpolizisten um. »Hat noch jemand eine Frage?« Er wartete keine Antwort ab, sondern wandte sich wieder dem Rom zu. »Sie können gehen«, beendete er das Gespräch.

80. Verwandtschaft

Eck bestellte im Strandhotel ein Bier und spielte mit dem Gedanken, etwas zu schlucken, doch er konnte sich nicht zwischen Fluctine und Fortral entscheiden. Die Wand hinter der Theke war mit alten Fotografien geschmückt. Das Hotel war 1960 noch ein »Strandrestaurant« gewesen, nicht viel größer als die aufgelassenen, kleinen Bahnstationen entlang der Eisenbahn, die jetzt inmitten der Weizen- und Sonnenblumenfelder standen und als Scheunen und Werkzeughütten verwendet wurden. Gänse tummelten sich in den Pfützen. Die Veranda mit den Sommergästen, konnte man sehen, war schon damals eine Attraktion. Es gab auch Fotografien vom See, mit Fischern, deren Boote voll mit Karpfen und Hechten waren, und von den alten Barockhäusern, die man längst abgerissen hatte. Er erkannte keine Einzelheiten wieder, aber die Atmosphäre war ihm vertraut.

Eck drehte sich instinktiv um – hinter ihm war jemand stehengeblieben. Er blickte in das abweisende Gesicht seines Stiefbruders.

»Eine Überraschung!« sagte dieser kalt. »Das ist meine Mutter.«

Eck erkannte sie sogleich wieder, sie hatte ihm im Waffengeschäft den Revolver verkauft. Sie trug eine Sonnenbrille und ein kurzes, schwarzes Kleid.

»Sind Sie Paul?« fragte sie. »Sie sehen ihm erstaunlich ähnlich.«

Eck zuckte mit den Achseln.

»Ich bin die Frau, von der Sie oft genug gehört haben ... Ich bringe Unglück ... Ich gehe über Leichen.«

Sein Stiefbruder warf ihr einen bewundernden Blick zu.

»Ich fürchte, wir werden noch öfter miteinander zu tun haben.« Sie genoß ihren Auftritt sichtlich. »Übrigens kennen wir uns ... Sie haben bei uns eine Waffe gekauft ... Unter einem falschen Namen, wenn ich mich richtig erinnere ... Haben Sie etwas Bestimmtes damit vor? Ich mache immer den gleichen Fehler«, sie wandte sich ihrem Sohn zu, »ich vertraue jedem zu rasch.« Sie ging auf die Terrasse hinaus, ohne sich umzudrehen.

»Was ist mit dem Segelboot?« fragte Eck seinen Stiefbruder, der ihr folgen wollte. »Wurde es gefunden?« Sein Stiefbruder blieb stehen, dachte einen kurzen Augenblick nach und sagte: »Eine Falschmeldung ... Ich glaube, wir sollten uns einmal unterhalten. Morgen früh beim Angeln? ... Sagen wir um fünf? Vor dem Strandhotel?«

81. Belauscht

Als er Licht machte, verschwanden die Silberfischchen wie eine Halluzination hinter dem Spiegel. Irritiert hob er den Spiegel von der Wand und entdeckte Scharen von Silberfischchen, die jetzt ohne den Schutz der Dunkelheit in alle Richtungen auseinanderstoben. Sie rasten über die Decke und Wände, als sei ein Tapetenmuster lebendig geworden.

Eck hatte im Strandhotel bis zum Abend Fortral-Tabletten geschluckt und Wein getrunken.

Mit einer grellweißen Leuchtspur verschwanden die Silberfischchen in der Duschwanne und unter dem Teppichboden. Er hängte den Spiegel zurück an die Wand. Auf eine irrwitzige Weise fühlte er sich zum Campingwagen mit den beiden Männern hingezogen, er war nicht fähig zu widerstehen.

Der Wagen war beleuchtet, Stores hingen vor den Fenstern. Eck sah die beiden Männer und den Platzwart um den Tisch sitzen. Da der Fernsehapparat lief, verstand Eck nur Bruchstücke ihres Gesprächs, außerdem war er nicht sicher, ob er sich alles nicht nur einbildete. Im Fernsehen lief eine Leichtathletik-Übertragung mit Hürdenläufern. Die Kamera wiederholte in Zeitlupe den Sturz eines afrikanischen Athleten. Eck verstand: »*umlegen ... spionieren ... eine Kugel ... und Schluß ... nicht aus den Augen lassen.*« Der mit dem Zahnspalt ereiferte sich am meisten, der Platzwart stimmte unterwürfig zu, während der dritte rauchte und ab und zu einen Blick auf den Fernseher warf.

»Du sagst nichts!« fuhr ihn der mit dem Zahnspalt an. Das Publikum im Fernsehen beruhigte sich bis zum nächsten Wettkampf.

»Was soll ich sagen?« brauste der andere auf, »du redest ohnedies die ganze Zeit.«

»Hast du die Hosen voll?« Der mit dem Zahnspalt grinste höhnisch.

»Ich scheiß auf das Geld«, fuhr der zweite auf. Er drehte den Ton des TV-Apparates mit der Fernbedienung ab.

Der mit dem Zahnspalt zögerte einen Moment, dann nahm er die Fernbedienung und schaltete den Ton wieder ein.

82. Raubfische

Sein Stiefbruder hielt einen Anglerhocker und einen blauen Plastikkübel mit Köderfischen in den Händen. Er trug einen Militärpullover, Militärhosen und Gummistiefel. Schweigend verstaute er die Sachen im Elektroboot, dabei bemerkte Eck, daß er außer den Teleskop-Angeln auch ein Gewehr über der Schulter trug. Nachdem er die nachtfeuchten Sitze abgewischt hatte, legte er die Angeln und das Gewehr in das Boot und schwang sich hinein. Eck hatte den Revolver noch immer in der Jackentasche. Das Strandbad mit den Pappeln lag menschenleer da.

Die Sonne war hinter einer Wolke aufgegangen, und der See fing an zu glitzern. Aus der Öffnung der Wolken schimmerte orangegelb das Sonnenlicht. Die Schilfinsel, auf die das Elektroboot zusurrte, war in der Ferne nur ein schwarzer Strich. Keiner von ihnen sprach ein Wort, bis sie die Insel erreichten. Ecks Stiefbruder kletterte auf den Bug, schlang das Seil um ein Schilfbündel und warf einen zusammenlegbaren Anker ins Wasser. Die Vögel zwitscherten, tschirpten und tuteten am frühen Morgen. Als der Stiefbruder wieder im Boot Platz nahm, war sein Pullover von Mücken übersät. Er zog die Teleskop-Angeln aus, nahm eine Ködernadel, fädelte die Schnur durch eine Öse und fing ein Rotauge aus dem Kübel. Er hielt es in einer Hand fest, während er mit der Nadel durch seine Rückenhaut fuhr und sie vor dem Auge wieder austreten ließ. Der kleine Fisch hielt still.

»Nichts für schwache Nerven«, sagte der Stiefbruder. Er zog jetzt die Angelschnur durch den kleinen Körper, befestigte den Haken und warf den Köderfisch weit in den See. Eck dachte daran, wie der Köderfisch an der Leine schwamm und von einem Hecht gefressen wurde. Er hatte als Kind selbst Köderfische für die Leute im Dorf gefangen und gegen ein paar Groschen verkauft. Man legte ein feinmaschiges Netz in das Wasser, warf Brotstücke oder Käsekrümel darauf und hob das Netz mit den gefangenen Fischen rasch heraus.

Sein Stiefbruder bereitete inzwischen eine zweite Angel vor. Mit einem Bowie-Messer öffnete er eine Maisdose, schüttete den Saft in den See, hängte Körner an den Haken und warf die Angel aus. Das Boot schaukelte leicht. Es war fast windstill. Eine Möwe kreischte über ihren Köpfen, stieß auf das Wasser zu, riß den Köderfisch vom Haken und flog mit ihrer Beute im Schnabel davon. Sein Stiefbruder griff blitzschnell zum Gewehr, ließ es aber gleich wieder sinken.

Eck steckte eine Hand in die Jackentasche, er wußte, warum.

Sein Stiefbruder hatte inzwischen wirklich die Mündung langsam auf ihn gerichtet.

Eck holte den Revolver heraus.

Für einen Augenblick verlor sein Stiefbruder die Beherrschung, dann fing er an zu lachen.

»Ein Scherz«, sagte er plötzlich. Aber die Wut stand noch in seinem Gesicht.

Automatisch spulte er die Leine auf und ließ dabei Eck nicht aus den Augen. Zur Abwechslung zog er jetzt einen toten Köderfisch auf. Hierauf legte er die Angel aus und schoß mit einer Schleuder Maiskörner in die entgegengesetzte Richtung, um Karpfen anzulocken.

Plötzlich zog er eine Lade aus dem Anglerhocker: »Jeden Gegenstand haben wir aus England bestellt, aus Schottland, aus Frankreich und Deutschland. Wir müssen im voraus bezahlen, bar.« Er zeigte auf verschieden große Angelhaken, die in den Laden lagen, Bleikugeln, Schnurstopper und Hakenlöser. »Ich werde mit niemandem teilen«, sagte er verächtlich.

In diesem Augenblick begann der Schwimmer mit dem Köderfisch zu wandern. Die Angel bog sich, und die Leine wurde straff. (Eck kannte den »Anbiß« aus seiner Kindheit.) Der Schwimmer blieb stehen, tauchte unter, erschien ein Stück weiter wieder an der Oberfläche. Aus dem Schilf tönte das Geschnatter und Geschnarre der Vögel lauter, als sein Stiefbruder dem Fisch Leine gab und ihn dann an das Boot heranzog. Schließlich fing er ihn mit dem Kescher und warf ihn in das Boot. Der Hecht würgte den toten Köderfisch heraus. Ohne sich darum zu kümmern, griff sein Stiefbruder nach der Rachensperre, setzte die Chromfeder ein und löste den Haken mit einer Zange. Am Boot war ein Netz befestigt, in das sein Stiefbruder den Fisch, der ruhig geworden war, steckte und ins Wasser senkte.

Eck sah ihn dort, in den Maschen des Netzes gefangen, auf der Seite liegen.

»Er ist geschockt«, sagte sein Stiefbruder. Der tote Köderfisch, ein Stück fahle Haut, lag im Boot. Auf dem Wasser trieben farblose Flecken, Eck sah, daß es tote

Mücken waren. »Haben wir uns verstanden?« fragte sein Stiefbruder.

Das Boot trieb ein Stück ins Schilf und wurde von den Büscheln sanft zurückgestoßen. Eck war plötzlich müde. Er ließ den Revolver in die Jackentasche plumpsen und blickte in das Wasser. Aus dem Maul des gefangenen Hechtes löste sich eine Luftblase. Ein Stück weiter hinten trieb verrottetes Schilf. Seine Wirbelsäule schmerzte.

Sein Stiefbruder schraubte eine Thermosflasche auf und schenkte sich Kaffee in einen Becher ein. Als er ihn an die Lippen setzte, riß es so heftig an der Angel, daß das Boot schwankte und die Thermosflasche vom Anglerhocker stürzte.

Der Karpfen, der angebissen hatte, spreizte beim Herausziehen die Flossen. Sein Maul stand offen. Er schäumte das Wasser mit den Schlägen seiner Hinterflosse auf, bevor er in das Boot fiel. Sein Stiefbruder löste vorsichtig den Haken und steckte den Karpfen zu dem Hecht in das Netz.

»Du weißt etwas über Vater?« fragte er feindselig.

»Nicht viel Gutes«, antwortete Eck.

Noch ehe er ausgesprochen hatte, stürzte sich sein Stiefbruder auf ihn und begann, auf ihn einzuschlagen. Das Boot, vom Anker gehalten, schaukelte heftig und kippte um. Eck spürte die Arme seines Stiefbruders um seinen Hals wie eine Eisenzwinge. Er sah sich selbst mit Luftblasen vor dem Mund und schwebenden Haaren im trüben Wasser auf den Boden sinken. Mit aller Kraft trat er auf seinen Stiefbruder ein, bis er spürte, wie seine Tritte den Widerstand brachen. Der Griff um seinen Hals gab nach, und schließlich konnte Eck sich ihm entwinden. Irgendwie bekam er seinen Kopf zu fassen. Während er ihn unter Wasser festhielt, gelang es ihm, kurz aufzutauchen und nach Luft zu ringen. Sein Stiefbruder fing an, verzweifelt um sich zu schlagen, er traf Eck in den Magen und griff nach seinen Hoden. Eck wich dem Griff aus und drückte den Kopf noch tiefer unter das Wasser. Plötzlich wurde es schwarz um ihn, als sie unter das umgestürzte Boot trieben. Eck spürte, wie sein Stiefbruder zu zappeln anfing, das Zappeln ging über in ein Zucken, dann war er still. Als Eck sich aufrichtete, schlug sein Kopf am Bootsrand an. Blut rann aus seiner Stirn, er zog den Stiefbruder an die Wasseroberfläche und keuchte. Das Boot hing noch immer am Anker. Er lehnte den Körper seines Stiefbruders gegen ein Schilfbündel, drehte das Boot mühsam um und warf ihn, der bewegungslos im Schilf gelegen war, hinein. Mit letzter Kraft zog er sich selbst in das Boot. Eine der Angeln versank im Wasser, die andere und das Gewehr waren schon verloren.

83. Der Surfer

Bevor er die Augen öffnete, hörte er ein Schmatzen und Lufteinsaugen nahe an seinem Ohr. Er war davon überzeugt, daß es sein Atem war. Dann sah er die rote, häßliche Wunde. Sein Blick blieb an den Augen haften. Sie waren hervorgetreten und ähnelten einem Messingring um das schwarze Abflußloch einer Badewanne. Er setzte sich erschrocken auf und erkannte, daß das Netz mit den beiden gefangenen Fischen unter seinem Kopf lag. Der Karpfen lebte noch, und die rote Wunde waren die Lamellen unter den Kiemen gewesen, die auch das schmatzende und saugende Atemgeräusch von sich gaben. Das Maul mit dem Bart öffnete und schloß sich, als wollte es Laute von sich geben. Es erinnerte Eck an einen erschöpften Läufer. Jetzt bemerkte er, daß sein Stiefbruder nicht im Boot lag. Er drehte sich auf ein Geräusch hin um, im selben Augenblick, als dieser mit dem Gewehr aus dem Wasser auftauchte. Seine Haare klebten am Kopf, seine Augen waren zu einem Schlitz zusammengezogen. Er begann, mit dem Gewehr herumzufuchteln, und stürzte beinahe. Das trübe Wasser stand ihm bis zur Brust, hustend rang er noch immer nach Luft.

Ein Surfer erschien in diesem Moment vor der Schilfbucht, versuchte von weitem zu erkennen, was geschehen war, und rief verunsichert: »Ist was passiert?« Er machte einen Bogen, bevor er auf sie zusteuerte.

Der Stiefbruder legte das Gewehr in das Boot, schwamm zum Anglerhocker, der sich im Schilf verfangen hatte, und tat so, als sei alles in Ordnung.

»Brauchen Sie Hilfe?« fragte der Surfer.

»Nein«, antwortete Eck.

»Sie bluten an der Stirn.«

Der Surfer stieg vom Brett, ließ das Segel kippen und watete zu ihnen. Er war über Ecks Aussehen ziemlich erschrocken. »Sie müssen zum Arzt«, sagte er. Gleichzeitig schien er an etwas im Wasser zu stoßen, er bückte sich, griff nach einem Gegenstand und hielt die Teleskop-Angel in der Hand.

»Soeben haben sie das gekenterte Segelboot in der Bucht von Illmitz gefunden«, sagte er beiläufig.

Ecks Stiefbruder, der gerade den Anglerhocker aus dem Wasser hob, erstarrte.

»Ohne den Vermißten«, ergänzte der Surfer.

84. Das Wrack

Der Kommissar sah übermüdet aus, der Oberstleutnant hingegen schien in seinem Element zu sein. Er schwitzte in seiner Uniform und hielt die Kappe in der Hand, während er sich den Schweiß von der Stirne wischte. Gerade war er aus dem Boot gestiegen, das ihn vom Bergekran zurück an Land brachte.

»Sie sind gekentert?« fragte der Oberstleutnant.

Der Kommissar warf einen prüfenden Blick auf Ecks blutige Stirn und die nasse Kleidung.

»Es ist alles in Ordnung«, wehrte Eck ab.

Ecks Stiefbruder war inzwischen vor den Trümmern am Ufer stehengeblieben: Der Boden des Segelbootes war herausgebrochen und in einzelne Stücke zerfallen. Die Kabine lag umgeworfen halb im Wasser. Der Oberstleutnant machte einen Schritt und hob ein braunes Polster auf. Es war das gleiche, sah Eck, das Robert im Wasser gefunden hatte.

»Ich bin erstaunt, Sie zusammenzusehen«, der Kommissar machte eine Pause. »Ich denke, Sie brauchen einen Arzt«, sagte er dann.

Auf den Wink des Kommissars trat ein Sanitäter, der die Taucher betreute, an ihn heran.

Der Oberstleutnant hatte inzwischen begonnen, die Wrackteile zu untersuchen.

»Das muß genäht werden«, sagte der Sanitäter. Er reinigte Ecks Wunde, versorgte sie mit einem Pflaster und ging wieder zu seiner Gruppe zurück.

»Gestern abend stieß ein Fischer nordwestlich der Schotterinseln auf einen Fremdkörper«, begann der Kommissar. »Es war schon dunkel, als er den Vorfall meldete. Heute früh inspizierten Taucher den Fund. Dabei stellten sie fest, daß der Schlamm an dieser Stelle viereinhalb Meter tief war, es handelte sich um einen Bombentrichter aus dem Zweiten Weltkrieg. Wir dachten bislang, daß alle – es sind ziemlich viele – in den Seekarten eingezeichnet sind, dieser hier war es nicht. Die Taucher vermuteten sofort, daß dem Fischer ein Boot ins Schleppnetz gegangen war. Es mußte fast zur Gänze im Schlamm, der den Bombentrichter ausfüllte, versunken sein. Der erste Bergungsversuch mit dem Feuerwehrboot scheiterte, weil das Seil riß. Inzwischen hatte man den Bergungskran angefordert. Aber das Boot zerbrach, als es aus dem Wasser gehoben wurde.«

»Herr Kommissar«, rief der Oberstleutnant von weitem. Zwei Gendarmerieposten hatten das Polster in einen Nylonsack gesteckt, andere stiegen zwischen den Plastikteilen herum. Es sah aus, als sei ein Sportflugzeug abgestürzt.

Sie gingen auf den Bug zu, der abgebrochen am Schotterufer lag, wo der Oberstleutnant wartete und auf das Trümmerteil zeigte.

»Die Kammern des Bootes«, sagte er, »sind nicht ausgeschäumt, daher konnte Wasser eindringen, was wahrscheinlich dazu beigetragen hat, daß das Boot unterging … Es gehört tatsächlich Paul Eck, sein Sohn hat es identifiziert.«

Auf dem Bug war der Name des Schiffes zu lesen: ›LISSA‹.

»Außerdem ist die Schiebeluke zur Kajüte offen«, sagte der Stiefbruder.

»Das Entscheidende«, setzte der Oberstleutnant noch immer aufgeregt fort, »ist aber das Loch im Rumpf, dafür gibt es eine Vermutung.«

»Und welche?« fragte der Kommissar.

Der Oberstleutnant stellte einen unauffälligen Mann vor, der sich bisher im Hintergrund gehalten hatte. Er war Bootsbauer und arbeitete in Oggau im Jachtclub.

»Es gibt nur eine Möglichkeit«, sagte er, nachdem er dem Kommissar die Hand geschüttelt hatte, »der Wellengang durch den Sturm war so hoch, daß das Boot heftig auf den Grund geworfen wurde und der Mast infolge des Aufpralls den Boden durchschlagen hat …«

Der Kommissar dachte nach.

»Das heißt, daß das Schiff durch einen Unfall gesunken ist.«

»Ja.«

»Welche Ursache könnte das Loch im Rumpf sonst

haben? Könnte es durch eine Explosion entstanden sein oder durch Sabotage?«

»Es könnte sein«, antwortete der Bootsbauer, »aber es ist unwahrscheinlich.«

»Wie lange werden die Untersuchungen in Anspruch nehmen?«

»Je nachdem.« Er starrte angestrengt auf das blaue Kabinendach.

»Und daß das Schiff aus Polyester ist?«

»Spielt keine Rolle«, sagte der Bootsbauer. »Wenn es sich erst mit Wasser gefüllt hat, geht es unter.«

Der Stiefbruder, der sich nicht hatte aufhalten lassen, weiter die Wrackteile zu untersuchen, rief: »Das Großsegel fehlt.«

»Ja«, sagte der Oberstleutnant. »Die Taucher versuchen, es zu bergen, aber es steckt so fest im Boden, daß es fraglich ist, ob wir es überhaupt heben können.«

Er machte eine Pause.

»Und außerdem versuchen wir, die Leiche zu finden.«

Der Kommissar blickte ihn skeptisch an. »Es würde mich nicht wundern, wenn Sie umsonst suchen«, sagte der Kommissar, bevor er sich umdrehte und mit dem Gendarmerieboot zu den Tauchern hinausfuhr.

85. Die Injektion

Die Stiche in die Stirn verursachten Eck keine Schmerzen, Dr. Goriupp verwendete eine kleine, dünne Nadel. Er hatte eine Brille aufgesetzt. In dem Glas über der Augenklappe sah Eck verkleinert und verzerrt, wie er die Wunde nähte. Nachdem er sie mit einem Pflaster versorgt hatte, gab er ihm eine Injektion in die Armvene. Er setzte ein Grinsen auf, während er sich über Eck beugte: »Wollte Sie Ihr Stiefbruder umbringen?« fragte er. Er dehnte sich im seifengrünen Ordinationsraum riesengroß aus, seine Zunge wurde zu einem roten Teppich, das Auge ein Milchglas-Lampenschirm mit einem Einschußloch.

»Was haben Sie?« fragte er mit vielen Echos. Er schwebte von Eck weg in den Raum, als sei sein Bauch ein weißer Heliumballon.

»Hören Sie! O Gott.« Er hustete und bespritzte Eck mit Blutstropfen. Die Blutstropfen rannen über seinen weißen Ärztemantel. Plötzlich war Eck davon überzeugt, daß Dr. Goriupp ihn fressen wollte. Er schwebte halbtaumelnd durch den Raum, wie eine Comicfigur. Er grunzte. Blut lief zwischen den gelben Zähnen hervor und tropfte aus den Mundwinkeln.

Das Sofa war ein großes, grünes, seltsames Objekt. Eck war so klein geworden, daß er Angst hatte, von Dr. Goriupp inhaliert zu werden. Er schlüpfte unter das Bett und sah von dort Dr. Goriupps Schuhe und Hosenstulpen in der Luft.

»Wo sind Sie?« hörte er ihn fragen. »Kommen Sie zurück.« Seine Digitalarmbanduhr läutete.

»Sechs Uhr!« rief der Doktor. »Aufstehen! Aufwachen!« Eck war davon überzeugt, daß er das Versteck nicht verlassen durfte. Er war ein Bazillus, und aus Dr.

Goriupps schwarzer Augenklappe wuchs ein Mikroskop, eine Art schwarzer beweglicher Schlauch, der mit einem Schweinegrunzen den Raum absuchte. »Komm!« lockte er schmatzend und röchelnd, »komm schon.« Er wußte nicht, wie er sich zur Wehr setzen sollte. Der schwarze Schlauch stülpte sich über ihn und wollte ihn aufsaugen. Er stemmte sich dagegen und verbiß sich in den Schlauch. Der Schlauch zog sich zurück. Das seifengrüne Zimmer drehte sich um eine unsichtbare Achse wie eine Zentrifuge. War er in eine Waschmaschine geraten und Dr. Goriupp schwebte jetzt über ihm, wie ein mit Wasser gefüllter weißer Polsterüberzug? Der Doktor sperrte das riesige Kopfloch auf und rollte das rote Kissen heraus, wie ein aufgeblasenes, gefräßiges Tier. Eck fiel der Revolver in der Jackentasche ein – jetzt konnte er ihn endlich gebrauchen. Er fühlte eine seltsame Freude, als er auf Dr. Goriupps Auge zielte und abdrückte. Ein Blutschwall schwemmte in den Raum, und das Kissen, das Dr. Goriupp hieß, schrumpfte, als sei es ein Ballon, dem die Luft ausging. Der Blutstrahl aus Dr. Goriupps Auge trieb das Polster hoch und höher in den Ordinationsraum, Dr. Goriupp war schon winzig klein, aber der Blutstrahl trieb ihn weiter und weiter, bis er als flacher Lappen zu Boden stürzte und im Blut landete. Ein Stuhl trieb im Blut an ihm vorüber, der Billardtisch und zuletzt die kleinen Zinnsoldaten, von denen Eck wußte, daß Dr. Goriupp sie wie lebendige Wesen betrachtete.

86. Die Flucht

Er sah sich im Rückspiegel. Auf seiner Stirn klebte ein Pflaster, seine Kleidung war zerknittert und schmutzig. Nach einiger Zeit ließ der Brechreiz nach, aber nun begann sein Bauch zu schmerzen. Er taumelte aus dem Wagen, stürzte in einen Weingarten und riß sich die Hose herunter. Er hielt das für das Sterben: Zuerst Schmerz und Übelkeit, dann das Nachlassen und schließlich eine Art Hineingleiten in Bewußtlosigkeit. Die Landschaft strahlte in einem überirdischen Grün, und der See am Horizont sah aus wie das Gelobte Land.

87. Im Schiffswrack

Eine Hand öffnete den Kühlschrank. Im weißen Licht sah er eine Milchpackung. Die Hand nahm sie heraus und warf die Tür zu. Eck wartete, bis die Schritte sich entfernt hatten. Er mußte die Augen zusammenkneifen, da ihn das Licht schmerzte. Die Kajüte war vollgeräumt mit Werkzeugen und Drähten. Seine Kleider hingen über einem Sessel, er war nackt. Er schlüpfte in seine Hose, die Jacke und die Turnschuhe. Der Revolver fehlte! Durch einen Türspalt sah er den Nebenraum mit einem Tisch und Stühlen, ein grünweißes Plastiktischtuch. Er schlich durch die Hintertür ins Freie und stellte fest, daß er sich an Bord eines ausgeschlachteten Schiffes befunden hatte. Rundherum waren in Plastikplanen gehüllte Segelboote abgestellt. Unter einem Flaschenzug stand ein VW-Kübelwagen, daneben ein alter Kran. Der Weg zwischen den Booten, die wie auf einem Schiffsfriedhof angehäuft waren, schlängelte sich. Masten lagen auf dem Boden und umgedrehte Surfbretter. Auf einer tribünenartigen Holzvorrichung ruhte ein großes, von einem schwarzen Plastiktuch bedecktes Boot wie ein Katafalk. Auch das ausgeschrottete Aussichtsboot sah aus wie ein Sarg. Die vernagelten Fenster waren durch Klebebänder abgedichtet, ein Scheinwerfer ohne Glühlampe und ein Signalhorn waren auf dem Kabinendach verblieben.

In einem beleuchteten Schuppen neben dem Schiff arbeitete ein Mann im Neonlicht. Er trug eine Lederjacke und Stiefel. Eck erkannte ihn, noch bevor er den Hut mit der schwarzen Feder sah. Der Rom deckte offenbar gerade ein Boot mit einer Plane zu.

»Maja!« rief er. Aus der Dunkelheit tauchte ein Jagdhund auf.

Der Rom hatte seine Arbeit beendet. Er ging an Eck vorbei, machte eine Kopfbewegung, die andeutete, daß er ihm folgen sollte, und verschwand mit dem Hund im Boot.

»Er hat Sie gefunden«, sagte eine Stimme. Eck drehte sich um. Der Kläranlagenarbeiter, den er nach dem Sturm am Strand getroffen hatte, stand in der gelben Regenjacke hinter ihm.

»Sie sind nicht Dr. Rotberger.« Er lachte und ging ihm voraus in die Kajüte. »Ich habe Sie an Ihrem Gesicht erkannt. Außerdem hatten Sie einen Führerschein bei sich, wenn auch nicht ganz trocken.«

Der Rom warf ein Stück Zucker in den Schnapstee. Er nickte Eck mit ernstem Gesicht zu, er solle trinken.

»Wir kennen uns – Sie sind übrigens auch nicht Ornithologe.« Der Kläranlagenarbeiter lachte wieder. »Ich wollte die Gendarmerie verständigen, aber er«, er blickte zum Rom hin, »ließ mich nicht. Sie waren hinüber. Außerdem hatten Sie mehrere Rezeptformulare bei sich.«

Eck schneuzte sich in eine Serviette.

Der Kläranlagenarbeiter legte den Revolver, die Rezeptformulare und die Papiere vor ihn auf den Tisch.

Der Rom griff blitzschnell nach dem Revolver, prüfte gewandt das Magazin und roch am Lauf. Dann legte er die Waffe wieder auf den Tisch.

»Sie lagen wie tot in Ihrem Wagen …« Eck prüfte jetzt ebenfalls das Magazin. Erleichtert stellte er fest, daß keine Patrone fehlte.

Der Hund hatte sich neben dem Rom auf den Boden gehockt. Er schlug mit dem Schwanz auf den Boden. Der Rom nahm ein Stück Wurst aus dem Kühlschrank und warf es ihm hin.

Der Kläranlagenarbeiter zündete eine Zigarette an, während er eine Karte vor Eck ausbreitete. »Sie sind in Oggau … Wir bringen Sie, wenn Sie wollen, zu Ihrem Wagen zurück.«

88. Zerkarien

Die Frau sah aus, als ob sie ein Floh gebissen hätte. Sie hatte vor der Ärztin das Sommerkleid hochgehoben – am Bauch zeigten sich rote, geschwollene Flecken, etwa zwei Zentimeter groß. Die gleichen Flecken waren auch auf den Händen, den Füßen und am Hals zu erkennen. Ihr zweieinhalbjähriger Sohn sah noch schlimmer aus. Seine Füße waren mit roten, pickelartigen Punkten übersät.

Überall in den Wartezimmern klagten Patienten über ein juckendes Ekzem. Da Hunderte von Touristen in wenigen Tagen vom gleichen Ausschlag befallen waren, hatte man einen Hygieniker aus Wien zu Rate gezogen, der Eck im Krankenhaus die Ursache unter dem Mikroskop zeigte: Es war ein durchsichtiges Tierchen, das Eck an den Schwanz eines Skorpions denken ließ, nur daß das Ende statt des Stachels eine Art zweigeteilter Flosse aufwies. Der Kopf sah aus wie die Zipfelhaube, die Falkner für ihre Tiere verwenden.

»Zerkarien«, sagte der Hygieniker, ein freundlicher Mann mittleren Alters, der nach Dr. Dralles Birkenwasser duftete, »sind Larven von Saugwürmern, die sich durch einen verhältnismäßig riesigen – aber dennoch mikroskopisch kleinen Gabelschwanz fortbewegen. Die Zunahme dieser Tiere ist auf die Hitzeperiode zurückzuführen, andererseits auch auf die Eutrophierung der stehenden Gewässer. Einfach ausgedrückt heißt das: Die Zwischenwirte – Wasserschnecken – und die Endwirte – Wasservögel – der Zerkarien finden besonders viel Nahrung vor und vermehren sich dementsprechend gut. Den Saugwürmern ist es nur recht, so können auch sie sich einfacher fortpflanzen. Die Eutrophierung des Sees ist, wie Sie wissen, eine Folge der Überdüngung ... Die Weingärten – die Landwirtschaft ... Auch die badenden Touristen haben ihren Anteil daran. Wir haben bei der Untersuchung eine neue Methode angewendet. Bisher hat die Biologische Station in Illmitz regelmäßig Wasserproben genommen, die untersucht wurden, speziell auf Kolibakterien, wegen menschlicher und tierischer Fäkalien. Die Wasserproben waren äußerst problematisch, da sie ein rasches Vorgehen erforderten. Finden die Zerkarien nämlich keinen Wirt, sterben sie bereits nach zwei bis drei Stunden ab, und Proben, die später untersucht werden, weisen keinen Befall auf. Das ist auch die Ursache, weswegen diese – wir können es ruhig so nennen – Epidemie ausbrach. Wir sammeln daher die Schnecken, die den Saugwürmerlarven als Zwischenwirt dienen. Bis zu fünfzig Tiere werden im Seewasser in unser Labor gebracht. Sind sie von Zerkarien befallen, stoßen sie diese spätestens nach zwei Tagen ins Wasser aus, das unter dem Mikroskop untersucht wird.«

Eck beobachtete das zuckende, sich windende Tierchen, ein mikroskopischer Aal, wie er dachte.

»Kurz nachdem wir aus dem Wasser gestiegen sind, hat es zu jucken angefangen. Der Bademeister hat uns mit Kalziumtabletten und Puder behandelt, aber es hat nicht geholfen. Erst am nächsten Tag ist der Ausschlag erschienen«, sagte die Frau mit dem Kind.

»Haben Sie in der Nähe des Schilfes gebadet?« fragte die Ärztin.

»Ja.«

»Und das Kind ging nur mit den Füßen ins Wasser?«

»Ja.«

Die Ärztin nickte. »Deshalb hat es an den Händen und dem Oberkörper keinen Ausschlag.«

»Sie kommen über den Entenkot ins Wasser«, sagte die Ärztin, als sie die Patienten versorgt hatte, »und vermehren sich in den Schnecken. Allein von einer Schnecke gelangen tausend Saugwürmer zurück ins Wasser. Der Juckreiz, den sie auf der Haut verursachen, ist äußerst schmerzhaft und führt zu Rötungen und Ausschlägen. Die Biologische Station hat vorgeschlagen, Schleien auszusetzen – sie sind die natürlichen Feinde der Zerkarien –, aber das können wir für den Augenblick vergessen, dafür ist der See zu groß.«

Sie kritzelte den Befund auf die Karteikarte. Dann wandte sie sich dem Musterkoffer und Eck zu. »Ich kann mich heute nicht mit Ihnen unterhalten – aber: ich freue mich schon auf Florenz«, sagte sie.

89. Der Bericht

Die Landschaft um den See sah jetzt anders aus. Die Strände waren leer, die Terrassen der Hotels, die Promenaden, die Heurigenlokale. Die Zerkarien hatten vor allem die Kinder befallen. Als die Touristen in den Zeitungen von den »bohrenden Larven« gelesen hatten, waren viele schon am ersten Abend abgereist. Die übrigen hatten auch nicht lange gewartet. Jetzt blieben sogar die Wochenendgäste aus. Die Larven hatten den Fall Eck aus den Schlagzeilen verdrängt.

»Seit vier Tagen ist der Behörde bekannt, daß der See von Würmerlarven durchsetzt ist und dadurch Menschen gefährdet sind. Es ist unglaublich, aber wahr, daß keines der informierten Ämter sich aufraffte, etwas zu unternehmen …«, hörte er den Platzwart jemandem stockend die Zeitung vorlesen.

Später klopfte es an der Tür.

Zu Ecks Überraschung stand Gartner vor dem Wagen.

»Ich wollte mit Ihnen reden«, sagte er.

Eck stieg aus dem Campingwagen, und sie gingen die Siedlung zum Strand hinunter.

»Ruhig hier«, sagte Gartner. »Was so ein winziges Tierchen alles zuwege bringt.«

»Ja.«

»Haben Sie überhaupt keinen Anhaltspunkt, weshalb Ihr Vater Ihnen den Brief schrieb?« wollte Gartner plötzlich wissen. Eck ließ sich Zeit.

»Ich habe oft darüber nachgedacht«, sagte er dann.

»Und?«

Wieder entstand eine Pause.

»Vielleicht hatte er Todesahnungen und wollte mit mir über die Zukunft sprechen. Vielleicht hatte er auch ein schlechtes Gewissen wegen meiner Mutter.«

»Übrigens: die beiden zerstückelten Leichen sind identifiziert.« Gartner blickte ihn triumphierend an.

»Wieso sagen Sie mir das erst jetzt?«

Sie gingen noch immer zwischen den silbernen und weißen Wohnwagen, ohne jemanden zu treffen.

»Ich hab's gerade erst erfahren. Von einem Freund von Ihnen – Inspektor Schäffer. Er observiert Sie nicht mehr?«

»Nein.«

»Jedenfalls war einer der Toten ein Tourist, der andere ein Soldat. Mehr weiß ich nicht darüber.«

Sie hatten die Liegewiese erreicht, die abgesehen von Surfern in Gummianzügen leer war.

»Es sieht aus wie im Spätherbst«, sagte Gartner. »Kein Schwein ist dageblieben ...« Sie spazierten zum Ufer, wo das Wasser auf dem Kieselstrand auslief. Gartner nahm einen Stein und warf ihn so, daß er auf dem Wasser springen sollte, aber er versank in den Wellen. Der Wind war hier stärker zu spüren, und die Wolken zogen dunkel auf.

»Es wird bald regnen«, sagte Gartner. »Ich habe mir überlegt, was es mit den Toten für eine Bewandtnis haben könnte ... Sie könnten Verbindungsmänner zu Ihrem Vater gewesen sein. Der Tourist, ein Deutscher, war Fuhrunternehmer. Und er lieferte in den Balkan ... Vor allem technische Güter: Er könnte auch Menschenschmuggel betrieben haben ... Das sind Spekulationen, natürlich, aber es wäre möglich.«

Auf dem Wasser zogen Surfer, die das windige Wetter ausnutzten, dahin. Auch einzelne Segelboote waren zu sehen.

»Das Ganze funktioniert nur«, sagte Gartner, »wenn

es Verbindungen gibt: zur Polizei, zum Zoll ... Man muß davon ausgehen, daß es ein Riesendeal war und daß an dem Riesendeal andere mitverdienten. Wir wissen inzwischen, daß Waffen über Österreich und von Österreich aus verschoben wurden. In einem *Memorandum der Regierung Jugoslawiens,* das vor einer Woche vorgelegt wurde, sind die Firmen aus fünfzehn Ländern aufgelistet, die Waffen illegal in Kriegsgebiete geliefert haben sollen ... An führender Stelle Österreich mit achtundzwanzig Firmen ... Auch Ihr Vater ist darunter ... Die Staatspolizei hat diese Liste überprüft ... Sie behauptet, sie sei wenig stichhaltig ... Ich habe aber meine eigenen Nachforschungen angestellt ... Ihr Vater war mit Dr. Goriupp befreundet ... Dr. Goriupp wieder mit dem ehemaligen Gestapomann Maurer, dessen Freund Monzer Al Kassa ist, den man den ›Paten des Terrors‹ nennt ... Ein Serbe, Miliroy Reljin, der in Wien ermordet wurde, hatte Dr. Goriupp in seinem Adreßbuch verzeichnet. Reljin war den Behörden selbst kein Unbekannter. Ein Großwaffendealer – seine Londoner Firma *Intora* ist eine berüchtigte Drehscheibe, von der aus er zu Beginn des Krieges sechzig Tonnen Waffen an alle Bürgerkriegsparteien verscherbelt hat. Er handelte bis zu seiner Ermordung auch mit sibirischen Hölzern, von Moskau aus. Weshalb er nach Wien gekommen ist, ist ein Rätsel. Man fand bei dem Toten übrigens die Adresse Ihres Vaters. Seine letzte Zusammenkunft hatte Reljin mit Maurer ... Vielleicht wollte er seine Bekannten am See besuchen ...« Sie hatten kehrtgemacht und gingen zwischen den Campingwagen zurück. Es begann heftig zu regnen. Bevor sie Ecks Wagen erreichten, piepste Gartners Handy.

»Sie begleiten mich doch?« sagte der Journalist, nachdem er telefoniert hatte.

90. Der Tierpräparator

Die Seestraße bestand aus einer Reihe von Villen, in denen Geschäfte untergebracht waren: Restaurants, Pensionen, ein Konsum-Lebensmittelladen, ein Radverleih. Schilder wiesen zum ›Seemuseum‹, zum Hallenbad, zur Segelmacherei oder kündigten »frische Räucheraale« an.

Der Laden des Tierpräparators war offen. Neben dem Eingang stand ein Tischchen auf Elefantenfüßen. Ausgestopfte Enten, Fasane, Wildtauben und ein Auerhahn starrten sie mit Glasaugen an.

Gartner stieß die Tür zur Werkstatt auf, in der die Tierpräparate den ganzen Raum einnahmen. Nicht nur die Wände waren bestückt mit Fischköpfen, auch auf Tischen standen Hechte, Welse, Karpfen und Zander. Eine verhärmte Frau erschien in der Tür.

»Sie kommen von der Zeitung?« fragte sie. In einer Hand hielt sie eine Zange, in der anderen ein Drahtgestell, das mit Stoffballen umwickelt war.

»Er ist im Hof – gehen Sie dort hinaus.« Sie blickte auf eine Seitentür. »Wir wollen keine Fotos.«

Ein Blitz erhellte den Raum, fast im selben Augenblick war der schnalzende Donner zu hören.

Der Präparator war ein beleibter Mann mit schlechten Zähnen. Sein aufgeschwemmtes Gesicht hatte etwas Lauerndes. Schweiß stand ihm auf der Stirn.

»Wer hat Sie hergeschickt, meine Frau?« fragte er. Das Eisengestell eines Sofas bildete mit den Stangen aus zusammengeschweißten Volieren ein seltsames Ambiente. Zu den Füßen des Präparators hüpfte eine zahme Elster. Der obere Teil ihres Schnabels fehlte. Jetzt sah Eck, daß in der Voliere Käuzchen und Elstern gefangen waren. In anderen Volieren hockten ängstliche, gefangene Bachstelzen, aus der Blechdose davor krochen Mehlwürmer in den Regen.

»Also los, spannen Sie mich nicht auf die Folter«, drängte Gartner.

Der Präparator warf ihm einen beleidigten Blick zu.

Die Elster stieß mit dem nächsten Blitz einen krächzenden Laut aus. Eck, der den Vogel beobachtet hatte, entdeckte dabei, daß ein Fuß des Präparators auf billigem Schminkzeug in einer Kunststoffschachtel stand. Der kleine Spiegel war zerbrochen. Gartner holte eine Fünfhundertschillingnote heraus: »Zuerst die Information.« Er hielt ihm den Schein unter die Nase. Die Elster fing an, mit dem halben Schnabel auf Gartner einzuhacken.

»Zwei Soldaten aus der Kaserne, Stramsack und Laposa, haben den deutschen Touristen umgebracht. Aus Geldgier ... Sie haben ihn in der Kiesgrube erschossen und das Auto angezündet.«

»Woher wissen Sie das?« Gartner hatte einen Respektabstand zur Elster eingenommen.

»Von Oberstleutnant Fasching ... Ich arbeite für ihn.«
Es blitzte und krachte, und die Elster krächzte.

»Und?«

Der Präparator tat so, als sei er in Gedanken versunken. Er blickte melancholisch auf den Fünfhunderter, bevor er ihn einsteckte. Gartner hielt einen zweiten in der Hand. Der Präparator nahm ihn, steckte ihn ein und lächelte hinterhältig: »Jetzt kommt's: Einer von ihnen – vermutlich Laposa – hat den Touristen mit einer Motorsäge zerstückelt und die Leichenteile am Schilfschneideplatz versteckt. Kurz darauf hat Laposa Stramsack umgelegt, um sich des Mitwissers zu entledigen. Jedenfalls fehlt Stramsack seit mehr als fünf Tagen in der Kaserne ... Es bleibt nur die Erklärung: Laposa hat ihn ermordet.«

»Wo ist Laposa?« fragte Gartner ungeduldig in den nächsten Blitz hinein.

»Schwören Sie mir, daß Sie Stillschweigen darüber bewahren, von wem Sie den Tip haben?« Der Donner unterstrich die Antwort.

Gartner reichte ihm eine weitere Banknote.

»Sie verhaften ihn gerade auf dem Truppenübungsplatz.«

91. Laposa

Der Truppenübungsplatz in Neusiedl erstreckte sich hinter der Kaserne auf einer Anhöhe. Man konnte an schönen Tagen weit über die runden Plastikdächer einer Gärtnerei, die Blocks mit Offizierswohnungen, die Kirche und die Felder sehen, doch fiel der Regen jetzt so heftig, daß alles in einem grauen Dunst verschwand. Ein zerschossenes Schild am Waldrand warnte: »Militärschutzgebiet – Betreten verboten.«

Gartner bog zu einem Lehmweg in den Robinienwald ein.

Sie hielten an und gingen zu Fuß weiter.

Schüsse waren aus der Ferne zu hören. Versteckt im Gebüsch, sahen sie Militärfahrzeuge mit Uniformierten in durchsichtigen Regenmänteln.

Der Regen war eiskalt, und die Kleidung klebte auf ihrer Haut. »Was tun Sie hier«, brüllte Schäffer hinter einem Streifenwagen hervor. Er fuchtelte mit den Armen.

»Hauen Sie ab!«

Von einem anderen Wagen wurde eine Seitentür aufgerissen, und der Oberstleutnant mit einem durchsichtigen Regenschutz über Uniform und Kappe bedeutete ihnen energisch, einzusteigen. Hinter einer Bodenwelle erschienen zuerst zwei, dann fünf und dann nochmals vier Soldaten. Sie waren mit schwarzen, vom Regen glänzenden Pelerinen bekleidet. Über die Kappen hatten sie die Kapuzen aufgesetzt und darüber die Stahlhelme, die mit Laub getarnt waren. Die Gesichter waren mit Erde beschmiert. Aus den Pelerinen ragten Maschinenpistolen hervor. Einer von ihnen trug das kurze, dicke Rohr eines Granatwerfers.

»Laposa«, flüsterte der Oberstleutnant. »Er war Söldner in Bosnien … Meldete sich freiwillig zu Hinrichtungskommandos.«

Ein Offizier des Heeres befahl der Gruppe über Sprechfunk, die Waffen abzulegen und Aufstellung zu nehmen.

Die Männer zögerten, dann führten sie den Befehl aus. Mißtrauisch stiegen sie den Hang hinunter. Als sie unten angekommen waren, wurden sie von Gendarmeriebeamten, die in den Fahrzeugen versteckt gewartet hatten, eingekreist.

»Festnehmen!« rief der Kommissar. Eck und Gartner waren gerade ausgestiegen, als Laposa die Flucht ergriff. Der Boden war so rutschig, daß er nicht schnell genug vorankam. Er blieb stehen und nestelte an seinem Gürtel nach einer Handgranate, im selben Augenblick trafen ihn mehrere Schüsse und warfen ihn zu Boden. Die Soldaten und Gendarmen stürzten sich auf den Verletzten, überwältigten ihn und nahmen ihm die Handgranate ab. Eck, der wie alle auf den Angeschossenen zugelaufen war, sah einen Blutfaden aus dem Mundwinkel Laposas laufen. Als er hustete, spritzte er dem Kommissar, der sich über ihn gebeugt hatte, das Gesicht mit Blut voll. Sein eigenes sah unter dem Stahlhelm, der Schildkappe und Kapuze klein und spitz aus.

»Los!« sagte der Kommissar grob, »wie habt ihr den Touristen umgebracht?«

Der Regen lief über seine Hutkrempe, und die Blutspritzer gaben ihm etwas Wildes.

»Du hast nicht mehr lange Zeit«, herrschte er Laposa an.

»Er war homosexuell ...« Laposa lachte verschlagen trotz der schweren Verletzungen. »Wir ... sind zum

Schein ... auf sein Angebot eingegangen ... Stramsack hat ihn in der Kiesgrube von hinten durch den Autositz erschossen ... Ich gleichzeitig vom Beifahrersitz aus ...« Laposa lachte wieder und machte dabei ein schmerzverzerrtes Gesicht. »Wir wollten einen Menschen sterben sehen ...« Er lachte neuerlich. »Das Geld ... haben wir ... nebenbei mitgehen lassen ... Wir zogen ihm die Kleidung aus, warfen ihn in den Kofferraum ... Stramsack kannte einen Bootsverleiher ..., der eine Motorsäge besaß ... Haben sie gestohlen ... Sind zum Schilfschneideplatz ... nach Purbach ... Ich habe ihn dort ... zersägt ... Die Teile wollte ich in den See werfen ... Gerade, als wir damit begonnen hatten, drehte Stramsack durch ... ich mußte abhauen ...« Er keuchte und hustete. Auch die Kleidung des Kommissars war jetzt voller Blutspritzer ...

»Weiter!« sagte der Kommissar unerbittlich. »Was habt ihr mit dem Wagen gemacht?«

»Wieder in die Kiesgrube gebracht ... mit Benzin übergossen ... und angezündet ...«

Der Kommissar dachte nach. Dann fragte er:

»Und was war mit Stramsack?«

Ein heimtückisches Grinsen huschte über Laposas Gesicht.

»Stramsack ... Fing an zu trinken ... Wir fuhren in die Hundslacke ... Ich sagte: Ich wollte ihm etwas zeigen ... Ich habe ihm Schlaftabletten in den Wein getan ...« Er konnte nicht mehr weitersprechen.

»Du hast ihn erschossen – sag's!«

Laposa nickte schwach.

»Dann hast du ihn zersägt und die Teile in die Lacke geworfen.«

Wieder nickte Laposa, das Grinsen auf den Lippen.

»Ich will's von *dir* hören.«

»Ich ... habe ihn zersägt ... und ... in die Lacke ...«, stieß er hervor, ohne daß das Grinsen aus seinem Gesicht verschwand.

»Die dritte Hand ... wie kam sie in den See?«

»Ein Auto mit einem Liebespärchen ... ich mußte flüchten ... mit dem Rest von Stramsacks Leiche ...«, ein Schwall Blut lief aus seinem Mund, und er wurde ohnmächtig. Die Soldaten in den Regenpelerinen durften ihre Waffen wieder aufnehmen. Ein Hubschrauber flog über die Böschung.

Heraus sprang – gefolgt von zwei Sanitätern mit einer Tragbahre – Dr. Goriupp. Er eilte auf den Schwerverletzten zu, horchte mit einem Ohr an seinem Brustkorb und blickte Eck dabei mit der Augenklappe unverwandt an.

92. Starflieger

Eck lag zwei Tage mit einer Grippe in seinem Wagen. Der Campingplatz hatte sich im Regen endgültig geleert, bis auf die wenigen Gäste, die das gesamte Jahr über hier wohnten. Einmal suchte er in der Brusttasche seines Sakkos nach den Ultraschallfotografien. Er fand nur noch zerknitterte Überreste. Das Bild mit seinen Eltern war verbogen und geknickt, weshalb sie noch unwirklicher darauf aussahen. Die Fotografie des Silberfischchens, die Eck längst vergessen hatte, war hingegen unbeschädigt. Er strich sie glatt und steckte sie wieder ein.

Der Platzwart trank und lärmte Nacht für Nacht mit den beiden Männern im Campingwagen. Sie spielten immer wieder dieselbe Nummer von Tina Turner: *The Best*. Zermürbt beschloß er, daß es besser war, mit dem Auto unterwegs zu sein, als herumzuliegen. Es war ein trüber Morgen. Er drehte das Autoradio auf, Bruce Springsteen sang *Philadelphia*. Eck mußte nicht weit fahren. Rechter Hand, wo sich der See befand, dehnte sich eine Wiese aus, auf der er einen Tankwagen, eine Hütte und ein abgestelltes, einmotoriges Flugzeug sah. Er bog von der Straße ab.

Die Hütte war windschief, aus Holz, Schilfmatten und Pappe. Sie besaß ein Fenster und eine Tür, die eine Latte am Zufallen hinderte. Eck hatte die Absicht gehabt, Robert zu treffen. Zwei an die Wand geheftete Zeitungsartikel waren überschrieben mit: »*Einsatzpiloten zwischen Gewitterfronten – die Hagelabwehr*« und »*Die Regenmacher*«. Auf dem Tisch lag das in einen verschmierten Kunststoffumschlag gebundene Flugbuch, daneben eine zwei Tage alte Zeitung mit der Überschrift: »*Mörder wollte Handgranate werfen.*« Das Foto zeigte den Soldaten Laposa mit kurzgeschorenen, blonden Haaren. Im Artikel hieß es, daß er einen Lungensteckschuß erlitten habe, aber überleben würde, obwohl sein Blutverlust groß gewesen sei. Auf der Folgeseite wurde untersucht, ob die Verbrechen etwas mit

Ecks Vater zu tun gehabt haben könnten. Die Kriminalisten schlossen dies, trotz der Aussage Laposas, nicht aus. Solange das Schicksal Ecks nicht geklärt war, hielt man sich alle Möglichkeiten offen.

Ein Schwarm Stare erschien über dem Weingarten auf der anderen Seite, sah Eck durch das Fenster. Er beobachtete sie durch die Scheiben. Sie bildeten eine undurchdringliche Wand, die schräg gegen die Windrichtung nach hinten kippte und sich kreischend zu einem ellipsenförmigen Trichter formte, der sich wiederum – als folgte er der Schwerkraft – im Weingarten niederließ und dort verschwand, wie eine Windhose, der die Luft ausgegangen ist.

Im Weingarten erschien ein hinkender Mann und schoß mit einem Pfiiij eine schrillende Knallpatrone in den Schwarm, die mitten zwischen den Vögeln explodierte.

93. Die Biologische Station

Im Mikroskopierzimmer saßen Studentinnen und Studenten, manche mit Blumen vor sich, manche mit aufgespießten Insekten oder einer Wasserprobe. Sie blickten nicht auf, sondern schrieben oder schauten durch ihr Okular. An den Wänden hingen Lehrtafeln mit Süßwasserfischen und Singvögeln.

Robert erzählte ihm gerade, daß ihn Schäffer eine Woche lang verfolgt hatte. Er war erleichtert, daß er nicht mehr auftauchte.

Als sie wieder auf den Gang traten, kam ihnen Schäffer jedoch entgegen.

»Wir haben Sie auf dem Campingplatz gesucht … Aber dort wußte niemand, wo Sie sind …«, sagte er zu Eck. »Ich hab's daher bei Ihrem Freund versucht.«

94. Das Wiedersehen

Von weitem konnte man die Hunde bellen hören.

Eck ging auf das rote Feuerwehrschiff zu, das zwischen den Schilfbüscheln auf dem Wasser schaukelte. Die Jäger in den Parkajacken mit den umgehängten Gewehren und den erlegten Enten am Gürtel machten ihm Platz. Vor dem Wasser wartete der Kommissar. Er rauchte und blickte versonnen auf das Feuerwehrschiff.

»Ihr Stiefbruder und seine Mutter sind derzeit unauffindbar in Ungarn. Deshalb mußten wir uns an Sie wenden«, sagte der Kommissar nach längerem Schweigen.

Der Rom mit dem Federhut und der Sonnenbrille stand neben dem Oberstleutnant am Ufer. Sie kamen, als sie Eck sahen, auf ihn zu.

»Der Rom war Treiber«, fuhr der Kommissar jetzt fort. »… Er entdeckte ihn im Wasser …«

Der Rom schüttelte Eck stumm die Hand. Er nahm den Hut vom Kopf, zog die schwarze Feder heraus und hielt sie ihm hin. Eck blickte ihn fragend an. Der Rom nickte. Eck nahm sie und steckte sie ein.

Vom Feuerwehrschiff wurde der Bug mit einer Kette bis zum Wasser heruntergelassen, so daß eine Rampe entstand. Ein Mann in Zivil reichte ihm die Hand. Ein anderer wartete vor einem Bündel. Er hob die Zeltplane – als Eck herangetreten war – ein Stück auf. Der Tote war von Schlamm bedeckt und nackt bis auf einen Tennisschuh. Blutegel hatten sich auf seinem Rücken festgesaugt. Als er genauer hinschaute, erkannte er das aufgedunsene Gesicht seines Vaters. Seine Augen waren geschlossen. Eck nickte.

»Sie verstehen, daß wir keine voreiligen Schlüsse ziehen können. Wir müssen die Obduktion abwarten«, sagte der Kommissar.

Sie gingen von Bord. Eck drehte sich nicht um. Der Rom hatte ein Schilfrohr abgeschnitten. Er steckte es zwischen die hohlen Hände, schloß die Daumen und blies. Ein knarrendes, scheppernhes Geräusch ertönte. Daraufhin begannen die Vögel im Schilf zu lärmen. Einen Augenblick lang hoben die Hunde die Köpfe und lauschten. Dann fingen sie in das Vogelgeschrei hinein zu bellen an.

95. Sonnenbergs Fall

Melancholisch blickte Eck zwischen die großen, weißen Buchstaben, die auf die Scheiben des *Strandhotels* gemalt waren und es vom See aus sichtbar ankündigten, auf den menschenleeren Strand.

»Kann ich Ihnen helfen?« fragte Sonnenberg. Sein

Gesicht zuckte. Der Panamahut war tief in seine Stirne gezogen. Unaufgefordert nahm er Platz.

»Ich habe gehört, man hat Ihren Vater endlich gefunden.«

»Ja.«

Sonnenberg nickte. »Tut mir leid für Sie«, sagte er. Er bestellte nervös zwei Grappas. »Alles in allem ist es der seltsamste Fall, den ich als Außenstehender mitverfolgt habe. Das hat besonders mit der Meldung zu tun, die ich gerade in der Zeitung fand.« Er zog zitternd eine herausgerissene Seite des *Standard* aus der Tasche, entfaltete sie und las vor; ein Rechtsanwalt *Jenner* habe die Verteidigung Konrad Laposas übernommen, hieß es.

»Und wissen Sie, was daran Besonderes ist?« Eck sah, daß Sonnenbergs Hand mit der Zeitung heftiger zitterte. »Ich habe als Untersuchungsrichter versucht, Jenner wegen Mordes zur Strecke zu bringen. Aber vor Gericht reichten die Beweise nicht aus.«

96. Der Stiefbruder

Eck hatte Sonnenberg im Laufe des Nachmittags den Revolver gezeigt, und der Untersuchungsrichter – er war bereits betrunken gewesen – hatte ihm geraten, ihn zukünftig zu Hause zu lassen.

Nachdem sie sich verabschiedet hatten, fuhr Eck langsam zum Campingplatz, stellte das Auto ab und warf einen Blick in den Wagen des Platzwartes. Der Star hockte trübsinnig im Käfig. Aus dem Wagen der beiden Männer ertönte schon wieder Tina Turners Song *The Best.* Es dämmerte. Die Tür zu seinem Campingwagen stand offen, und als er eintrat, saß sein Stiefbruder am Tisch.

Er trug Trauerkleidung, ein schwarzes Sakko und eine schwarze Krawatte.

»Ich mache es kurz«, sagte er, ohne aufzublicken. Er starrte auf die Tischplatte.

»Die Untersuchungen sind noch nicht abgeschlossen, aber es ist unwahrscheinlich, daß sich daran noch etwas ändert.« Er schluckte. »Nach dem Kentern des Bootes muß er versucht haben, zu Fuß zum Ufer zu waten, es gelang ihm aber nicht mehr.«

Eck sah, daß er gegen Tränen ankämpfte. Er zündete sich eine Zigarette an. »Er hat mir das Fischen beigebracht ... Das Jagen, das Segeln, die Geschäfte ... Ich werde ihn allein begraben ... Wenn du etwas erben willst: Nimm dir einen Anwalt ...«

Sein Stiefbruder stand schwankend auf.

»Laß dich am besten nie wieder hier blicken.« Er drückte die Zigarette aus und verließ den Wohnwagen.

97. Die Auseinandersetzung

Eck entfernte das Pflaster von der Stirn, schnitt die Nähte auf und zog die kleinen, weißen Fäden mit einer Pinzette heraus, die er zuvor in Rasierwasser getaucht hatte. Vom Campingwagen der beiden Männer war seit einiger Zeit die Fernsehübertragung eines Formel-I-

Rennens zu hören. Er fand ein schwarzes Filmdöschen bei seinen Medikamenten, das er längst vergessen hatte. Eine Schweizer Kollegin hatte es ihm zugesteckt. Eck war davon überzeugt, daß es LSD oder etwas Ähnliches enthielt. Für alle Fälle steckte er es ein. Er kleidete sich an und zog die Tischlade auf. Aus der Bibel strömten die Silberfischchen. Er wollte jetzt nicht mehr das Buch *Tobit* befragen, statt dessen überlegte er sich, die Bibel einzupacken. Aber dann würde er vermutlich die Silberfischchen in seine Wohnung in der Stadt einschleppen. Er machte die Lade zu, öffnete den Duschvorhang und sah die Silberfischchen in der Wanne. Sie flüchteten nicht einmal mehr, kam es ihm vor.

Eck trat hinaus, ging am Campingwagen der beiden Männer vorbei und sah durch das offene Fenster den von Zigarettenrauch verhangenen Raum mit dem Farbfernsehapparat. Die beiden Männer und der Platzwart hatten ihm den Rücken zugewandt. Eigentlich hatte Eck den Aufenthalt in der Campingsiedlung bezahlen wollen, aber er zog es vor, den Platzwart nicht anzusprechen. Unter dem Campingwagen lagen achtlos weggeworfene Zigarettenschachteln, Wein- und Rumflaschen.

Die Frau des Platzwartes war nicht zu Hause. Ihr Getränkekiosk war jedoch geöffnet, dort wartete ein Surfer mit seinem Kleinkind vergeblich auf Bedienung. Das Kind wiederholte zornig sein Begehren: »*Eis*« ... Es fing zu weinen an. Eck machte kehrt. Was daraufhin geschah, überraschte ihn so sehr, daß er nicht darauf reagieren konnte.

Plötzlich sah er, wie die Tür zum Campingwagen der beiden Männer aufgerissen wurde und der Platzwart, in der einen Hand zwei SPAR-Plastikbeutel, aus denen Geldscheine fielen, in der anderen die Pump-Gun, rückwärts aus dem Wagen stürzte. Er ließ die Plastikbeutel fallen und schoß liegend in den Campingwagen. Der Fernsehapparat, der noch immer das Formel-I-Rennen übertrug, explodierte mit einem Knall und begann zu brennen. Ein Schuß traf den Platzwart, er feuerte zurück, dann fiel sein Kopf auf den Weg.

Eck stand da und schaute gebannt. Es war alles so schnell abgelaufen, daß er es nicht glauben konnte. Brennende Zeitungsschnitzel flogen aus dem Campingwagen. Er sah einen Fetzen mit der Bankräubergeschichte, der in Flammen aufging. Weiter weg hörte er das Kind laut weinen und dazwischen »*Eis!*« rufen. »Eis! Eis!« schrie es.

Vorsichtig trat Eck näher. Im Campingwagen lagen die beiden erschossenen Männer, Pistolen in der Hand. Das Feuer brannte so heftig, daß sie unter den Flammen verschwanden. Er beugte sich zum Platzwart hinunter. Seine Pupillen wurden langsam größer. Eck konnte verfolgen, wie er starb.

Er holte hastig seinen Koffer und steckte zuvor noch den Revolver hinein. Noch einmal kam er am brennenden Campingwagen vorbei, er sah den toten Platzwart auf dem Boden liegen, das verstreute Geld und machte sich, da das Feuer sich ausbreitete, zum Strand davon.

98. Feuer

Vor dem Haus *Attila* stand ein korpulenter, glatzköpfiger Mann in kurzen Hosen und kurzärmeligem Hemd, mit einer großen, schiefen Nase, halboffenem Mund und Sandalen an den nackten, weißen Füßen. Er faltete die Hände vor dem Bauch zusammen, bewegte die Lippen, ging zwischen den Bäumen herum und riß Äste und Blätter herunter. Er war anfangs vor den Bäumen gestanden wie vor großen Problemen. Die anderen Patienten waren dabei, im See zu baden. Einer von ihnen wurde in die Umkleidekabine für Kinder geschickt. Eck setzte sich unter eine Pappel, stellte den Koffer neben sich und schaute. Weiß und dick kam der Patient in einer Turnhose wieder heraus. Die Aufseherin mit dem Sonnenhut führte ihn geduldig in das kalte Wasser. Er wehrte sich nicht, aber er stöhnte laut. Als sie weitergingen, stieß er Ruf- und Zischlaute aus. Ein anderer hatte Kinderschaufel, Kübel und Rechen bei sich. Er saß mit seiner grünen Turnhose im Schotter, ließ die Steine durch seine Finger gleiten und rief: *»Hallo! Hallo!«* Dazwischen: *»Papa! Mama! Papa! Mama!«* Wieder ein anderer, in zu großer, grauer Turnhose, mit einem muskulösen, weißen Oberkörper, hielt eine Hand vor sich ausgestreckt und betrachtete die Innenfläche, während er die zweite im Zeitlupentempo an die erste heranführte. Er sah aus wie ein Schattenspieler oder als übte er sich im chinesischen Kampfsport *Tai Chi*. Die andere Aufseherin war blond und jünger. Sie beobachtete einen Patienten, der sich Wasser mit einer Gießkanne über die Füße schüttete. Wo er sein Unterleibchen getragen hatte, war er weiß, die übrige Haut leuchtete krebsrot. Der chinesische Kampfsportler fing an zu tanzen; als der Patient mit der Gießkanne das sah, sprang er mit beiden Füßen in einem fort in die Höhe. Eck drehte sich um und erblickte die dicken, schwarzen Rauchwolken über dem Campingplatz. Ein junger Mann auf der Wiese war damit beschäftigt, den Brand mit einem Bleistift auf einem Stück Papier festzuhalten.

»Herr Lindner«, rief die üppige Krankenschwester mit dem Sonnenhut: »Was ist dort hinten?« Der Angesprochene zeichnete weiter. Die Krankenschwester kam argwöhnisch näher: »Feuer!« rief sie plötzlich aufgeregt.

99. Die neue Maschine

Zum einen war es Flucht, zum anderen war Doris das einzige, woran er denken konnte. Nach einer Weile bemerkte er, daß er in die falsche Richtung, nicht in die Stadt, sondern nach Illmitz unterwegs war. Er fuhr langsamer und suchte einen Platz zum Umdrehen.

Am Straßenrand vor der Abfahrt zur Wiese, die als Flugplatz diente, erkannte er den Rom. In seinem Hut steckte eine andere Feder. Das Handy-Telefon piepste.

»Wie können Sie es sich einfallen lassen, unsere Kunden unter falschem Namen zu besuchen«, fuhr sein Chef ihn an, nachdem Eck sich gemeldet hatte. »Außerdem haben Sie sich an Rezeptformularen und Ärztestempeln vergriffen.« Ohne zu antworten, schaltete Eck das Gerät aus. Es berührte ihn nicht sonderlich. Sein Chef war ihm mit der Kündigung, die er jetzt nicht mehr aussprechen konnte, nur zuvorgekommen, dachte er.

Er holte die Filmdose aus der Jacke, öffnete sie, ließ das silberglänzende, chemische Krümelchen auf seine Hand fallen und schluckte es.

Auf der Wiese stand ein schwarz-gelb bemaltes Flugzeug neben den beiden weißen. Eck entdeckte Robert und die beiden anderen Piloten, die vor dem Tankwagen gestikulierten. Er rollte langsam am Rom vorbei, während er das Seitenfenster herunterkurbelte. Der Rom sah Eck nur an.

Eck lächelte und gab ihm die Hand.

Dann fuhr er mit einer Staubwolke hinter dem Wagen zur Hütte hin.

»Sieht nach einem Großbrand aus!« rief Robert aufgeregt von weitem. Er deutete auf die riesige schwarze Rauchwolke am Horizont. »Der Campingplatz!«

Sie liefen beide auf das Flugzeug zu. Eck schwang sich hinein, und Robert warf den Propeller an.

100. Die Stare

Von oben sahen sie den Rom am Straßenrand. In diesem Augenblick spürte Eck, wie die chemische Substanz zu wirken begann. Ein Schwarm Stare erhob sich aus den

Weingärten. Eck hatte plötzlich das Gefühl, selbst ein Vogel zu sein, der schwerelos auf das Blau des Himmels zuflog, während vor ihnen die Stare begannen, ihre rätselhaften Zeichen in die Luft zu malen.

Inhalt

1. Der Brief 7
2. Triest 9
3. Die Klinik 11
4. Der Überfall 14
5. Die Erinnerung 18
6. Wildenten 20
7. Der Traum 25
8. Der Sturm 27
9. Die Zeitungsmeldung 31
10. Der vergessene Friedhof 32
11. Im Hotel 36
12. Robert 37
13. Das Flugzeug 37
14. Der Flug 39
15. Lepisma Saccharina 45
16. Soldaten 54
17. Das Haus des Doktors 56
18. Der Drache 57
19. Landstraße 60
20. Arztbesuche 61
21. Eck denkt nach 65
22. Halbthurn 66
23. Hypochondrie 68
24. Hermann 70
25. Waffen 72
26. Der Strand 74
27. Die Hand 75
28. Tabletten 77

29. Zwischenfälle 77
30. Im Kopf 79
31. Der »Kredit« 83
32. Dr. Holzer 85
33. Neuigkeiten 88
34. Der Kommissar 94
35. Das Kurhotel 96
36. Das Fischerhaus 98
37. Das Fangnetz 101
38. Aale 102
39. Rücklauf 105
40. Leerer Kopf 107
41. Der Zahnarzt 108
42. Der Fremde 108
43. Die Dinge 110
44. Der Besuch 116
45. Über die Grenze 118
46. Im Schloß 120
47. Fliegen 121
48. Das Haus im Schilf 123
49. Der Staatspolizist 125
50. Ein Anruf 126
51. Die Biologische Station 126
52. Das Altenpflegeheim 130
53. Das Haus 132
54. Der Radiologe 133
55. Die Umarmung 136
56. Alicia 138
57. Hitze 140
58. Dr. Artinger 142

59.	Dr. Allmer	142
60.	Der Polizist	144
61.	Der blaue Toyota	148
62.	Untersuchungen	149
63.	Der Fund	153
64.	Die Zöllner	158
65.	Ein weiteres Verhör	159
66.	Nachricht	165
67.	Sonnenberg	166
68.	Alte Zeitungen	169
69.	Die Begegnung	171
70.	Berichte	172
71.	Der Modellflugplatz	174
72.	Dr. Goriupp	176
73.	Wieder der Inspektor	180
74.	Fotostudio Reiter	180
75.	Eine Entdeckung	182
76.	Dr. Arthur Lobovsky	183
77.	Die Versammlung	185
78.	Die Lacke	188
79.	Die Kiesgrube	190
80.	Verwandtschaft	193
81.	Belauscht	195
82.	Raubfische	197
83.	Der Surfer	201
84.	Das Wrack	203
85.	Die Injektion	206
86.	Die Flucht	209
87.	Im Schiffswrack	209
88.	Zerkarien	212

89.	Der Bericht	214
90.	Der Tierpräparator	218
91.	Laposa	220
92.	Starflieger	224
93.	Die Biologische Station	226
94.	Das Wiedersehen	227
95.	Sonnenbergs Fall	228
96.	Der Stiefbruder	229
97.	Die Auseinandersetzung	230
98.	Feuer	233
99.	Die neue Maschine	234
100.	Die Stare	235